KB068265

지금, 만나러 갑니다

IMA, AINI YUKIMASU
by Takuji ICHIKAWA

ⓒ 2003 by Takuji ICHIKAWA
All rights reserved.

Original Japanese edition published by SHOGAKUKAN.
Korean translation rights arranged with SHOGAKUKAN
through THE SAKAI AGENCY and BC Agency.

이 책의 한국어판 저작권은 THE SAKAI AGENCY와 BC에이전시를 통해
SHOGAKUKAN과 독점계약한 ㈜알에이치코리아에 있습니다.
저작권법에 의하여 한국 내에서 보호를 받는 저작물이므로 무단전재와 복제를 금합니다.

いま、会いにゆきます

지금, 만나러 갑니다

이치카와 다쿠지 지음
양윤옥 옮김

RHK
알에이치코리아

1

미오가 죽었을 때, 나는 이런 식으로 생각했다.

우리의 별을 만든 누군가는 그때 이 우주 어딘가에 또 다른 별 하나를 더 만들었던 게 아닐까….

그곳은 죽은 사람들이 가는 별.

그 별의 이름은 아카이브archive.

"아카브이?"

유지가 물었다.

아니, 아카이브 별.

"아카브이?"

아카이브라니까.

'아카'를 먼저 말해놓고 유지는 조금 망설이다 '브이?'라고 한다.

아이, 됐어.

거기는 거대한 도서관 같은 곳이고 굉장히 조용하고 청결하고 질서 정연하다. 아무튼 넓고 넓은 곳이어서 건물 안에 길게 뻗은 복도는 그 끝이 보이지 않을 정도다. 그곳에서, 우리의 별을 떠난 사람들은 평온하게 살고 있다.

그 별은, 말하자면, 우리의 마음속 같은 곳이다.

"무슨 말이야?"

유지가 물었다.

있지, 엄마가 죽었을 때, 친척들이 모두 말했었지? 엄마는 유지의 마음속에 있단다, 라고.

"응."

그러니까 그 별은 이 세상 사람들의 마음속에 있는 사람들이 모두 모여 사는 곳이야. 누군가가 누군가를 생각하고 있는 한, 그 사람은 그 별에서 살 수 있어.

"누군가가 그 사람을 잊어버리면?"

흠, 그러면 그 사람은 그 별을 떠나지 않으면 안 되지.

그때는 정말로 '안녕'인 거야.

마지막 밤에는 친구들이 모두 모여 안녕 파티를 한단다.

"케이크도 먹어?"

그렇지, 케이크도 먹어.

"연어알도 먹어?"

음, 연어알도 있지.

(유지는 연어알을 좋아한다.)

"그리고 또…."

뭐든 다 있어. 그건 걱정할 거 없다니까.

"저기, 그 별에 짐 크노프 미하엘 엔데의 〈짐 크노프 시리즈〉의 주인공. 기관사 루카스와 함께 기관차 엠마를 타고 모험을 떠난다 – 옮긴이도 있어?"

왜?

"그러니까, 나는 짐 크노프를 잘 알고 있고, 그런 게 '마음속에 있다'는 거잖아?"

으으음(간밤에 《짐 크노프와 기관사 루카스》를 읽어줬었다), 짐 크노프도 있을 거야. 아마도.

"그럼, 엠마는? 엠마도 있어?"

엠마는 없어. 그 별에 있는 건 인간뿐이야.

"으응, 그래…?"라고 유지는 말했다.

짐 크노프도 있고, 모모도 있다.

빨간 모자도 있고, 물론 안네 프랑크도 있고, 분명 히틀러나 루돌프 헤스^{나치당 부총통을 지낸 독일 정치가. 네오나치 청년들은 그를 '나치즘의 순교자'로 보고, 아직도 그의 묘 앞에서 집회가 열린다─옮긴이}도 있을 것이다. 아리스토텔레스도 있고, 뉴턴도 있다.

"그 사람들은 다 뭐 하면서 살아?"

뭐 하면서? 그냥, 다들 조용히 살고 있어.

"그냥 그거만 해?"

그거만이라니, 음, 글쎄, 다들 뭔가 생각들을 하고 있는 거 아닐까?

"생각해? 뭘?"

엄청나게 어려운 문제 같은 거. 답이 나올 때까지 시간이 아주 많이 걸리거든. 그래서 그쪽 별에 가서도 계속 생각을 하고 있을 거야.

"엄마도?"

아냐, 엄마는 유지를 생각하고 있지.

"그런 거야?"

그럼. 그러니까 유지도 내내 엄마를 잊지 말아야 해.

"잊지 않아."

근데 너는 아직 어려. 엄마와 겨우 5년밖에 함께 살지 못했으니까.

"응."

그러니까 아빠가 이야기 많이 해줄게. 엄마가 어떤 여학생이었는지, 어떻게 아빠를 만나고 어떻게 결혼했는지, 그리고 유지가 태어났을 때 얼마나 기뻐했는지.

"응."

그리고, 그 이야기를 오래오래 기억해줘.

아빠가 그쪽 별에 갔을 때 엄마를 만나기 위해서는 네가 꼭 엄마를 기억하고 있어줘야 하거든.

무슨 말인지 알았니?

"응?"

아이, 됐어.

2

"학교 갈 준비, 했어?"

"에?"

"학교 갈 준비 말야. 이름표 달았니?"

"응?"

어째서 유지는 이렇게 귀가 어두운 걸까. 미오가 살아 있을 때는 이렇지 않았다. 뭔가 정신적인 문제가 원인인 걸까?

"벌써 시간 다 됐어, 가자."

나는 반쯤 잠의 세계로 다시 돌아가버린 유지의 손을 잡고 아파트를 나섰다. 계단 아래에서 기다리고 있던 등교반 반장에게 유지를 인계하고 그를 배웅한다. 6학년 반장 옆에 선 유지는 마치 유치원생처럼 보인다. 여섯 살 치고는 너무

작다. 성장하는 것을 깜빡 잊어버린 아이 같다.

뒤에서 보이는 그의 목덜미는 학처럼 가늘고 희다. 노란 모자 밑으로 삐죽 빠져나온 머리카락은 밀크를 떨어뜨린 다르질링 티 같은 색깔이다. 그러나 이 잉글랜드 왕자 같은 머리칼도 앞으로 몇 년 지나면 굵게 말린 곱슬머리로 변해갈 것이다.

그것은 내가 더듬어온 길이기도 하다. 사춘기에 대량으로 분비되는 화학물질이 저지르는 짓. 그 무렵이면 유지도 껑충 자라 이윽고 내 키를 뛰어넘을 것이다. 그리고 엄마와 많이 닮은 소녀를 만나 사랑을 할 것이고, 일이 잘되면 자신의 유전자 반을 가진 복사판도 얻을 것이다.

태고의 저 옛날부터 사람들은 그렇게 해왔고(대부분의 생물들도 그렇게 해왔다), 이 별이 빙글빙글 돌아가는 한 끝없이 거듭될 삶의 모습이기도 하다.

나는 계단 아래 놓인 헌 자전거에 올라타고 내 근무처인 법무사 사무소를 향해 페달을 밟는다. 5분밖에 안 걸린다. 자동차 종류라면 모조리 질색인 내게 참으로 고마운 거리다.

이 사무소에서 벌써 8년째 일하고 있다. 결코 짧지 않은 세월이다. 결혼을 하고, 아이가 태어나고, 그리고 아내가 이 별에서 다른 별로 가버리고. 그런 일들이 일어날 수 있을 만큼의 세월이기도 하다. 그리고 실제로 그렇게 되어서 나는 여섯 살배기 아들이 딸린 스물아홉 살 싱글 대디가 되고 말았다.

사무소장은 잘 대해준다. 8년 전부터 노인이던 소장은 지금도 노인이고 아마 죽을 때까지도 노인일 것이다. 노인이 아닌 소장은 상상도 할 수 없다. 지금 나이가 몇인지도 모른다. 여든을 넘겼다는 것만은 확실하다.

소장은 목에 술통을 매단 피레네 구조견 같은 풍모를 하고 있다. 매달고 있는 게 술통이 아니라 두 겹이 된 턱살이지만. 몹시 조용하고 온유한 성품도 비슷하고 졸린 듯 항상 눈을 끔벅거리는 모습도 정말 비슷하다. 사무실 안쪽 책상에 소장 대신 나이 든 피레네 견이 앉아 있어도 못 알아볼지 모른다.

미오가 죽었을 때, 원래부터 겁쟁이였던 나는 완전히 겁쟁이가 되어 숨 쉴 기운마저 잃었다. 오래도록 일을 나가지 못해 사무소에 큰 폐를 끼쳤다. 그런데도 소장은 대신 일할 사람을 찾지 않고 내가 다시 일어서기를 기다려주었다. 게다가 지금까지도 오후 네 시가 되면 일을 마치고 귀가할 수 있게 해준다. 학교에서 돌아온 유지를 혼자 두고 싶지 않다는 나의 바람을 들어준 것이다. 그 시간만큼 월급은 줄어들었지만, 돈으로 대신할 수 없는 귀중한 시간을 얻었다. 다른 도시에는 초등학생의 방과 후를 위한 공부방 시설이 있다는데, 우리 동네에는 그런 살뜰한 시스템은 없다. 그래서 소장의 호의를 몹시 고맙게 생각하고 있다.

사무실에 도착하면, 먼저 출근해 있는 나가세 씨에게 인사를 한다.

"안녕하세요?"

그녀도 인사에 답해준다.

"안녕하세요?"

내가 이 사무소에 들어왔을 때, 이미 그녀가 있었다. 고등학교를 졸업하고 곧바로 왔다고 했으니까 지금은 벌써 스물여섯은 되었을 것이다.

겸손하고 성실한 성품의 여성으로, 그 내면과 잘 어울리는 얌전한 얼굴을 하고 있다. 유난히 사나구밍이 깅한 요즘 여자들 속에서 그녀의 설 자리가 과연 있을지, 이따금 걱정이 되기도 한다. 팔꿈치에 밀리고 발끝에 채이다 언젠가는 세상 끄트머리로 밀려나는 게 아닐까. 때때로 그런 염려가 든다.

소장은 아직 출근하지 않았다. 요즘 부쩍 사무실에 나오는 시간이 늦어졌다. 걸음이 무척 느린 것과는 별 관계가 없겠지만.

그래서 한참동안 사무실 안에는 나와 나가세 씨, 둘밖에 없다. 이게 전부다. 업무량으로 봐도 적당한 인원수라고 생각한다.

자리에 앉으면 클립보드에 철해놓은 메모지부터 꼼꼼히 살펴본다. '두 시에 은행'이라든가 '클라이언트에게 서류를 받아 올 것'이라든가 '법무국에 갈 것!'이라든가, 그런 내용들이 몹시 읽기 사나운 글씨로 적혀 있다. 어제의 내가 오늘의 나에게 보낸 연락장이다.

나는 기억력이 영 형편없다. 그래서 해야 할 일을 항상 메모지에 적어서 남겨두기로 했다. 영 형편없는 기억력은 내가 안고 있는 다양한 불편함 중의 하나다. 그것은 말하자면 나라는 인간을 만들기 위해 준비된 설계도에 결정적인 실수가 있었다는 얘기다.

단 한 군데.

아마 수정액으로 지우고 그 위에 볼펜으로 급하게 갈겨 쓴 게 잘못이었을 것이다. 물론 비유적인 말이다. 그러나 실제로 그 비슷한 일이 있었던 거라고 나는 생각한다.

글씨가 흐릿했는지 아니면 아래쪽 글씨가 얼굴을 내밀어버렸는지는 모르지만, 아무튼 나의 머릿속에서는 중요한 화학물질이 엉망진창으로 분비되는, 지극히 엉망진창의 상황이 벌어지곤 한다. 그 덕분에 나는 필요 이상으로 흥분하고, 전혀 엉뚱한 데서 심한 불안을 느끼고, 잊어버리고 싶은데 잊지 못하고, 결코 잊어서는 안 될 일을 잊어버리는 사람이 되었다.

무지하게 불편하다. 모든 행동에 제약을 받기 때문에 지독히 피곤하다. 업무에서도 자주 실수하고 남들에게 부당할 만큼 과소평가 받기도 한다.

'능력 없음'이라고 딱지가 붙어버린 것이다. 일일이 "제 머릿속의 화학물질 때문입니다"라고 해명하고 다니는 짓은 하지 않는다. 귀찮기도 하고 이해해주기 어려운 일이기도 하고, 결과만 따지자면 어차피 그게 맞는 말이기도 하고.

소장은 대단히 너그러운 사람으로, 그런 나를 해고도 하지 않고 계속해서 써주고 있다. 그 곁에서 나가세 씨는 보일 듯 말 듯 내게 신경을 써주고 업무를 뒷받침해준다.

크게 감사하고 있다.

사무실에서 대강의 일들을 마치고 브리프케이스에 서류를 챙겨 넣고 밖으로 나왔다. 자전거를 달려 법무국으로 향한다.

나는 자동차 운전면허가 없다. 대학교 2학년 때 한 번 시도해보기는 했지만, 아무래도 운전면허 시험의 벽을 넘을 수 없었다.

그 몇 달 전에, 나는 처음으로 내 뇌가 엉망진창이라는 사실을 알았다. 딸칵 스위치가 켜지고, 밸브가 열리고, 그리고 내 레벨 게이지는 한계치를 벗어나버렸다. 그래서 자동차 운전면허 시험 때도 여전히 혼란스러운 상태 그대로였다. 오히려 허덕거리면서도 운전면허 시험을 치르는 단계까지 갔었던 것을 대단히 높이 평가해주어야 할 정도였다.

그날, 교관을 옆에 앉히고 운전석에 엉덩이를 내려놓던 시점에 이미 머릿속의 화학물질은 내 혈액 속에 넘실넘실 흘러들어 와 있었다. 나는 필요 이상으로 불안을 느꼈고 필요한 만큼의 주의력을 유지할 수 없었다. 불안은 촤르르 무너지는 도미노 같은 것이어서 엄청난 기세로 증폭된다.

지수함수적이라고나 할까. 그 기세는 정말 엄청나다. 곧 죽을 것 같은 상태가 된다. 정말 내가 죽는다는 실감이 엄습한다. 하긴 그 무렵에는 하루에 수십 번씩 그런 실감을 느꼈지만. (지금도 하루에 몇 번씩은 그렇게 실감할 때가 있다.)

그리고 시험은 중지되었다. 그 뒤 두 차례나 똑같은 일을 벌인 끝에 나는 자동차 운전면허를 포기했다.

점심시간이 되어서 나는 공원 벤치에 앉아 내가 만들어 온 도시락을 먹었다. 빡빡한 살림이라서 줄일 수 있는 건 차

16

례차례 줄여나가기로 했다. 게다가 나는 편의점 도시락을 먹으면 반드시 배탈이 난다. 다른 사람에게는 아무렇지 않아도 내게는 치명적인 첨가물 때문이다.

내 몸속의 센서는 보통 사람의 몇 십 배나 되는 강력한 감도를 갖고 있다. 온도나 습도, 기압의 변화에도 몹시 민감하다. 그래서 나는 미리 마음의 준비를 할 수 있도록 기압 센서가 달린 손목시계를 차고 있다.

태풍은 지독히 무섭다.

그나저나 다른 사람들은 어쩌면 그렇게도 튼튼할까 하고 절절히 감탄하곤 한다. 이따금 나는 나를 너무도 섬세한 탓에 멸종 위기에 처한 작디작은 초식동물처럼 생각하기도 한다. 레드데이터북 국제자연보호연맹(IUCN)이 멸종 위기에 처한 동식물의 종을 기록한 자료집. 책 표지가 위기를 의미하는 붉은 색이다 — 옮긴이 어딘가에 내 이름이 실려 있을지도 모른다.

오후가 되면 나는 몇 군데 클라이언트를 방문하고, 그리고 사무실로 돌아온다. 이때도 반드시 메모를 휴대하고 다닌다. 방문을 마친 클라이언트에는 ■표를 해두고 그 나머지를 확인하기 위해서다. 그러지 않으면 똑같은 클라이언트를 두 번씩 찾아가거나 찾아갔어야 할 클라이언트를 빼먹고 사무실로 돌아와버리는 경우가 생기기 때문이다.

클라이언트에게서 받은 서류를 나가세 씨에게 건네주고,

몇 가지 사무적인 일을 정리하고 났더니 내 퇴근 시간이 되어 있었다. 소장의 모습은 보이지 않았다.

나는 나가세 씨에게 "안녕."이라고 말하고 사무실을 나섰다. 나가세 씨가 "저어."라며 나를 불러 세웠다.

"뭐지요?"

내가 묻자, 그녀는 난처한 표정으로 자신의 블라우스 옷깃과 옷자락을 자꾸만 잡아당겼다.

"아뇨" 하고 그녀가 말했다.

"아무것도 아니에요."

"그래요?"

나는 1초쯤 생각해보고, 그러고는 싱긋 웃으며 말했다.

"안녕."

"안녕."

자전거를 달려 집에 돌아오자 유지는 누워서 책을 읽고 있었다. 표지를 보니 미하엘 엔데의 《모모》였다.

"읽을 수 있어?"라고 내가 묻자 유지는 "응?" 하고 내게 얼굴을 돌렸다.

"그 책, 읽을 수 있어?"라고 내가 다시 한 번 물어보자 그는 "읽을 수 있어."라고 대답했다.

"조금."

"저녁거리 사러 가자."

나는 긴 셔츠와 청바지로 갈아입고 유지에게 말을 건넸다.

"오늘 저녁에는 뭐 먹고 싶어?"

"카레라이스."

우리는 현관문을 열고 밖으로 나왔다. 계단을 내려가면서 나는 말한다.

"카레라이스는 그저께 먹었어."

"그래도 먹을래."

"그리고 분명 일요일에도 카레라이스였어."

"응. 그래도 나, 먹고 싶어."

"시간이 많이 걸려."

"괜찮아."

"그래?"

그래서 우리는 역 앞 쇼핑센터에서 카레 가루와 양파와 당근과 감자를 샀다. 나는 왼손에 시장바구니를 들고, 오른손으로는 유지의 손을 꼭 잡고 걷는다. 유지의 손은 늘 땀이 나서 축축하다.

나는 필요 이상으로 걱정을 많이 하는 사람이기 때문에 길에 나다닐 때는 반드시 유지의 손을 꼭 잡고 놓지 않는다. 그리고 그에게 말한다.

"자동차는 무서워. 조심해야 돼."

"응."

"자동차 사고로 매일 수십 명에 달하는 사람들이 죽어."

"그런 거야?"

"그렇다니까. 만약 전철이나 비행기가 사고를 일으켜서 매일 그만큼의 사람이 죽는다면, 분명 그 탈것은 뭔가 중요한 결함이 있다는 판정이 내려지고 즉각 없어질 거야."

"그럼, 자동차도 없어지게 돼?"

"없어지지 않아. 자꾸 늘어나고 있지."

"왜?"

"글쎄, 왜일까?"

"이상하네."

정말로 이상하다.

집에 돌아오는 길에 17번 공원에 들렀다.

(이 도시에는 대체 몇 개나 되는 공원이 있는 걸까? 참고로, 나는 21번 공원이라는 곳을 본 적이 있다.)

공원에는 언제나 그렇듯이 농부르Nombre 선생과 푸가 있었다.

농부르 선생의 본명은 들은 적이 없다. 젊은 시절, 초등학교 교사로 근무하던 시절부터 그런 별명이 붙었다고 했다. 처음 그 이야기를 들었을 때, 그에게 물었다.

"농부르라면, 소설책 같은 데 붙어 있는 페이지 숫자를 말하는 건가요?"

"맞아."

그는 늘 떨고 있었다. 마치 비에 젖은 강아지처럼. 몹시 나이가 들었으니까 어쩌면 그 탓인지도 모른다.

"그런데 그 말이 왜 선생님의 별명이 되었지요?"

그는 가늘게 고개를 흔들었다. 아니면 그저 떨고 있었던 것뿐인지도 모른다.

"글쎄, 애들 그랬을까? 어쩌면 주위 사람들은 내 인생이 공허하다는 얘기를 하고 싶었는지도 몰라. 아무리 넘기고 또 넘겨도 텅 빈 백지인데 농부르는 정확히 매겨진 책처럼."

정말 그런가요? 나는 그렇게 물었다. 그는 노인 특유의 눈물 고인 탁한 눈으로 허공을 물끄러미 바라보았다.

"내 인생은 오로지 누이동생을 위해서만 있었거든."

그의 발밑에서 삽살개 푸가 하품을 했다.

(이 개에게도 버젓한 본명이 있는데, 유지는 자기 마음대로 푸라는 이름을 붙여버렸다.)

누이동생은 나와 열세 살이나 나이 차가 났어. 그 사이에 남동생도 있었지만, 부모님이 연달아 돌아가시자 일찌감치 집을 떠나 독립했지. 집에는 누이와 나, 둘만 남게 되었어.

누이는 어렸을 때부터 몸이 약해서 길어야 열다섯 살까지밖에는 살지 못할 것이라는 게 그 당시 의사들이 내린 진단이었다네.

"진단이 뭐야?"

곁에서 듣고 있던 유지가 물었다. 언뜻 설명할 말이 떠오르지 않아서 나는 "네가 생각하는 그거야."라고 대답해주었다.

역시 그렇구나, 하고 유지가 웃었다.

분명 다른 무언가를 상상하고 있는 게 틀림없다.

남동생이 집을 떠났을 때 누이는 열네 살, 나는 스물일곱 살이었지. 나는 누이의 임종을 지켜주자는 각오로 그녀와 둘만의 생활을 보내기로 결심했어. 나도 한창나이 때였으니 마음을 준 연인도 있었지. 그러나 우선은 누이의 일을 첫째로 생각하고 내 일은 그 다음이라고, 그렇게 스스로에게 들려주며 망설이는 마음을 다독였어. 사실 누이의 병을 치료하는 데는 적지 않은 돈이 들었거든. 그러니 가령 마음을 주었던 그 여자와 사랑이 이뤄졌다고 해도 내 가족을 부양하기는 무척 어려웠을 게야.

그렇게 해서 세월은 놀랄 만큼 빠르게 흘러갔어.

정말로 빨랐어. 세월이 나에게만 특별히 빠른 것 같다는 생각까지 했거든. 무시무시하게 머리 좋은 누군가가 내 시간을 가로채가고 있는 게 아닌가 의심스러울 정도였어.

아무튼 눈 깜짝할 사이에 시간이 지나갔어.

아닌 게 아니라 나의 책에는 적어둘 만한 게 아무것도 없어. 첫 페이지에 별 특별할 것도 없는 따분한 사내의 하루를 적어놓고 그 다음부터는 계속 '앞 장과 같음'이라고 해두면 될 테니까.

믿을 수 있겠나? 그런 생활이 30여 년이나 계속 이어졌다는 거.

누이는 마흔넷에 죽었어. 그때 나는 예순을 3년 앞둔 나이가 되어 있었지.

그러나 단 한 가지 말할 수 있는 건 그런 나의 인생도 결코 공허한 것만은 아니었다는 거야. 딱히 이야기할 거리도 없는 따분한 사내의 인생이었어도 그 내용만은 나름대로 채워져 있었어. 결코 텅 빈 건 아니었어.

사소하나마 기쁨도 있고 감동도 있었으니까. 하루의 일을 마치고 집에 돌아와서 내가 오기만을 기다리던 누이에게 그날의 이야기를 들려주는 건, 뭐라고 할까, 몹시 즐거운 일이었어.

그게 내 인생이야. 만일 다른 인생을 보냈더라면, 분명 나

아닌 다른 인간이 이곳에 있겠지? 사람이 자기 인생을 선택할 수는 없으니까.

　그리고 오늘도 농부르 선생은 자신의 인생을 살고 있다. 늙은 삽살개 푸와 함께. 유지가 턱 밑을 긁어주자 푸는 항상 그렇듯 무척 신비한 소리를 냈다. 소리라기보다 희미한 공기의 진동이다. 그래도 거기에는 명백한 감정이 담겨 있다. 굳이 묘사해보자면 '~?'이다.

　전에 농부르 선생이 알려주었다. 그의 옛 주인이 수술로 푸에게서 목소리를 앗아가 버렸다고. 공원에 나오는 다른 개들이 '멍!' 하고 인사를 해도 푸는 '~?'라고밖에 대답할 수가 없다. 본인은 그다지 신경을 쓰지 않는 것처럼 보이지만.

　"오늘 저녁은 카레라이스인 모양이지?"

　내가 들고 있는 시장바구니에 시선을 던지며 농부르 선생이 말했다.

　"그렇습니다. 선생님은요?"

　"나는 이거야."

　그가 쳐들어 보인 비닐 봉투 안에는 빙어 튀김 팩이 들어 있었다.

　"이 시간까지 남은 건 반값으로 팔거든. 참 고맙지 뭐야."

　그는 봉투에 코를 갖다 대고 냄새를 맡더니 눈을 감고 흐뭇한 표정을 지었다.

"이것도 자그마한 행복 가운데 하나겠지?"

그런데 나는 그런 농부르 선생의 행복한 얼굴을 보고 왠지 슬퍼졌다. 어째서인지는 모르겠다. 아무튼 슬펐다. 농부르 선생의 행복이 너무나도 사소한 것이라서? 인생의 마지막 장을 맞이한 사람의 손안에는 좀 더 많은 수확이 있어도 좋으련만.

나와 농부르 선생은 함께 엉켜 장난을 치는 유지와 푸를 바라보며 벤치에 나란히 앉아 여러 가지 이야기를 나누었다. 나는 요즘 은밀히 마음속에 궁굴리고 있던 계획을 그에게 털어놓았다.

"실은 소설을 써볼 생각이에요."

농부르 선생은 앉은 자리에서 비스듬히 몸을 물리며 내 모습 전부를 시야에 담으려는 듯 눈을 가느스름하게 떴다. 그러고는 두 손을 조용히 치켜들며 말했다.

"훌륭하군. 정말 훌륭해."

"그렇게 생각하세요?"

"그렇고 말고. 소설은 마음의 양식이라네. 어둠을 비춰주는 등불, 사랑보다 더한 희열이지."

"그렇게 거창한 건 아니에요. 그저 언젠가 유지가 읽어볼 수 있도록 저와 미오의 이야기를 써 내려갈 생각이지요."

"음, 좋은 일이라고 생각하네. 그녀는 대단히 멋진 여성이 었어."

"그래요…."

유지가 푸의 목에 매달려 귀지를 후벼 파는 시늉을 했다. 푸는 정말 싫다는 얼굴로 자꾸만 "~? ~?" 하고 있었다.

"병 때문에 그런지 저는 기억력이 영 형편없어요."

그래서요, 라고 나는 말을 이었다.

"모든 것을 잊어버리기 전에 남겨두고 싶어서요. 우리 이야기를."

농부르 선생은 가만히 고개를 끄덕였다.

"잊는다는 건 슬픈 일이지. 나도 정말 많은 것을 잊어버렸어. 기억이란, 다시 한 번 그 순간을 살아보는 거야. 머릿속에서 말이지."

농부르 선생은 그렇게 말하며 자신의 머리를 가리켰다. 손가락 끝이 파르르 떨리는 게 마치 자신의 정수리에 무언가 글을 쓰려는 사람처럼 보였다.

"기억을 잃는다는 건 그 옛 나날들을 두 번 다시 살아볼 수 없다는 거야. 인생 그 자체가 손가락 사이로 줄줄 흘러버리는 것처럼."

선생은 자신의 말에 몇 번이고 고개를 끄덕이더니, 다음 말을 이었다.

"그러니까 글로 써서 남겨두는 건 아주 좋은 일이라고 생각하네. 설마하니 내 책보다는 훨씬 더 충실한 내용이겠지? (여기서 선생은 솜씨 좋게 한 눈을 찡긋해 보였다) 20세기 최고의 문학 중 하나로 일컬어졌던 소설도 따지고 보면 어린 시절의 기억을 더듬더듬 모아들인 데서부터 시작되었어."

이윽고 농부르 선생은 천천히 일어섰다. 마치 그의 발 아래만 지구의 중력이 곱절로 작용하는 것처럼 몹시 힘들어 보였다.

"자, 돌아갈 시간이야. 자그마한 행복이 나를 기다리고 있다네."

농부르 선생은 아주 짧은 보폭으로 천천히 걸음을 뗐다. 그것을 알아차린 푸가 선생의 발치에 달려와 뒤를 따랐다.

"안녕히 가세요, 선생님."

농부르 선생은 등을 보인 채 오른손을 치켜들었고, 서서히 사라져갔다.

"안녕, 푸." 유지의 인사에 푸가 걸음을 멈추고 돌아보더니 "~?"라고 인사를 하고 다시 앞서가는 선생을 쫓아갔다.

밤이면 유지가 잠이 들 때까지 '아카이브 별'의 이야기를 들려준다. 나는 작은 디테일을 하나둘 차곡차곡 쌓아 올리는 것으로 그 별에 리얼리티를 부여해나갔다. 그리고 유지

가 하나씩 질문을 던질 때마다 그 별은 존재의 무게를 더해
갔다.

"저기, 아카브이 별은 어떻게 생겼어?"
이 질문 때문에 그 별에 외관이 주어졌다. 나는 신문에 끼
어 온 광고지 뒷면에 사인펜으로 아카이브 별의 그림을 그
렸다. 바로 이런 느낌이다.

"별 표면 전체를 도서관 같은 건물이 둘러싸고 있어."
"바다나 산 같은 건 없어?"
"없어. 산을 깎아서 그 흙으로 강과 바다를 메웠어. 그리
고 울퉁불퉁한 땅을 평평하게 고른 다음에 그 위에 건물을
세웠어."
"왜?"

"그 별에 살고 있는 사람이 너무너무 많아서. 그래서 놀고 있는 땅은 한 뼘도 없어."

"그런 거야?"

"글쎄, 생각을 좀 해봐. 아빠 마음속에는 수많은 사람들이 살고 있어. 이미 이 지구에서 떠나버린 사람들인데, 그 사람들이 모두 다 아카이브 별에서 사는 거야."

"응, 지난번에도 말했어."

"그런 식으로 이 지구에 있는 모든 사람들의 마음속에 살고 있는 이들을 다 합한다면 과연 몇 명이나 되겠니?"

"모르겠는데?"

(유지, 조금쯤은 생각을 해보고 대답해야지!)

"만일 한 사람의 마음속에 열 사람이 살고 있다고 하면, 아카이브 별에는 6백억이 넘는 사람들이 살고 있다는 계산이 나와."

(중복되는 사람을 제외한다면 그 숫자는 훨씬 적어지겠지만, 그런 얘기는 유지에게 설명해줘도 알아듣지 못할 것이다.)

"6백억이란 건 어느 정도야?"

"음, 그러니까, 이를테면 유지가 다니는 학교에는 1학년부터 6학년까지 약 천 명의 학생들이 있어. 아침 조회 때, 다 모여 있는 거 봤지?"

"봤어."

"그렇다면 그런 학교가…, 잠깐, (손가락으로 0의 수를 헤아리고) 그렇지, 6천만 개의 학교가 모인 셈이야."

"6천만이란 건 어느 정도인데?"

(당연한 질문이다.)

"으음, 글쎄다. 우리 집 텔레비전 위에 놓여 있는 페트병에는 10원짜리 동전이 가득 들어 있지?"

"응. 아주 오래오래 모았으니까."

"맞아. 저기에 10원짜리가 대충 천 개 정도 들어 있으니까 6천만이란 건 지 페트병 6만 개에 들어 있는 10원짜리 동전의 수야."

"그럼, 6만이란 건 어느 정도?"

(좋은 질문이다.)

"좋아, 6만이라고 하면, 으음 그러니까…, 맞다, 아빠와 유지는 도서관에 자주 가지?"

"가지."

"그 도서관에 있는 책이 전부 합해서 6만 권쯤 된다고 들은 적이 있어."

"거기 있는 책 전부?"

"그래."

"그게 6만이구나…"

그리고 퍽 오랜 시간 동안 유지는 내 옆의 이불 속에서 생각에 잠겼다. 너무 길어서 그새 잠이 들었나 하고 들여다보려는 찰나에 유지가 조그만 소리로 내게 물었다.

"닷쿤."

(유지는 나를 이렇게 부른다.)

"왜?"

"한 가지 더 물어봐도 돼?"

"그럼."

"저기 말이지." 하고 유지는 말했다.

"내가 맨 처음에 뭘 물어봤었지?"

"처음에?"

"응."

"… 아빠도 잊어버렸어."

"그래?"

"이제 그만 잘까?"

"그러자."

다시 또 다른 어느 밤에 유지의 "어째서 그 '누군가'는 아카브이 별을 만들었어?"라는 질문 덕분에 아카이브 별에 그 존재 이유가 부여되었다.

"아카이브 별의 건물이 도서관하고 비슷하다고 아빠가 말했지?"

"응."

"실은 아카이브 별은 진짜 도서관이야."

"그런 거야?"

"그렇다니까. 아카이브 별을 만든 '누군가'는 그 도서관을 엄청 좋아해. 그래서 아카이브 별에 사는 사람들은 그 '누군가'를 위해 책을 써. 지난번에 말했지? 그 별의 사람들은 모두 생각들을 하며 산다고, 아리스토텔레스도 뉴턴도 어려운 문제를 계속해서 생각하고 있다고 했지?"

"그랬어?"

"응, 그랬어. 그리고 뉴턴인지 플라톤인지 그건 아무라도 상관없지만, 아무튼 그 사람들은 지구에서 아무리 생각을 해봐도 답을 낼 수 없었던 어려운 문제를 아카이브 별에 가서도 계속해서 생각하고 있어. 몇 백 년이 되도록 말야. 지구인이 기억하고 있는 한, 그 사람들은 계속해서 생각을 할 수 있어."

"응."

"그래서, 뭔가 답이 나올 때마다 책을 쓰는 거야. 그리고 그 책은 아카이브 별 도서관에 차곡차곡 정리해서 넣어둬."

"엄마 책은?"

"엄마도 물론 책을 쓰지. 유지와 아빠의 이야기가 적혀 있어."

"그 책을 그 '누군가'가 읽어?"

"읽지. 그 '누군가'는 이런 책을 특히 좋아해. 인간의 사랑에 대해 알 수 있으니까."

"그런 거야?"

"그래."

"짐 크노프는 뭘 써?"

"기관차에 관한 책이 아닐까?"

"그럼 빨간 모자는?"

"늑대에 관한 책. 아마도."

"정말?"

"정말이지. 빨간 모자는 '할머니와 늑대를 어떻게 구별해야 하는가'에 대한 책을 써. 그러니까, 일종의 실용서겠다."

"그런 거야?"

"아마도."

주말이 되면 우리는 도시 변두리의 숲으로 간다.

졸참나무와 상수리나무, 때죽나무 잎사귀가 우거진 초록빛 요람에서는 너구리와 족제비, 그리고 좀 더 작은 설치류, 그리고 그보다 더 작은 곤충들이 행복하게 살고 있다. 숲을 빙 둘러 군데군데 파인 작은 연못에는 망성어와 참붕어가 산다. 그들은 자기들의 세계를 만족스럽게 둘러보며 우아하게 지느러미를 한들거리고 있다.

숲에는 몇 줄기나 되는 오솔길이 있고, 그것들이 미로처럼 서로 얽혀 있다. 오솔길 입구에는 양조장 건물 한 채가 외따로 서 있다. 헌 목재와 함석으로 만들어진 이 술 공장은 이미 숲의 일부가 되었다. 벽에는 담쟁이넝쿨이 뒤엉켜 기어오르고 지붕은 튀어나온 상수리나무 가지의 잎사귀가 온통 뒤덮고 있다. 술 공장은 늘 '쿵, 쿵, 슈―' 하는 나지막한 신음 같은 소리를 낸다.

나는 색 바랜 면 반바지에 'KSC'라고 적힌 티셔츠(케네디 우주센터의 약칭. 누군가에게 받은 선물이다)를 입고 달린다. 옛날처럼 달리지는 못하지만, 1킬로미터에 6분 정도의 느린 페이스라면 한 시간쯤은 계속해서 달릴 수 있다. 내 뒤에서 어린이용 자전거를 탄 유지가 따라온다. 보조 바퀴를 떼어낸 지 얼마 안 된 참이라 유지의 자전거 타기는 아직 미덥지 못하고 아슬아슬하기만 하다.

낙엽이 쌓인 오솔길은 나무뿌리가 땅 위로 얼굴을 내밀고, 꺾인 가지가 털썩 누워 있는 일도 있다. 나는 가벼운 스텝으로 그런 장애물을 뛰어넘지만 유지는 그때마다 자전거에서 내려 끌고 넘어온다. 그리고 내 등을 향해 호소한다.

"닷쿤, 기다려. 나 혼자 두고 가면 안 돼."

나는 속도를 늦추고 그를 기다린다.

34

"왜 너를 혼자 두고 가겠냐?"

"그래도."

"자, 가자."

그리고 우리 둘은 다시금 숲 한가운데를 향해 속도를 높인다.

몇 줄기나 되는 오솔길을 쉬지 않고 내처 사십 분쯤 달리면 숲의 맞은편이 나온다. 그곳은 무언가를 만들던 공장터로, 지면은 튀어나온 콘크리트로 덮여 있다. 거대한 기계를 놓았던 자리의 흔적도 보인다. 석회질의 광대한 평면에 건물 일부가 드문드문 남겨져 서 있는 풍경이다. 거의 다 무너졌지만 제법 그대로인 문도 하나 남겨져 있다.

우편함도 있다.

(삐뚜름히 기울었다.)

바로 이런 느낌이다.

5번 공장이었는지 5번 창고였는지는 모르지만, 이 벽의
뒷부분은 완전히 없어져버렸다. 유지는 항상 이곳에서 볼트
와 너트, 대갈못과 용수철 등을 줍는다(어쩌다 작은 사슬 톱니
바퀴를 줍기도 한다. 그런 날은 정말 땡잡는 날이다). 나는 남겨진
콘크리트 자리에 걸터앉아 그런 그를 바라본다. 전에는 이
곳에 미오도 함께 있었다.

 유지는 두 살쯤 되었을 무렵부터 그 부품 줍는 작업을 계
속해왔다. 그런데도 볼트와 너트, 대갈못과 용수철이 떨어
지는 일은 없다. 정말 신기하게도 그 조그만 부품들은 언제
든지 이곳에 수두룩하게 널려 있다.

 유지는 호주머니 가득 주워 들인 부품을 가져다 아파트
맞은편 공터에 구멍을 파고 묻어둔다. 벌써 상당한 양이 쌓
였을 것이다. 그 공터의 지표 아래 30센티미터쯤까지 온통
볼트와 너트, 대갈못과 용수철이 파묻혀 있는 게 틀림없다.
언젠가 누군가가 찾아와 이것들을 발굴해냈을 때의 표정을
한 번 보고 싶다는 생각이 들기도 한다.

 나는 유지에게 묻는다.

 "한 가지 물어봐도 될까?"

 "뭔데?"

 "왜 그런 걸 주워?"

 그는 무지하게 머리 나쁜 사람을 보는 듯한 눈빛으로 나

를 바라본다.

"그야 뻔하지, 재밌으니까."

흠.

그것은 미오가 아카이브 별로 떠나기 일주일쯤 전의 일이었다.

(이런 식의 표현은 어딘지 마음이 편안해지는 구석이 있다.)

그녀는 내게 이런 말을 했다.

나는 이제 곧 이곳에서 없어지겠지만, 다시 비의 계절이 돌아오면 둘이서 어떻게 살고 있는지, 반드시 확인하러 올 거야.

(그날도 6월의 차가운 비가 내리고 있었다.)

그러니까, 그때까지 씩씩하게 잘 해줘야 돼. 유지는 그때쯤에는 초등학교에 다닐 테니까, 학교에 꼭꼭 잘 보내줘. 아침밥도 꼭 먹이고, 뭐 빼먹고 가지 않도록 소지품도 잘 챙겨주고.

할 수 있어?

"할 수 있어."라고 나는 말했다.

정말이지? 내가 다시 왔을 때, 제대로 못하고 있으면 용서하지 않을 거야.

(그리고 그녀는 조그맣게 웃었다. 자칫하면 깜빡 놓쳐버릴 만큼

몹시 작은 웃음이었다.)

당신이 걱정이야, 라고 미오는 말했다.

"괜찮아. 씩씩해질게. 좋은 아빠도 될 거야. 걱정하지 마."

정말?

"정말."

약속이야.

"응."

나는 씩씩해졌을까?

좋은 아빠가 되었을까?

이제 곧 비의 계절이 돌아온다.

6월의 월요일.

오늘도 다시 우리는 새로운 하루로 뛰어 들어간다.

3

"유지, 아침밥 다 됐다."

"응?"

"어서 먹어."

"어?"

아직도 팬티 차림으로 눈을 비비고 있는 유지의 머리에
티셔츠를 뒤집어씌운다.

"밥이야, 아침밥."

"응….."

"책가방 잘 챙겼지? 잊어버린 거 없지?"

"응, 없어."

그러나 그는 반드시 날마다 뭔가를 빼먹고 간다.

"닷쿤?"

"왜?"

"또 달걀프라이하고 비엔나 소시지야?"

"그래. 영양 만점인데다 맛도 좋지."

"그래도 날마다 먹는 건 좀…."

"뭐?"

"아무것도 아냐."

"서둘러야지. 이제 8분밖에 안 남았어."

"그래?"

"그렇다니까."

"저기, 닷쿤…."

"응?"

"이 셔츠, 토마토케첩이 묻었어."

"신경 쓸 거 없어. 그냥 셔츠 무늬라고 생각하면 돼."

"그런 거야?"

"요즘 세탁기를 안 돌려서 갈아입을 게 없어. 다른 셔츠 한 장은 소스가 묻었고, 또 한 장은 카레 범벅."

"으으."

"유지가 조금만 얌전히 먹어주면 아주 좋겠는데 말이야."

"그냥 됐어. 이 셔츠 입고 갈래."

외근에서 돌아오는 길에 비를 만났다. 이번 달 들어 처음 오는 비였다. 사무실에 돌아가자 나가세 씨가 수건을 들고 와 내 어깨며 등을 닦아주었다.

"양복…." 나가세 씨가 말했다.

"예?"

나가세 씨는 불쑥 튀어나온 자신의 말에 무척 당황한 것처럼 보였다. 자신의 블라우스 옷깃과 옷자락을 자꾸 잡아당긴다.

"뭔데요?"

"저어." 하고 그녀가 말했다.

"얼룩이 질지도 몰라요…."

"아, 그럴지도 모르겠네요."

그래도 그녀는 여전히 침착하지 못한 기색이었다. 왜요? 라는 듯 내가 미소를 짓자, 그녀는 아무것도 아니에요, 라는 듯 고개를 저었다. 나는 그녀에게 서류를 건네주고 "안녕."이라고 말했다. 그녀는 조그맣게 중얼거리듯 "수고하셨어요." 라고 대답하며 서류를 가슴에 안았다. 소장은 자신의 책상에서 기분 좋게 자고 있었다.

저녁에는 우산을 받쳐 들고 둘이서 쇼핑을 하러 나갔다.

"오늘 저녁에는 뭐 먹고 싶어?"

"카레라이스."

"완전히 매너리즘에 빠졌군."

"매너리즘이 뭐야?"

"독창성이 부족하다는 거야."

"그게 무슨 말이야?"

"우리 집의 식사 메뉴 같은 거지."

"그런 거야?"

"그래."

"그럼 어떻게 할 거야?"

"뭔가 지금까지 한 번도 해본 적 없는 메뉴에 도전해볼까?"

"우와, 좋아."

"새로운 바람이다!"

"뭔데, 그게?"

"옛날에 미국 대통령이 했던 말이야. 지금은 그 아들이 대통령을 하고 있어 책이 처음 출간된 2003년 당시 미국의 대통령은 41대 대통령 조지 H. W. 부시의 아들 조지 W. 부시였다 – 옮긴이."

"그런 거야?"

"그런 거야."

거기서 우리는 서로 의견을 주고받은 끝에 지금껏 한 번도 우리 집 식탁에 오른 적이 없는 '롤 캐비지'를 저녁 메뉴로 정했다. 쇼핑센터에서 각자 갈라져서 빠짐없이 재료를 사들인 다음, 우리는 의기양양하게 귀환길에 올랐다. "새로운 바람, 새로운 바람."이라고 유지는 노래를 불렀다.

17번 공원에는 언제나 그렇듯이 농부르 선생이 있었다. 검은 우산을 들고, 연못을 에워싸듯 피어난 수국 꽃을 쳐다보고 있다. 푸는 비가 아주 질색이어서 벤치 아래 기어들어가 있었다.

"농부르 선생님."

내가 인사를 건네자, 선생이 우리 쪽으로 돌아서며 빙긋웃었다.

"수국 꽃이군요."

"정말 아름다워. 꽃은 바라보는 사람이 있기 때문에 아름답게 피려고 하지. 올곧고 망설임이라고는 없는 마음이야."

그리고 선생은 이렇게 말을 이었다.

"수국은 원래 바닷가 식물이야. 그래서 그런지 유독 물을 사랑하는군."

선생은 여전히, 맺어지지 못한 옛 연인의 자취를 찾고 있는지도 모른다. 그렇다면 그건 사랑을 하고 있는 것이나 똑같은 게 아닐까. 가령 몇 십 년 동안 한 번도 만나지 못한 채 살았더라도, 아니 어쩌면 이미 이 별에는 없는 사람이라도, 인간이란 사랑할 수 있는 존재다.

신기하지만 그것이 진실이다.

"소설은 잘되어 가나?"

"아직요. 막상 쓰려고 하니 참 어렵군요. 쓰고 싶은 건 얼마든지 있는데."

"그때가 오기까지 기다리면 돼."

"그때요?"

"음, 가슴에 가득 찬 말이 언젠가 저절로 흘러나올 때까지."

"그런 건가요?"

"그럼. 반드시 올 거야, 그때가."

유지는 쪼그리고 앉아 벤치 아래의 푸에게 뭔가 말을 걸고 있었다. 푸는 말없이 듣고 있다. 귀를 기울여 들어보니 유지는 이런 말을 하고 있었다.

"푸, 너 새로운 바람이라는 거 알아?"

집에 돌아와 유지의 도움을 받아가며, 요리책을 읽어가며, 롤 캐비지를 만들었다. 요리책에는 '실패할 가능성이 가장 적은 요리 중의 하나'라고 적혀 있었다. 그러나 우리는 실패했다.

"저기."

"응?"

"롤 캐비지라는 게 이런 맛이야?"

"아니, 분명 아닐 거야."

"저어…."

"응?"

"지독히 맛없는데."

"아빠도 같은 생각이야."

그러고는 5초 정도 침묵이 있었다.

"저기, 나…."

"응."

"눈치챈 게 있는데."

"뭔데?"

"살 때 잘못 산 거 같아."

"뭘?"

"나, 양배추가 아니라 상추를 사버렸는지도…."

"그래?"

다시 한 번 5초의 침묵.

"미안."

"아니, 괜찮아. 너무 신경 쓰지 마. 그것도 모르고 요리를 한 아빠도 마찬가지니까."

"그런 거야?"

"응."

언젠가 신문에서 영국 어린이 세 명 중 한 명은 양배추와 상추를 구별하지 못한다는 기사를 읽은 적이 있다. 아무래도 우리 집의 잉글랜드 왕자도 그 세 명 중 한 명에 속하는 모양이다.

그리고 아마 나도.

4

이웃한 도시의 영화관에서 〈모모〉를 상영한다는 소식을
들었다. 소극장풍의 영화관으로, 평소에도 명작 영화들을
재상영하곤 했는데, 이번 달에는 미하엘 엔데 특집을 마련
한 모양이었다. 이번 주에는 〈모모〉, 다음 주에는 〈네버엔딩
스토리〉가 상영될 예정이었다. 유지는 〈모모〉를 보고 싶다
고 했다.

"아빠는 영화관에 못 들어가는 거, 알고 있지?"
"알아."
"그러니까 영화 볼 거라면 유지 혼자 들어가야 하는데, 괜
찮아?"

"괜찮아."

"그렇다면 이번 토요일에 가볼까?"

"야호! 닷쿤, 고마워."

"천만에요."

토요일, 상영 한 시간 전에 아파트를 나섰다. 나는 출퇴근 때 이용하는 낡은 자전거를 타고, 유지는 어린이용 자전거를 타고 전원 풍경을 가로지르며 뻗어 나간 외줄기 길을 달렸다. 이웃한 도시까지는 대략 10킬로미터의 여정이라 충분히 시간 안에 도착할 수 있을 터였다.

나는 버스나 전철을 타지 못한다.

올라탄 뒤에 문이 닫히고 가속도를 감지하는 순간, 딸각 스위치가 켜지고 밸브가 열리고 내 레벨 게이지는 한계치를 벗어나버린다.

그게 어떤 탈것이든 마찬가지여서 놀이동산의 원숭이 기관차에서도 관광지의 백조 유람선에서도 역시 똑같은 상황이 된다. 버스나 전철은 훨씬 더 그렇게 되고, 모노레일이나 케이블카는 (높은 곳이라서) 더욱 더 그렇게 된다. 이건 추측이지만, 비행기는 엄청나게 그렇게 될 것 같고, 잠수함에 이르러서는 치명적으로 그렇게 될 것이다.

상상하는 것만으로도 끔찍한 경우는 몸 돌리기도 힘겨울 만큼 작은 조종실에 갇힌 채 꽁무니 아래로 화약을 폭발시켜 우주를 향해 쏘아 올려지는 것이다.

그래서 스푸트니크호를 타고 지구를 빙글빙글 돌았던 개 라이카는 나의 영웅이다. 내게 그만한 용기가 단 한 조각만 이라도 있었다면, 하고 생각한다.

아무튼 이건 지독히 불편한 일이다. 내가 짊어진 다양한 불편함 중에서도 상당히 높은 쪽에 위치한다. 덕분에 나는 달에 가는 것도 불가능하고 마리아나 해구에 잠수하는 것도 불가능하다.

대단히 섭섭하다.

영화관에는 상영 5분 전에 도착했다. 예상했던 것보다 시 간이 많이 걸린 것은 맞바람 때문이었다. 유지는 머리를 낮 추고 열심히 페달을 돌렸지만, 그래도 예정보다 훨씬 늦게 도착하고 말았다.

집에서 만들어 온 샌드위치를 건네고 자동판매기에서 뽑 은 콜라도 쥐어주었다. 원래는 영화가 시작되기 전에 둘이 함께 먹을 계획이었지만, 그럴 시간은 사라졌다.

매표소에서 어린이용 티켓 한 장을 샀다.

"자, 마음껏 즐기고 와."

유지는 돌연한 예정 변경에 적잖이 불안을 느끼는 것 같 았다. 나는 지갑에서 동전 몇 개를 꺼내 그의 바지 호주머니 에 넣어주었다.

"샌드위치만으로는 배가 고프겠다 싶으면 팝콘을 사 먹어. 도넛도 괜찮고, 네가 좋아하는 걸로 사 먹어도 돼."

"응."

그래도 유지는 가슴 앞에 샌드위치가 든 런치박스와 콜라 캔을 안은 채 움직이려고 하지 않았다. 상영 시작을 알리는 벨이 울렸다. 유지는 고개를 돌려 영화관 안으로 들어가는 문을 바라보았다. 그리고 다시 돌아서서 내 얼굴을 쳐다본다.

"어서 가봐. 시작하겠다."

나는 유지의 어깨에 손을 얹고 그를 재촉했다. 담당 직원에게 티켓을 건네고, 유지의 등을 민다. 그는 두 번쯤 돌아서서 나를 보았고, 그리고 안으로 사라져갔다.

함께 갈 수 있었으면, 하고 생각한다. 그러나 나는 영화관에 들어가지 못한다. 음악 콘서트에도 가지 못하고, 누군가의 결혼식에도 참석하지 못한다. 이쪽의 원인은 엘리베이터를 타지 못하거나 높은 빌딩에 올라가지 못하는 이유와는 조금 다르다.

나 스스로도 도무지 이해할 수 없는 일이라고 느끼고 있지만, 이건 어떤 한 가지 충동에 강하게 사로잡히고 말기 때문이다. 나는 수많은 사람들이 모인 장소에서 모두가 침묵하지 않으면 안 될 상황이 되었을 때 갑자기 큰 소리로 떠들고 싶어지는 몹시도 번잡스러운 습성이 있다. 모든 사람들이 많든 적든 이런 충동을 느낄 것이라고 생각하지만, 문제는 그 정도의 차이일 것이다.

"캬, 그 셔츠, 죽인다!"라든가 "제기랄, 앞으로 한 방이면 끝내주는 건데!"라는 식으로, 말 그 자체에는 별다른 의미가 없다. 아무튼 그 순간 퍼뜩 머리에 떠오른 말이 출구를 찾아 마구 날뛰는 바람에 나는 심히 곤혹스러운 상황에 빠지고 만다. 그 다음은 언제나 똑같은 패턴이다. 곤혹이 딸칵 스위치를 누르고 밸브가 열리고 레벨 게이지가 한계치를 벗어나 버린다.

요즘에는 이 일로 그다지 불편을 느끼는 일이 없지만, 대학에 다니던 때는 정말 어지간히 힘들었다. 수업 중에 "우왓, 이건 너무 심하지!"라든가 "에이, 그런 말 한 적 없어!"라든가, 머리에 떠올라 날뛰는 말들을 다시 밀어 넣기 위해 꽤 비지땀을 흘렸다. 결국 그것이 가장 큰 원인이 되어 대학을 중퇴했다.

유지의 등을 눈으로 배웅한 뒤, 영화관 주변을 돌며 시간을 때울 만한 장소를 찾았다. 이 근처는 부티크나 액세서리 숍, 패스트푸드점 같은 곳이 빽빽이 이마를 맞대고 있다. 뭔가 그 소란스러움만으로도 현기증이 날 것 같았지만, 아무튼 유지가 돌아올 때까지는 이곳에서 기다려야 했다. 가져온 샌드위치를 모두 들려 보냈기 때문에 배도 고파왔다.

한참 돌아다니다 '이곳이라면 괜찮겠다' 하고 스타벅스에 들어가기로 했다. 무엇이 괜찮은가 하면, 이곳은 매장 전체가 금연이었기 때문이다. 센서가 민감한 나에게 담배 연기는 최루탄과 똑같은 위협이 된다.

나 같은 사람들이 모여서 시위대로 나선다면('캬, 그 셔츠, 죽인다!'라든가 '제기랄, 앞으로 한 방이면 끝내주는 건데!'라고 써넣은 플래카드를 들고 행진한다) 경찰은 진압을 위해 저마다 담배를 피워 물고 포위하기만 하면 된다. 틀림없이 눈물을 줄줄 흘리며 해산할 테니까('우왓, 이건 너무 심하지!'라고 하면서 뿔뿔이 도망칠 것이다).

나는 커피를 마시지 못하는 체질이라(스위치가 딸각 켜진다) 이 가게에서 입에 넣을 수 있는 메뉴는 한정되어 있다. 그래서 마실 것으로는 미네랄워터 페트병을, 먹을 것으로는 샌드위치를 주문했다.

쟁반에 빵과 음료수를 받아들고 매장 저 안쪽 자리에 앉았다. 가게 안은 팔십 퍼센트 정도가 손님으로 채워져 있었다. 바지 정장 차림의 여자가 노트북을 마주하고 앉아 있거나 학생으로 보이는 젊은이가 교재를 펼치고 앉아 있는 등, 커피를 마시며 뭔가 하고 있는 사람이 많았다.

나도 그들처럼 들고 왔던 대학 노트를 펼쳤다. 샤프펜슬

머리를 가슴에 톡 쳐서 심지를 꺼낸다. 그리고 빵을 한 입 베어 물고 잠시 생각에 잠겼다. 꿀꺽 삼키고, 나는 첫 장의 맨 첫 행에 우선 '1'이라고 번호를 써넣었다. 제목은 나중에 정할 생각으로 아직 적지 않았다. 최초의 말이 곧바로 흘러나왔다.

'미오가 죽었을 때, 나는 이런 식으로 생각했다.'

그리고 그 뒤는, 미리 준비된 문장을 그대로 베껴 쓰는 것처럼 자꾸 말이 흘러나왔다. 정말 그렇구나, 하고 나는 생각했다. 이게 농부르 선생이 말했던 그것이구나.

'가슴에 가득 찬 말이 언젠가 저절로 흘러나온다.'

나는 아카이브 별 이야기, 유지 이야기, 법무사 사무소에서의 업무 이야기, 농부르 선생과 푸의 이야기, 그리고 주말의 숲에서의 달리기와 공장터 이야기를 썼다. 우선 지금의 생활을 적은 뒤에 서서히 미오와의 추억을 써 내려갈 생각이었다.

지금까지 기껏해야 일기 정도밖에는 글을 써본 적이 없었는데도 문장은 술술 앞으로 나아갔다. 경애하여 마지않는 작가 존 어빙미국 작가. 대표작 《가아프가 본 세상》－옮긴이과 그에게 문장 쓰는 법을 가르쳐주었던 SF작가 커트 보니것미국 작가. 아이오와대학에서 문예창작을 가르쳤다. 대표작 《갈라파고스》《제일버드》-옮긴이의 소설을 머릿속에 떠올리고 그것을 참고로 하며 써나갔다.

노트 위에 묘사된 나와 유지는 실제의 우리보다 뭔가 훨씬 더 행복해 보였다. 정말로 괴로운 일에 대해서는 안 쓰면 되는 것이다. 그러면 그들은 행복할 수 있다. 행복한 그들을 적어 내려가는 건 대단히 즐거웠다.

나는 정신없이 빠져들어 우리의 분신에게 시간과 공간과 말을 부여해나갔다. 그들에게 부여해준 시간은 말하자면 내가 잃어버린 시간이기도 했다.

정말 믿을 수 없는 일이지만, 문득 깨달았을 때는 벌써 해가 기울고 있었다.

나는 소스라치게 놀랐다.

"아앗, 큰일 났다!"

벌떡 일어서는 참에 테이블 위의 페트병이 쓰러졌다. 하긴 안에 든 것은 진작에 비워버린 뒤였다. 가게 안의 다른 손님들이 의아한 눈빛으로 나를 쳐다보았다.

대학 노트와 샤프펜슬, 지우개를 급히 가방에 챙겨 넣고 쟁반을 돌려주고는 가게를 뛰쳐나왔다. 길을 달리며 손목시계를 바라보니 영화가 끝나고 벌써 한 시간 넘게 지난 시각이었다.

'잊어서는 안 될 일인데 잊어버린다.'

그러나 아무리 그래도 절대 잊어서는 안 될 일이라는 게 있는 법이다.

어째서 나는 이런 걸까? 어째서 이런 식이 되어버렸을까?

마주 오던 사람들과 수없이 부딪치고 그때마다 "미안합니다." 하고 사과하며 유지에게로 내달렸다.

영화관 주변만 인적이 끊겨 있었다. 마침 다음 상영이 중반에 접어든 시각이라서 이런 때의 영화관은 묘한 정적에 감싸여 있다.

유지는 금세 찾아냈다. 폭이 넓은 정면 계단 한가운데 혼자 덩그러니 앉아 있었다. 무릎 위에 런치박스를 올려놓고 그것을 끌어안은 듯한 모습으로 멍하니 애매한 공간을 응시하고 있었다. 작은 입이 뭔가 노래라도 하듯 움직였지만, 소리는 들리지 않았다.

"유지."

내가 부르는 소리에도 그는 얼른 알아차리지 못했다. 곁에 바짝 다가갔을 때에야 유지는 나를 보았다.

눈이 빨갛고 코가 빨갛고 볼도 빨갰다. 그는 몇 번이고 콧물을 훌쩍였다.

"미안."이라고 나는 말했다.

"응." 하고 유지가 말했다.

나는 몸을 낮추어 아직도 눈물방울이 매달려 있는 유지의 속눈썹을 손끝으로 닦았다. 호주머니에서 티슈를 꺼내 코를 풀어주었다.

"한쪽씩 살살. 너무 세게 풀면 귀가 아프니까."

"응."

그리고 그의 곁에 앉았다.

"진짜 미안."

"응."

나는 유지의 조그만 손을 쥐었다. 그의 손은 언제나 그렇듯이 따뜻하고 축축했다.

"걱정했어."

이윽고 유지가 콧소리로 내게 말했다.

"닷쿤이 몸이 안 좋아져서 어딘가에서 꼼짝도 못하고 있는 거 아닌가 하고."

"그랬어?"

"응. 그래서 막 뛰면서 찾아다녔어. 여기저기 전부 다. 근데, 찾지 못했어."

"미안."

나는 다시 한 번 말했다.

"그래도 다행이다."라고 유지는 말했다.

"아무 일 없었던 거지?"

"아무 일도 없었어. 그렇지만 유지에게 못할 짓을 했어."

유지는 고개를 저었다.

"나는 괜찮아. 참을 수 있어."

"응. 유지는 정말 똑똑하다."

"나, 똑똑해?"

"굉장히. 아빠의 몇 배나 똑똑해."

"그렇지는 않아."

유지는 말했다.

"나, 울어버렸는데 뭐. 엄청 울어버렸어."

그리고 그는 다시 뚝뚝 눈물을 떨구기 시작했다. 나는 땀에 젖은 그의 호박빛 머리카락에 손가락을 넣어 품으로 끌어당겼다.

"울게 해서 미안."

그는 소리 죽여 조용히 울었다. 그리고 내 가슴에 얼굴을 묻은 채 우물거리는 소리로 속삭였다.

"부탁이야."라고 유지는 말했다.

"나 혼자 두지 마."

"나 잊어버리지 마."

아마 유지를 고통스럽게 만들었던 데 대한 보복일 것이다. 아니, 그렇게 말할 수 있는 일도 아니다. 이 일 때문에 유지를 한 번 더 괴롭히고 말았으니까.

돌아오는 길, 여정이 거의 중반에 접어들었을 무렵에 내 몸이 엉터리로 돌아가기 시작했다.

유지는 완전히 생기를 되찾아 방금 보고 온 영화의 스토리를 더듬더듬 내게 이야기해주었다. 바람이 등쪽에서 불어와 우리는 순풍에 돛단배처럼 경쾌하게 달려나갔다.

문득 깨달았을 때는 상황이 나빠져 있었다. 입안에서 단내가 나고 팔다리 끝의 감각이 사라져 있었다. 게다가 지독히 추웠다.

그래도 한참 동안은 유지의 말에 맞장구를 쳐주었다. 하긴 내용은 거의 머리에 들어오지 않았지만. 그렇게 꾹 참으며 5분 정도 갔을 즈음, 마침내 한계에 다다랐다.

"유지."

나는 그의 말을 가로막았다.

"응?"

"자전거 좀 세워봐."

"응."

우리는 아스팔트 길에서 직각으로 뻗어 나간 논두렁길에 자전거를 세웠다. 나는 그 자리에 무너지듯 주저앉았다. 에너지 오프, 가스 잠김이었다.

보통 사람이라면 "아, 배고프다."로 끝날 일일 텐데, 나는 매사에 호들갑스럽게 대응하는 체질로 만들어진 탓에 그 증세가 요란했다. 이미 팔다리의 끝쪽까지 감각이 없었다. 앉아 있기도 힘들어서 나는 땅바닥에 드러누웠다. 평소에는 이런 상태까지 떨어지지 않도록 식사를 하루에 다섯 번씩, 잘게 나누어 먹었다. 그러나 오늘은 깜빡 정신이 나가서 세시의 간식을 까맣게 잊어버렸다.

"닷쿤, 괜찮아?"

"응, 좀 힘들어."

"그런 거야?"

"유지."

그는 몸을 숙여 내 얼굴에 자기 얼굴을 가까이 댔다.

"뭐어?"

"아직 호주머니에 돈이 남아 있니?"

"응. 팝콘 하나 사 먹었는데도 좀 남았어."

"그럼, 부탁이 있는데."

"응."

"여기서부터 너 혼자 자전거 타고 가까운 편의점까지 가서, 뭔가 먹을 거 좀 사 와."

"먹을 거?"

"응. 아빠, 건전지가 다 떨어졌어. 다시 움직이려면 새 건전지를 넣어야 해."

"그런 거야?"

"응. 할 수 있겠니?"

"할 수 있어."

"그럼, 갔다 와."

"알았어."

유지는 일어서서 어린이용 자전거를 끌고 아스팔트 길로 나갔다. 그리고 안장에 올라앉더니 몸을 돌려 나를 보았다.

"닷쿤?"

"응."

유지의 코가 다시 빨개져 있었다.

"닷쿤, 죽지 않을 거지?"

"괜찮아, 죽거나 그러지 않아."

"정말?"

"정말이야."

유지는 말의 진위를 확인하려는 듯 한참이나 지그시 내 눈을 들여다보았다. 나는 무진 애를 써서 가까스로 웃는 얼굴을 만들었다.

"그럼, 갔다 올게."

이윽고 유지가 말했다.

"응, 부탁한다."

유지는 페달을 밟으며 달리기 시작했다.

"유지!"

"뭐어?"

"너도 잘 알겠지만, 사 오는 거, 건전지 아니야."

"그런 거야?"

(그의 "그런 거야?"는 일종의 조건반사 같은 것으로, 거기서 뭔가 의미를 건져 올리려고 시도하는 건 위험하다. 그렇긴 한데, 정말 괜찮은 길까?)

"네가 사 오는 건 먹을 거야. 뭔가 달콤한 게 좋겠는데."

"응."

"가능하면…."

"응?"

"쿠키 아이스가 좋겠는데."

"알았어. 닷쿤, 그거 좋아하지?"

"으음."

"갔다 올게."

"응."

그리고 그는 페달을 있는 힘껏 밟아서 엄청난 스피드로 멀어져갔다. 나는 다급히 만류하려고 했지만, 유지의 귀가 어둡다는 게 생각나서 그만 포기했다.

"그렇게 내달리면…."

나는 다시 땅바닥에 드러누웠다.

"위험해…."

등에 느껴지는 땅의 냉기와 풀 냄새만이 현실 세계와 나를 이어주고 있었다. 까무룩히 사라지는 의식 속에서 나는 내내 유지가 무사하기만을 빌었다.

그가 자동차에 떠받히는 광경이 수없이 뇌리에 떠올라 그때마다 가슴이 찌리릿 아팠다.

심장 박동이 트레몰로를 연주하고 있었다. 게다가 이따금 변조가 덧붙어 뭔가 지독히 괴로웠다.

"미오." 하고 마음속으로 불렀다.

대답은 없었다.

"미오."

시험 삼아 다시 한 번 불러봤지만, 역시 대답은 없었다. 왠지 몹시 슬펐다.

"닷쿤?"

유지의 목소리에 의식이 되살아났다.

"쿠키 아이스 사 왔어."

그는 땀에 흠뻑 젖은 채로 어깨숨을 몰아쉬고 있었다.

"다행이다…."라고 나는 말했다.

"뭐가?"

"응, 됐어. 다음부터는 자전거로 그렇게 속도를 내선 안 돼."

"그치만…."

"응. 그러니까, 이제 됐어. 고마워."

나는 윗몸을 일으켜 그가 사다 준 쿠키 아이스를 먹었다. 너무 차가워서 온몸이 덜덜 떨렸다. 따뜻한 것으로 부탁할 걸 하고 후회했지만, 말없이 그대로 먹었다.

쿠키 아이스가 분해 흡수되어 몸 안을 돌 때까지는 아직 시간이 더 필요했다. 나는 다시 하늘을 보고 누웠다. 유지도 마찬가지로 내 곁에 드러누웠다.

하늘은 이미 짙은 블루의 천막이 드리워져 있었다. 별들이 건전지가 떨어져가는 회중전등처럼 깜빡깜빡 반짝였다.

"괜찮아?" 하고 유지가 물었다.

"응, 아직 좀 괴로운 것 같기도 하고."

"그래?"

"응."

"그럼, 있지…."

"응?"

"노래를 부르면 좋아져."

"그게 뭐야?"

"엄마가 알려줬어."

"언제? 나는 몰랐네."

"흐흥."

63

"뭐가 흐흥이야?"

"뭐든 상관없잖아?"

"그야 상관없지만."

"무서울 때라든가 아플 때, 이 노래를 부르면 견딜 수 있대."

"엄마가?"

"응, 그랬어."

"그럼, 알려줘."

유지는 맑고 가는 목소리로 노래하기 시작했다.

한 마리 코끼리가 거미줄에 걸렸네

신나게 그네를 탔다네

너무너무 재미가 좋아 좋아 랄랄랄

다른 친구 코끼리를 불렀네

두 마리 코끼리가 거미줄에 걸렸네

신나게 그네를 탔다네

너무너무 재미가 좋아 좋아 랄랄랄

다른 친구 코끼리를 불렀네

"자, 잠깐."

"왜?"

"이 노래, 코끼리가 몇 마리까지 불어나지?"

"끝이 없어. 자기가 이제 괜찮다고 생각할 때까지야."

나는 거대한 거미줄에 겹겹이 들러붙어 신나게 놀고 있는 몇 백 마리의 코끼리를 머릿속에 떠올렸다.

"코끼리들이 정말 재미있었을까?"

"그야 물론이지. 그러니까 친구들까지 부른 거 아냐?"

흠.

"함께 노래해봐. 그러면 나아질 테니까."

"알았어."

세 마리 코끼리가 거미줄에 걸렸네
신나게 그네를 탔다네
너무너무 재미가 좋아 좋아 랄랄랄
다른 친구 코끼리를 불렀네

우리는 예순다섯 마리의 코끼리가 거미줄에 걸릴 때까지 노래를 계속했다.

그리고 마지막은 이렇게.

예순다섯 마리의 코끼리가 거미줄에 걸렸네
신나게 그네를 탔다네

너무 많은 코끼리가 올라탔네 랄랄랄

그만 그만 톡 하고 끊어졌대요

"닷쿤, 몸이 좋아졌어?"

"어라?"

"왜?"

"정말이다. 감쪽같이 다 나았어."

"그치?"

"응."

"굉장하지?"

"정말 그러네."

"우리도 너무 늦었으니까 이제 그만 집에 갈까?"

"응."

우리는 밤길을 둘이서 나란히 자전거를 끌고 걸었다. 개구리들이 유난히 기쁜 듯 울고 있었다. 무슨 좋은 일이라도 있었나?

유지가 말했다.

"엄마 보고 싶다."

"나도 그래."

한참 있다가 다시 유지가 말했다.

"나 때문에 엄마가 죽었어?"

"아냐."

"정말?"

"정말이지. 왜 그런 생각을 했어?"

"그냥."

다시 한참 지나서 이번에는 내가 말했다.

"정말로 그런 거 아냐."

"알고 있어."

"그럼 됐다."

"응."

언젠가는 유지도 사실을 알 때가 올 것이다. 어느 집안에
나 입이 가벼운 사람이 있게 마련이다. 실제로 유지는 희미
하게나마 진실의 윤곽을 파악하려고 하고 있었다. 아마도
입이 가벼운 누군가에게 잘못된 이야기를 들었으리라. 그러
나 진실을 알기에 유지는 아직 너무 어렸다. 앞으로도 한참
동안 나는 거짓말을 계속할 생각이다. 가능하다면 이 소설
을 읽었을 때, 그가 처음으로 진실을 알게 되었으면 좋겠다
고 생각한다.

게다가 진실은, '유지 때문에 미오가 죽었다'라는 것과는
사뭇 다르다. 뭔가 하나의 결과가 있었을 때 그 원인을 한 가
지로 한정한다는 건 어려운 일이다.

분명 룰렛의 볼은 검정 13으로 굴러 들어갔다. 그러나 그 이유를 무엇이라고 해석해야 하는가. 이것을 한마디로 설명한다는 건 불가능하다. 그리고 우리의 세계 역시 이 룰렛과 전혀 다를 바가 없는 것이다.

분명 유지는 지독한 난산이었다.

임신했을 때부터 갖가지 좋지 않은 상황들이 벌어졌고, 그 때문에 체력이 떨어진 미오는 출산 때 영문 모를 주사를 몇 대나 맞기도 했다. 처음엔 시저처럼 산도産道가 아니라 의사의 손에 의해 열린 틈을 뚫고 나오게 하는 방법까지 고려했지만, 결국 유지는 서른 시간에 걸친 사투 끝에 정규 루트를 통해 이 세상에 나타났다. 정말이지 건강한 아기였다. 몸무게가 3.9킬로그램이나 되었다.

한편, 어머니 쪽은 심하게 쇠약해져 있었다. 몸 안에 있는 다양한 기관, 여과하거나 분해하거나 중화하는 기관들이 제대로 작동하지 않게 되었다.

그녀는 5년 뒤에 이 별을 떠났지만 그때 갖고 있던 신체적인 불편함과, 유지의 출산 때 빠졌던 몇 가지 기능부전 사이에 어떤 상관관계가 있는지는 명확하지 않다. 왜냐하면 유지의 출산 뒤에 그녀는 다시 건강을 회복했고, 그 후 보통의 어머니와 아내로서 생활했던 시기가 있기 때문이다. 그러니까 유지 때문에 미오가 죽었다는 것은 진실이라고 할 수 없다.

가령 유지의 출산 때에 생겼던 무언가가 5년 뒤에 그녀의 목숨을 앗아 갔다 해도, 그것을 유지 때문이라고 하는 건 불가능하다.

유지는 아무 짓도 하지 않았다.

나와 미오가 원해서 그를 이 세상에 맞아들였던 것이다. 그때 그는 아직 숨도 쉬지 못했고 눈도 뜨지 못했었다. 그는 지상에 와 닿기 전의 눈처럼 순진무구했다.

그러므로 이 일로 유지가 괴로워하는 일이 있어서는 안 된다.

5

다음 날, 우리는 늘 하던 대로 숲으로 향했다. 술 공장은 오늘도 '쿵, 쿵, 슈―' 하고 낮게 신음하고 있었다. 하늘은 잿빛의 두툼한 구름으로 뒤덮여 있었다. 숲의 안쪽에서 불어오는 바람에서는 비 냄새가 났다.

"비가 올지도 모르겠다."

"응?"

나는 달리는 속도를 낮추고, 유지 곁에 나란히 다가섰다.

"비 냄새가 나. 금방이라도 쏟아질 것 같아."

유지는 쿵쿵 하고 코를 벌름거렸다.

"난 모르겠는데?"

"조금 서두르자."

보통 때는 최대한 멀리 돌아서 충분한 거리를 달린 다음에 공장터로 향했지만, 오늘은 가장 짧은 루트를 지나 목적지로 향했다.

　숲의 중심은 어두웠다. 졸참나무와 때죽나무 잎이 녹색의 천장처럼 우리 머리 위를 덮고 있었다. 겹겹이 쌓인 낙엽이 발에 밟힐 때마다 축축한 소리를 냈다. 새들도 지저귀지 않았다. 뭔가 말을 입에 담기에는 너무나 우울한 날씨였기 때문인지도 모른다.

　고요했다. 이따금 생각난 것처럼 불어오는 바람이 나뭇가지를 흔들며 투두둑 하고 콩을 뿌리는 것 같은 소리를 냈다. 이전에는 보이지 않던, 쓰러진 나무가 오솔길을 가로막고 있었다. 나는 유지를 도와 자전거를 들어 올려 그것을 타넘었다.

　이윽고 숲이 끝나고 우리는 공장터로 나섰다. 하늘은 더욱 더 컴컴해져 있었다. 이내 최초의 한 방울이 내 이마를 스치고 어깨에 떨어졌다.

　"떨어지기 시작한다."

　빗발은 순식간에 강해졌다. 콘크리트가 비에 젖어 몹시 그리운 냄새를 풍겼다. 넓은 공장터에는 비를 피할 만한 곳이라고는 한 곳도 없었다. 이러느니 숲 한가운데가 그나마 나을 것 같았다.

나는 왔던 길을 되돌아가기로 마음을 정하고 유지에게 말을 건넸다.

"자, 돌아가자."

그러나 그는 내 말을 듣고 있지 않았다. 젖은 머리칼이 들러붙은 이마를 앞으로 쑤욱 내밀고 엄청나게 진지한 표정으로 뭔가를 바라보고 있었다. 눈과 눈썹을 가까이 붙이고 그로서는 퍽 어른스러운 눈빛으로 오로지 한 지점만을 응시하고 있다.

나는 그의 시선 끝을 더듬어 따라가 보았다.

비안개가 피어오르는 회색빛 풍경 속에 단 한 점의 엷은 색채가 있었다. 그것은 단 한 곳에만 남아 있던 벽, '#5'라고 적혀 있던 그 문 앞이었다. 속눈썹에 맺히는 빗물을 손끝으로 뿌리치며 다시 한 번 찬찬히 응시해보았다. 그것은 금세 그것이라고 알 수 있는, 너무나 그리운 윤곽이었다.

잘못 보았을 리가 없다.

미오다.

그녀가 복숭아색 카디건을 걸치고 그 문 앞에 쪼그리고 앉아 있다.

나는 천천히 유지를 내려다보았다. 그도 나를 올려다보

고 있었다. 눈을 큼직하게 뜨고 입은 O자로 벌리고 있다.

유지는 벼르고 별렀던 비밀 이야기를 털어놓을 때처럼 작디작게 속삭였다.

"큰일 났어, 닷쿤."

그는 몇 번이고 급하게 눈을 깜빡였다.

"엄마가….'라고 유지는 말했다.

"엄마가 아카브이 별에서 돌아와버렸어."

우리는 멈칫멈칫 그녀에게 다가갔다. 무서웠기 때문이 아니다. 세 아내의 유령을 두려워할 남편은 이 세상 어디에도 없다. 아주 작은 공기의 흔들림조차도 그녀의 존재를 마구 지워버릴 것 같았기 때문이다.

유지도 분명 똑같은 마음이었으리라. 갑자기 뛰어들어 미오에게 안기는 따위의 짓은 하지 않았다. 혹은, 그가 행복의 덧없음을 본능적으로 알고 있었기 때문인지도 모른다. 한편으로 나는 양식 있는 성인으로서 상식적인 해석에 매달리는 과정도 잊지 않았다.

꼭 닮은 사람이라는 설.

쌍둥이처럼 꼭 닮은 전혀 모르는 타인인 경우와, 타인이 아니라 진짜 쌍둥이인 경우. 그러나 꼭 닮은 타인이라고 하기에는 유령의 존재와 마찬가지로 믿을 수 없을 만큼 꼭 닮았다. 게다가 진짜 쌍둥이라면 내가 모르고 있을 리가 없었다. 그녀에게는 여동생과 남동생이 있지만 타인들처럼 전혀 닮은 데가 없었다. 오히려 피가 섞이지 않은 내 쪽이 훨씬 더 오빠처럼 보였다. 가면을 씌워 유폐시켜둔 쌍둥이 여동생이 있다는 이야기도 들은 적이 없다.

그녀가 실은 살아 있었다는 설.

그러나 결코 그럴 리가 없다고 생각한다. 몹시도 매혹적인 견해지만, 그건 좀 지나친 억지다. 그렇다면 나는 누군가 다른 여성의 임종을 지켜보았고, 누군가 다른 여성의 장례식에 출석했고, 누군가 다른 여성의 묘 앞에서 중얼중얼 말을 해왔다는 얘기가 된다. 나는 그렇게까지 얼빠진 사람은 아니다.

그 밖에 에이리언 설이나 클론 설 등도 머릿속에 떠올랐는데, 데이비드 듀코브니, 다시 말해 〈X파일〉의 멀더나 된다면 믿을 테지만, 나로서는 도저히 믿어지지 않는다.

그녀에게 조금씩 가까이 다가가면서 그런 여러 가능성들을 생각했지만, 역시 내 눈앞에 있는 존재는 아내의 유령이라는 게 가장 타당하게 느껴졌다.

그도 그럴 것이 그녀는 전에 내게 이렇게 말했었다.

'다시 비의 계절이 돌아오면 둘이서 어떻게 살고 있는지, 반드시 확인하러 올 거야.'

74

그러니까, 그녀는 그 약속을 성실히 지키려고 이렇게 6월의 비 오는 날에 우리를 만나러 와준 것이다.

손을 뻗으면 닿을 거리까지 다가갔을 때, 나는 분명하게 보았다. 웅크리고 있는 그녀의 오른쪽 귓불에 작은 두 개의 점이 있는 것을. 그리고 닫힌 입술 틈새로 내보이는 하얀 덧니의 끝을.

그녀는 미오와 꼭 닮은 누군가가 아니었다. 쌍둥이 여동생도 아니고, 클론도 아니었다. 그녀는 미오 그 자체였다.

그 표현이 틀린 것이라면, 이렇게 바꿔 말해도 좋다. 그녀는 미오의 마음과 외관과 그리고 아마도 그 기억까지도 모두 겸비한 어떤 존재였다. 유령이라고 하기에는 지독히 리얼하고 뚜렷한 윤곽을 가졌고 게다가 좋은 냄새까지 났다.

저 그리운 머리칼의 냄새. 무어라 비유할 수가 없어 '그 냄새'라고밖에는 표현할 수 없다. 그것은 그녀가 나를 향해 뿜어내는 친밀한 단어 같은 것이다. 세상에 단 하나밖에 없는 단어. 나는 그것을 다시금 느끼고 있었다.

그녀는 우리를 알아보는 기색도 없이 그저 멍하니 자신의 발밑에서 튕겨 오르는 비의 포말泡沫을 응시하고 있었다. 찬찬히 보니 우리 곁을 떠났던 무렵의 그녀보다 뺨이 약간 통통했다. 그것은 병이 악화되기 전의 그녀의 얼굴이었다. 건강하고 젊어 보였다.

어딘가 앞뒤가 맞지 않는다. 건강한 유령이라니, 이타적인 금융가라든가 긍정적인 사고방식의 우디 앨런이라는 말만큼이나 모순된 말이다. 아니면 유령이 이 세상에 돌아올 때는 그 사람이 가장 행복했던 때의 모습으로 나타나는 건지도 모른다.

그녀는 복숭아색 카디건에 심플한 흰 원피스를 받쳐 입고 있었다. 아카이브 별에서 지급된 옷일까? 역시 그쪽 사람들은 모두 흰옷을 입고 있는 걸까? 오랜 옛날부터 유령이라고 하면 으레 흰옷 차림이었는데, 최근의 유령들은 요즘 세상에 맞게 약간 변화를 준 것일까?

"엄마?"

더 이상 견딜 수 없었는지 유지가 떨리는 목소리로 가만히 그녀를 불렀다.

미오는 비로소 우리의 존재를 알아차리고 얼굴을 들었다. 아무런 감정이 실리지 않은 눈빛으로 우리를 바라보았다. 천천히 눈을 감았다가 다시 뜨고, 그리고 고개를 잠시 갸우뚱한다.

그 섬세한 몸짓 하나하나가 너무도 그립고 사랑스러워서 눈물을 쏟을 뻔했다. 설령 유령이라 해도 나의 아내라는 점에는 변함이 없었다. 그리고 물론 그 사랑스러움도.

나는 가만히 손을 내밀어 그 존재를 확인하려고 했다. 그녀는 조금 겁에 질린 표정으로 몸을 움츠렸다.

어디가 불편한 것일까? 혹시 사람의 손길이 닿으면 규칙 위반이라도?

그러나 나는 충동을 억누를 수 없어 그대로 그녀의 어깨에 손을 얹었다. 무슨 일이 벌어질까 걱정스러웠지만 아무 일도 일어나지 않았다.

내 손에 닿은 것은 그녀의 가느다란 어깨의 감촉이었다. 비에 젖어 있었지만 그래도 희미하게나마 온기가 전해져왔다. 그 감촉이 오히려 나를 살짝 놀라게 했다. 가령 그것이 6월의 비보다 차가운 감촉이었다거나, 어깨라고 잡은 것이 복숭앗빛 안개였다면 오히려 그게 더 있을 법한 일로 믿어졌을 것이다.

그러나 어떻든 그녀는 이곳에 존재하고 있었다. 좋은 냄새를 풍기며 내 마음을 거세게 뒤흔들고 있었다.

유지도 멈칫멈칫 다가가 자그마한 손을 내밀어 미오의 카디건 자락을 조심조심 붙잡았다. 그녀는 유지에게 미소를 지으려고 했지만 얼굴이 딱딱하게 긴장되어서 뭔가 어중간한 표정만 뺨에 맴돌았다.

뭘까?

이 기묘한 위화감.

나는 조금 불안해져서 그녀의 이름을 불러보았다.

"미오?"

그녀는 내게 시선을 던지고 그 엷은 입술을 가만히 열었다. 조그만 덧니가 드러났다.

"미오라니…."

그녀가 말했다.

"그게 내 이름이에요?"

가늘고 높은, 말끝이 살짝 떨리는 저 그리운 목소리.

나는 그 그리운 목소리에 점점 더 울고 싶어졌고, 그다음에는 그 말의 의미에 눈물마저 쏙 들어갈 만큼 깜짝 놀랐다.

"내 이름이냐고? 생각이 안 나?"

"생각 안 나?" 하고 유지가 재차 물었다.

"그런 것 같은데…." 미오가 말했다.

"그런 거야?" 하고 유지가 다시 물었다.

"나는 아무것도 생각이 나지 않아."

"아무것도라니?"

나는 별 의미도 없이 두 손을 빙빙 돌렸다.

"아무것도?"

"그런 것 같아요."

복권을 긁었는데 꽝이 나왔어, 라고 할 때처럼 그녀는 자조적인 느낌으로 웃었다.

"그런데…."

그녀가 물었다.

"당신들은 누구…?"

"누구냐니…."

나는 아무래도 미심쩍은 기분으로 그녀에게 말했다.

"나는 당신 남편이고 유지는 당신 아들이야."

"그래, 아들이야." 하고 유지가 말했다.

"설마." 그녀가 말했다.

"정말이야."라는 나.

"진짜야."라는 유지.

"잠깐."

미오는 우리의 말을 막으려는 것처럼 손바닥을 내밀고, 다른 한 손으로 자신의 머리를 감싸 안았다.

"정신을 차리고 보니 내가 이곳에 있었어…."

그녀는 눈을 감고 골똘한 표정으로 기억을 더듬고 있었다.

"10분쯤 전일 거예요. 그래서 계속 생각해봤는데, 아무것도 생각나지 않아요. 이곳이 어디고 어째서 내가 이곳에 있는지, 그리고 그렇게 생각하는 내가 누구인지."

그 말을 듣고 나는 생각했다. 그러니까 그녀는 10분쯤 전에 이 지상에 내려왔다. 내려오면서 아무래도 모든 기억을 아카이브 별에 두고 온 모양이다….

즉, 그녀는 자신이 유령이라는 것조차 알지 못하고 있다.

(아마도.)

그러니까, 다시 말해, 일이 어떻게 된 거지?

"내가 오늘 이곳에 당신들과 함께 왔나요?"

"맞아."

순간적인 판단에 따라 나는 그렇게 대답했다.

"어?" 하고 유지가 나를 바라보았다.

나는 그의 가느다란 목덜미를 움켜쥐었다.

그는 입을 다물었다.

"우리는 셋이서 여기 왔어. 늘 다니던 일요일의 산책이야."

"그래요?"

"응."

나는 고개를 끄덕였다.

"그랬는데, 내가 잠깐 유지와 함께 숲속에서 놀다 왔더니 당신이 이런 상태가 되었어. 아마 넘어져서 머리를 어딘가에 부딪친 게 아닐까?"

"그러니까, 그 충격으로 내가 기억상실이 되었다고요?"

"그런 것 같은데."

"그런 거야?" 하고 유지가 물었다.

나는 목덜미를 움켜쥔 손에 힘을 주었다.

그는 입을 다물었다.

"아무튼 함께 집에 가자. 그러다 보면 분명 기억도 돌아올 거야."

"그럴까요?"

"그럼."

그녀는 천천히 몸을 일으켰다. 비에 젖은 원피스가 허벅지에 들러붙고 치맛자락에서는 빗물이 뚝뚝 떨어졌다.

"자, 어서 돌아가자. 젖은 옷을 입고 있다가는 감기 들어."

"그렇군요."

아무것도 모른다면 아예 그 편이 행복하다. 괴로웠던 기억을 일부러 생각나게 할 까닭은 없다.

게다가 나는 그녀가 예전에 했던 말을 머릿속에서 되뇌고 있었다. '다시 비의 계절이 되면 돌아올 거야.'라고 다짐했던 그때, 그다음 덧붙였던 말이다.

그녀는 이렇게 말했던 것이다.

그래요, 비와 함께 찾아와서 당신과 유지가 씩씩하게 잘 살고 있는 것을 확인하면 나는 여름이 오기 전에 다시 돌아가기로 할래. 왜냐면, 나는 더운 건 영 질색이거든.

그녀가 자신이 어디에서 왔는지 잊어버렸다면, 어쩌면 그녀는 아카이브 별에 돌아가는 것도 잊어버린 채 여기서 계속 살아줄지도 모른다. 그러면 우리는 언제까지든 함께 살아갈 수 있다.

나와 유지와 미오, 셋이서. 세 사람이 함께 살 수만 있다면 아내가 유령이라는 것쯤은 아무런 문제도 아니다. 정말로.

숲속 오솔길을 미오와 유지가 나란히 걷고, 나는 자전거를 끌고 그 뒤를 따라갔다. 처음에는 들썽거리며 어쩔 줄을 모르던 유지가 이윽고 마음을 정했는지 그녀를 향해 자신의 손을 내밀었다. 그것을 알아본 미오가 곧바로 손을 잡아주었다. 손이 맞닿았을 때, 유지가 흠칫 미오의 얼굴을 올려다보았다. 그녀는 다정한 미소를 지었다. 그 순간, 그만 견디지 못한 유지가 소리 내어 울기 시작했다.

그럴 만도 하다. 1년 만에 엄마의 손을 잡아본 것이다.

그녀가 나를 돌아보며 '왜 그래요?' 하는 표정을 지었다.

"이제 곧 당신도 다 생각이 나겠지만⋯."

나는 말했다.

"유지는 지독한 울보야."

이렇게 말해두면 앞으로 유지가 부자연스러운 때에 울음을 터뜨리더라도 썩 괜찮은 변명이 될 것이다.

"그냥 어쩔 줄 몰라서 그래. 당신 기억이 사라져버렸으니까."

"그런 거야?"

훌쩍훌쩍 울면서 유지가 물었다.

나는 그를 무시하고 말을 이었다.

"그러니까 너무 심각하게 생각하지 말고 다정하게 대해 줘. 당신은 지금까지도 내내 그렇게 해왔지만."

그녀는 알았다는 듯 고개를 끄덕이고 유지의 가느다란 어깨를 끌어당겨 품에 안아주었다. 그는 한참이나 엄마의 온기를 느끼며 긴 울음 끝의 노곤함과도 같이 기분 좋게 엄마의 존재에 취해 있는 듯했다.

생각해보면 유지는 이미 엄마와의 이별을 한 차례 경험했었다. 오랜만에 다시 해후한 엄마와도 이윽고 다시 헤어져야 하는 날이 온다면 이 재회에는 처음부터 슬픔이 준비되어 있는 셈이다.

'여름이 오기 전에'라고 그녀는 말했었다.

그 말이 사실이라면 우리에게 부여된 시간은 길지 않다.

(지금 마음껏 엄마에게 어리광을 피워두렴.)

나는 미오의 원피스 자락을 꼭 붙잡고 그녀의 허리춤에 얼굴을 묻은 채 흐느껴 우는 유지에게 마음속으로 살그머니 말했다.

6

집에 돌아오자 나는 미오를 안방에 데려가 장롱의 어떤 서랍에 무엇이 들어 있는지부터 알려주었다. 그녀의 옷은 1년 전부터 계속 같은 곳에 넣어둔 채였다.

나와 유지는 앞 방에서 재빨리 옷을 갈아입고, 둘이서 화장실로 들어가 안에서 문을 걸어 잠갔다. 미오에게 들리지 않게 이야기할 만한 곳이 그곳밖에 없었던 것이다.

유지가 변기에 앉고 나는 그와 마주 보듯 문을 등지고 섰다.

"잘 들어, 유지."

나는 소리 죽여 말했다.

"엄마는 아무것도 기억하지 못하고 있어."

"그런 거야?"

"응. 아빠랑 유지와 살았던 때의 일도, 그리고 결혼하기 전의 일도."

게다가, 라고 말하며 나는 작게 헛기침을 했다.

"그… 엄마가 1년 전에 병으로 이 별을 떠났었다는 것도."

"응."

"그러니까 그걸 비밀로 해둘 생각이야."

"어떤 걸?"

"이떤 것이냐니. 그러니까, 엄마는 어느 별에도 가지 않았고, 계속 유지랑 아빠랑 셋이서 이 집에서 살았던 것으로 해두겠다고."

"어제도?"

"그렇지."

"그 전날도?"

"그래."

"만약 엄마가 물어보면 뭐라고 해?"

"뭘?"

"여러 가지."

"네가 알아서 잘 대답해."

"못할지도 몰라."

"그런 때는 그냥 울면서 넘어가. 갑자기 와앙 울면 돼."

"그런 거야?"

"응. 기왕 이렇게 엄마가 돌아왔으니까, 그런 식으로 슬픈 이별을 했다는 건 모르는 편이 좋다고 생각해."

"나도 그렇게 생각해."

"그렇지? 그리고 만약 엄마가 사실을 알게 되면 다시 아카이브 별에 돌아가야 한다고 생각할지도 몰라."

"싫어."

"그게 싫다면 너도 꿋꿋하게 잘해줘, 응?"

"응, 해볼게."

건투를 맹세하며 서로 하이파이브를 한 다음, 우선 나부터 화장실 문을 열고 밖으로 나왔다.

바로 앞에 미오가 서 있었다.

소스라치게 놀랐지만, 나는 놀라지 않은 척했다. 그러나 소스라치게 놀랐기 때문에 아마 놀라지 않은 척하는 것으로 보였을 뿐인지도 모른다.

안에서 나눈 이야기를 들었을까? 그녀의 표정을 살펴보았다.

"이 집 남자들은 화장실을 함께 써요?"

휴우, 괜찮은 것 같다.

"아니, 그게, 어쩌다 그럴 때도 있어. 너무 급할 때라든가, 그럴 때는 어쩔 수 없이. 지금도 바로 그런 경우라고 할까."

그녀는 약간 겁에 질린 듯한 표정이었다.

"그럼, 저건?"

그녀는 방 한가운데를 향해 손을 내밀었다.

"저거라니?"

"어째서 저렇게 온갖 물건들이 어질러져 있지요?"

"어질러져 있어?"

그것은 내가 보기에는 충분히 정리된, 기능적으로 배려된 배치였다. 그날 입을 평상복은 한 덩어리로 방의 위쪽 구석에 쌓아두었다. 빨래한 옷은 그 옆에 모아두었고. 빨아야할 옷은 그것들과 뒤섞이지 않도록 방 아래쪽 구석에 한데 밀어붙여 두었다. 책장에 다 정리하지 못한 책과 만화책은 작가별로 간추려서 슈퍼마켓 비닐 봉투에 담아 나란히 세워 놓았다.

분리수거일에 미처 내놓지 못한 타는 쓰레기용 봉지가 두어 개 창가에 방치되어 있었지만, 그것 역시 어질러져 있다는 말에는 들어맞지 않는다.

모든 것은 통제된 질서 아래, 있어야 할 곳에 놓여 있었다.

"물론 몇 가지 물건이 바닥에 놓여 있긴 하지만."

나는 말했다.

"이건 이것대로 분명하게 의미가 있는 배치야."

"내가 이런 식으로 정리했어요?"

나는 "응."이라고 말하고, 그러고 나서 다시 "아니."라고
뒤를 이었다.

말하자면 바로 이런 것이다. 익숙하지 않은 거짓말을 하
면 처음부터 들통이 난다.

"이건, 실은 내가 정리했어."

그게, 하고 머리를 긁고 그러니까, 하고 헛기침을 해가며
시간을 벌었다.

"그러니까, 그거야. 미오는 요즘 계속 몸이 안 좋아서 말
이야, 집안일을 할 수 있는 상태가 아니었어."

"그랬나?"

"응, 일주일쯤 계속 자리에 누워 있었거든."

"그래서, 빨래도 제대로 못해서 당신이 그렇게 지저분한
옷을 입고 있는 건가요?"

나는 입고 있던 운동복을 살펴보았다.

"그렇게 지저분한가?"

"도저히 깨끗하다고는 못하겠는데요. 지금, 며칠째?"

"아직 사흘밖에 안 입었는데."

"음식을 먹을 때 조금만 더 얌전히 먹으면 이렇게는 안 될
것 같은데…"

게다가, 라고 말하며 그녀는 산처럼 높이 쌓인 빨래들을
가리켰다.

"제대로 두드려 말리지 않아서 셔츠가 온통 주름투성이
예요."

"두드려? 어디를?"

그만 됐다는 듯 미오는 고개를 저었다.

"그런데 일주일이나 자리에 누워 있었다면서, 오늘 나는
어째서 그런 곳까지 산책을 나갔죠?"

"음, 재활 치료."

"그래요?"

"… 아마도."

"아마도?"

"그러니까, 이건 우리 집의 습관이라서 약간 무리가 되더
라도 꼭 가겠다고, 당신이."

"내가 그렇게 말했어요?"

"응, 말한 것 같아."

흠, 하고 미오는 한숨을 쉬었다.

"나…."

그녀는 자신의 가슴에 손을 얹고, 내게 얼굴을 가까이 가
져왔다.

"정말 당신의 아내인가요?"

"정말이야. '아마도'도 아니고 '같다'도 아니고, 정말로, 진
짜로."

그녀는 어째서 이런 사람의 아내가 되었을까, 하는 자기 자신에 대한 깊은 의구심에 휩싸인 듯한 표정이 되었다.

"퍽 사이좋게 잘 지냈는데…."

이 말은 하지 않는 게 나았다. 공연히 그녀의 불신감만 더 커졌다. 나에 대해서인지, 그녀 자신에 대해서인지는 잘 모르겠지만.

"내 성은 뭔가요?"

"아이오."

"그럼 나는, 아이오 미오?"

"응. 미오는 한자로 조용히 내리는 비라는 뜻의 '령澪'이야."

"아이오 미오…."

"그래."

"나이는 몇이에요?"

"스물아홉. 나하고 같아."

"스물아홉 살…."

그러나 그녀의 인생은 스물여덟 살에 일단 막을 내렸다. 스물아홉이란 다가올 리 없는 그녀의 미래였다. 게다가 지금 내 눈앞에 선 그녀는 그보다 훨씬 젊어 보였다.

정말 젊다.

보니것도 그쪽에 건너간 사람들은 자신이 원하는 나이를

선택할 수 있다고 했다.

《제일버드》라는 소설 속에 등장하는 그의 아버지는 천국에서 아홉 살이 되었다. 그의 아버지는 심술궂은 아이들이 못살게 구는 통에 늘 바지와 팬티가 벗겨진다. 심술궂은 아이들은 벗겨낸 팬티를 우물 같은 지옥 입구로 내던진다. 멀고 먼 저 아래쪽에서는 히틀러와 네로, 살로메 등의 비명 소리가 들려온다.

보니것은 이렇게 쓰고 있다.

'가만히 보건대, 히틀러는 이미 최대의 괴로움을 맛보았을 뿐만 아니라 주기적으로 내 아버지의 팬티를 머리에 뒤집어쓰고 있는 것 같다.'

아무튼 내가 생각한 건, 돌아온 아내가 아홉 살이 아니어서 다행이라는 것이다.

"유지 군君은 몇 살?"

그녀가 물었다.

"어?" 하고 화장실 안에서 소리가 났다.

"여섯 살이야. 초등학교 1학년."

내가 대답했다.

그녀가 유지의 이름 뒤에 '군'이라는 호칭을 붙여 부르는 것은 낯선 느낌을 주었다. 꽤 절친한 사람이지만, 아내가 아닌 다른 누군가 같은 느낌이었다. 어릴 때부터 자주 왕래하던 사촌 누이 같은.

"나는, 그러니까, 여섯 살의 아이를 가진 스물아홉 살의 주부군요?"

"그런 얘기가 되지."

"전혀 그런 느낌이 들지 않는데."

"그럴 거야."

"나는 당신을 좋아했겠지요? 결혼하고 싶을 만큼?"

그것이 최대의 수수께끼라는 듯한 표정이었다.

"믿기지 않을지 모르지만, 그게 맞아."

어쩐지 나도 자신이 없어지기 시작했다. 애초에 그녀는 어째서 나 같은 남자를 선택했던 것일까? 딱히 그녀가 아니라도, 누구든 이상한 마음이 들 만도 하다.

"우리는 어디서 알게 되었을까?"

"고등학교에서. 우리는 열다섯 살 봄에 만났어."

"그럼, 같은 반 친구였나 봐요?"

"맞아. 3년 동안 계속 한 반이었어."

그녀의 얼굴에 호의적인 미소가 떠올랐다.

"부탁인데, 그때 이야기 좀 해줘요."

"그럴까?"

나는 싱긋 웃고(내가 가진 것 중에서 가장 멋진 웃음으로) 아런한 옛날, 순수한 신화 시절의 행복했던 우리의 만남에 대해 이야기하기 시작했다.

"그래, 우리가 처음 만났을 때…."

그때 화장실 물 내리는 소리가 나더니, 유지가 나왔다.

"아, 시원하다."

아무래도 들어간 김에 원래의 기능도 충분히 활용하고 온 모양이다.

"우리 도련님의 셔츠는…."

젖은 손을 가슴팍에 쓱쓱 문질러 닦고 있는 유지를 보며 미오가 물었다.

"며칠째 입으신 건가?"

"나흘째던가?"

실은 닷새를 입었다.

"그래?"

"아마 그럴 거야."

"조금만 더 얌전하게 밥을 먹을 수 없을까?"

"유지, 너는 정말 밥을 너무…."

"당신도 마찬가지."

"아, 그런가?"

그래서 우리 두 사람은 저녁밥을 아주 얌전히 먹었다.

메뉴는 내가 잽싸게 만들어낸 미트 스파게티였는데, 우

리는 잘게 다져진 고기 조각 하나 식탁에 흘리지 않았고 물론 셔츠에 묻히지도 않았다.

멋지다.

미오도 당연한 일처럼 자연스럽게 스파게티를 먹었다. 그 다음에는 화장실에도 갔다. 너무도 유령답지 않은 행위였지만, 본인에게 그런 자각이 없으니 어쩌면 당연한 일인지도 모른다.

식사를 마친 뒤에 미오는 피곤하다면서 안쪽 방에 이불을 깔고 누웠다. 그녀는 혼란에 빠져 있었고, 혼란은 사람을 몹시 피곤하게 만든다.

유지는 재빨리 그녀 곁에 나란히 자기 이불을 깔더니《모모》를 안고 기어 들어갔다. 아무튼 그녀 곁에 있을 수 있다는 것만으로도 그는 행복할 것이다.

이쪽 방에서 보고 있자니, 그는 책을 읽는 척하며 흘끔흘끔 미오의 모습을 살피고 있었다. 그리고 거기에 아직 그녀가 존재한다는 것을 확인하고 안도와 행복의 한숨을 그 조그만 입술 틈새로 흘리는 것이었다.

나는 입고 있던 운동복을 벗어 유지의 셔츠와 함께 세탁기에 던져 넣었다. 그다지 신경 쓰지 않았던 일인데, 아무래도 콜라나 소스 얼룩이 묻은 옷을 입고 다니는 건 잘못된 일인 모양이다. 그런 것은, 아무도 알려주지 않았다. 미오가 살아 있을 때는 굳이 아무 말 하지 않아도 항상 청결하고 반듯하게 주름 잡힌 양복이 눈앞에 놓여 있었다.

유지와 둘만 남게 되면서 내가 할 수 있는 한의 일은 해왔다고 생각했는데, 아무래도 나의 그 '할 수 있는 한'이라는 건 세상 통념의 오십 퍼센트에도 미치지 못한 모양이다.

이 넓은 세상의 어딘가에는 완전무결한 부자父子 가정이라는 게 있고, 거기에서는 아버지와 아들이 주름도 얼룩도 없는 정결한 옷을 입고 생활의 터전인 집은 실리콘칩 공장의 클린룸처럼 먼지 하나 없으며, 주말이 되면 부자가 함께 자동차를 타고 교외의 대형 복합 상영관에 가서 나란히 팝콘을 먹으며 디즈니 만화영화라도 보는 것이리라.

멋지다.

나로서는 바랄 수도 없는 일이고, 불가능한 일을 바라는 건 이미 오래전에 그만두었다. 나는 평균적인 인간에서 다양한 것을 빼버린 그 나머지로 만들어졌다. 그렇다면 역시 유지를 평균적인 가정의 아이처럼 키운다는 건 아마도 쉽지 않은 일일 것이다.

그래도 노력은 하고 있다. 알아차려야 할 때 알아차리지 못하고, 기억해야 할 일을 잊어버리고, 너무 피곤해서 꼭 해야 할 일을 하지 않고 자버릴 때도 있지만, 그래도 조금씩 조금씩 나아지려고 열심히 노력하고 있다.

그런 나를 그녀는 어떤 식으로 평가해줄까.

애초에 그녀가 이 별에 돌아온 것은 나와 유지가 제대로 잘 살고 있는지, 그것을 확인하는 게 목적이었다. 그녀가 그것을 기억하고 있다면, 과연 내게 어떤 점수를 매겨줄까.

후유, 하고 한숨을 내쉬며 역시라고 말할까?

뭐, 그럭저럭 괜찮은데? 애 많이 썼네, 라고는 하지 않으리라는 것만은 확실했다.

열 시가 넘어 샤워를 하고 파자마로 갈아입었다. 밤중에 수없이 눈이 뜨이기 때문에 이쯤에서 잠자리에 들지 않으면 다음 날 몹시 힘들어진다.

내게 있어 잠이란 거대한 빌딩 안을 하염없이 돌아다니는 꿈의 순례 같은 것이다. 그 빌딩에는 수천 개나 되는 방이 있고, 나는 그중에서 불빛이 새어 나오는 방을 발견하면 문을 열고 안으로 들어간다. 방에는 낡은 텔레비전이 놓여 있고 나는 소파에 앉아 그 텔레비전에 떠오르는 B급 영화 같은 꿈을 바라보며 한동안 시간을 보낸다. 그러나 그렇게 잠시 있다 보면 언제나 심술궂은 누군가가 다가와서 텔레비전의 전원을 꺼버린다.

딱!

나는 어쩔 수 없이 일어나서 어두워진 방을 나와 다시 다음 꿈을 찾아 헤매기 시작한다.

그렇게 해서 밤이 지나간다.

딱!

그 소리에 눈이 뜨이고, 다시 다음 꿈을 찾으러 간다.

딱!

딱!

엄청나게 피곤하다.

나는 옆방의 미오에게 말을 붙였다.

"몸은 좀 어때?"

멍하니 유지를 바라보고 있던 그녀는 천천히 시선을 돌렸지만, 그것은 내 얼굴까지 와 닿지 않았다. 그녀의 시선은 나와 유지 사이의 애매한 공간을 떠돌았다.

"머리가 아파요."

"열이 있나? 그렇게 비를 흠뻑 맞았으니 감기에 걸렸는지도 모르겠다."

그녀는 긍정인지 부정인지 알 수 없는 불명료한 끄덕임을 보였다.

"글쎄, 뭐가 뭔지 모르겠어요."

"그쪽으로 가도 돼?"

파자마 차림으로 그녀 곁에 다가가는 것은 적잖이 경박

한 행위처럼 느껴졌다. 그것은 물론 심정적으로는 내가 그녀에게 있어 처음 만난 사람이라는 사실을 바탕으로 한 견해다. 게다가 1년 만이었기 때문에 나로서도 조금 수줍음이 느껴졌다.

"물론이죠. 당신의 침실인걸요."

나는 미오의 베갯머리로 다가가 무릎을 꿇고 그녀의 이마를 짚어보았다. 희미하게 열이 있는 것 같았다. 유령도 감기에 걸리는 걸까?

"열이 있는 것 같아. 미열이지만."

"괜찮아요. 자고 나면 나을 거야."

"그래?"

"으응."

무척 신기한 기분이었다.

그녀의 이마에 손을 댔을 때의 감촉, 온기, 그녀의 냄새.

언젠가도 분명 서로 나누었을, 아무렇지도 않은 일상적인 대화들.

그녀가 1년 전에 죽었다는 게 아무래도 거짓말인 것만 같다. 나는 혹시 할리우드 식의 불치병 영화 같은 꿈을 꾸다가 지금 눈을 뜬 게 아닐까?

딱!

그러나 그녀의 말이 그것을 부정한다.

"귀여운 아이네요, 유지 군."

나는 뭔가 서글퍼져서 마른 목소리로 그녀에게 고한다.

"당신 아이야."

"그렇죠? 그 기억이 얼른 되살아나면 좋겠는데."

"괜찮아."

"으응."

어쩌면, 하고 나는 생각한다. 그녀는 이 별을 떠날 때 모든 기억을 두고 가버렸는지도 모른다. 그녀의 기억은 아직 이 방에 남겨져 있다. 그렇다면 아카이브 별에서는 어지간히 고생을 했을 것이다. 그 별에 사는 이들은 '누군가'를 위해 책을 쓰지 않으면 안 되니까.

기억이 없는 사람은 기억이 없다는 것의 공허함에 대해 쓰는 것밖에는 할 수 있는 게 없다. 그건 그리 재미있는 책이라고는 할 수 없을 것이다.

다시 한 번 그 별에 돌아갈 때 꼭 가져갈 수 있게 그녀에게 수많은 추억을 들려주자. 그래서 나와 유지의 이야기를 책으로 쓸 수 있도록.

'누군가'가 읽을 수 있도록.

유지는 《모모》를 품에 안고 엄마를 곁에 둔 채 잠이 들고 말았다. 작은 입을 살짝 벌리고 푸른 정맥이 드러난 엷은 눈꺼풀을 닫고 건강하게 잠들었다. 막힌 코에서 '즈— 즈—' 하는 탁한 숨소리가 들려온다.

행복한 왕자.

좋은 꿈을 꾸고 있을 것이다.

나는 유지의 손에서 살그머니 《모모》를 빼내 그의 책장이 된 컬러박스에 돌려놓았다.

"그럼, 잘 자."

나는 옆의 미오에게 말했다.

"아이오 씨는 어디서 잘 건데요?"

"저쪽 방에 이불 깔고 잘 거야."

미오는 천천히 고개를 저었다.

"여기서 자요, 유지 군 곁에서. 매일 밤마다 우리 셋이서 내 천川 자를 그리면서 함께 잤을 텐데."

"그렇긴 한데…."

사실은 그게 아니었다. 우리는 지난 1년 동안 내내 둘뿐이었다.

내 곁에 유지. 우리는 늘 '리ㅐ' 자 모양으로 잠을 잤다.

"괜찮겠어? 당신 마음속에서 나는 오늘 처음 만난 남자일 텐데."

"괜찮아요. 자연스럽게, 평소에 하던 대로 해주는 게 좋아요. 그러는 편이 분명 기억도 빨리 돌아올 것 같아요."

당신은 어쩌면, 생각해내야 할 기억을, 영원히 잃어버렸는지도 몰라.

그 목숨과 함께.

그런 말이 입 끝에서 아우성을 치고 있었지만, 나는 그것을 꿀꺽 삼켰다.

"그럼 그렇게 할게."

나는 유지를 사이에 두고 미오와 나란히 이불을 깔고 누웠다. 조명등의 끈을 잡아당겨 형광등을 끄고 오렌지 빛 선구를 켰다. 유지가 한밤중에 화장실에 가느라 일어나곤 했기 때문에 완전히 방을 어둡게 하는 일은 없다.

어쩐지 긴장이 되었다.

그녀는 전혀 유령 같지 않았고, 사랑은 아직 내 가슴속에서 큰 소리로 노래하고 있었다.

호─오호, 요─오호, 호─오호, 요─오호!

어쩌면 그리도 용맹스러운 아리아인지.

"저기요." 하고 그녀가 말했다.

"응?"

"아까 했던 이야기의 그 뒤."

들려줘요, 라고 속삭이는 듯한 목소리가 들려왔다.

그 목소리가 내 안의 무언가를 되살렸다. 그 무언가는 가슴속에 퍼지고 목구멍까지 흘러넘치더니 콧속과 눈꺼풀 안을 내달려, 나는 울고 싶었다.

"좋아. 그 뒷이야기를 하지."

우리가 만났을 때, 둘은 열다섯 살이었고 세상은 아직 어제와 오늘과 내일밖에 없었다.

당신도 잘 알지? 그 나이 때쯤에는 옛날을 돌아보는 일이라고는 전혀 없고, 내일 그 이후의 일 따위에도 도무지 관심이 없다는 거.

너는 무시무시하게 말라빠진 여학생이었다.

무성적無性的이고, 뭐랄까, 남자애 같은 여자애라기보다 여자애 같은 모습을 한 '커피 스푼의 요정' 같았다. 지독히 짧게 깎아 올린 머리는 아마 우리 반 어느 누구보다(남학생까지 포함하여) 짧았을 것이다.

게다가 너는 은테 안경까지 쓰고 있었다. 그건 그 나이 또래의 여학생으로서는 이렇게 부르짖는 것이나 마찬가지였다.

나는 남자애들에게는 전혀 관심 없어. 그러니까 나를 가만 놔둬!

우리 학년에 그런 아이가 적어도 세 명 정도 있었던 것으로 기억한다. 대부분의 여자애들은 시력이 좋지 않더라도 학교에 안경을 쓰고 오는 일은 없었다. 콘택트렌즈를 끼든지 웬만한 정도라면 맨눈으로 기를 쓰며 버티든지, 둘 중의 하나였다.

15년이나 지난 옛날 이야기다. 그때는 요즘처럼 멋쟁이 안경이 없었고, 멋쟁이 여자애가 안경을 쓰는 일도 없었던 시절이니까.

그러므로 어떤 의미에서 너는 굉장히 눈에 띄었다. 다른 여자애들과는 분명하게 달랐다. 같은 반 친구들의 반밖에 안될 만큼 얼굴이 작았다든가, 그 작은 얼굴에 도무지 이울리지 않는 큼직한 덧니가 살짝 내보였다든가, 그런 점까지 포함하여 열다섯 살의 너는 내게 어느 누구보다 선명한 인상을 남겼다.

나는 타고난 성품이 몹시 단순해서 어떤 일이든 눈앞에 보이는 대로만 이해하는 사람인지라 네가 내뿜는 사인을 있는 그대로 순순히 받아들였다.

잘 알았어. 너한테는 절대 접근하지 않을게.

하긴 다른 어떤 여자애에게도 접근해본 적이 없었지만.

한마디 해두겠는데, 그래도 나는 분명하게 당신의 매력도 깨닫고 있었어.

무엇보다 당신은 착실했어. 착실함을 매력적인 것으로 보지 않는 취향도 있지만, 나는 착실한 사람이 좋았고 착실함이란 원래 정당한 평가를 받아야 할 최대의 미덕이라는 의식도 있었어. 착실함은 반드시 신뢰감으로 이어지는 데다 신뢰감이란 사랑을 구성하는 가장 큰 요소야. 그러므로 관능적인 사람보다 착실한 사람이 사실은 사랑에 대해 더 잘 알고 있기도 하지. 나도 착실한 사람이라서 아주 잘 알아.

게다가 그때는 깨닫지 못했었지만 당신에게는 풍부한 감수성과 유머를 해석할 줄 아는 총명함이 있었어. 안경 너머에서는 분명하게 사랑을 기대하는 감수성 풍부한 한 소녀가 이쪽을 향해 손을 내밀고 있었던 거야.

더군다나 오로지 심미적인 견지에서 말하자면, 너는 상당히 아름다웠다. 뭐니 뭐니 해도 그 머리 모양과 목에서 턱으로 이어지는 곡선은 꽤 멋졌다. 우선 골상학적으로 모양이 좋았다. 그래서인지 모르지만, 너는 그림 그리는 친구나 조각하는 친구들에게서 자주 모델이 되어달라는 부탁을 받곤 했다. 사진반 동아리의 피사체로 선택되는 일도 많았고, 곧잘 내 교과서 한 귀퉁이 낙서의 모델이 되기도 했다.

아무튼 그런 너와 나는 열다섯 살 봄에 만났다.

같은 반, 같은 조, 그리고 너의 뒷자리가 나였다.

3년 동안 해마다 반이 바뀌었어도 우리는 항상 같은 반 같은 조, 나는 너의 오른편 옆자리거나 왼편 옆자리, 혹은 바로 뒷자리에 앉아 있었다. 우리는 하루의 많은 시간을 반경

1미터의 조그만 원 속에 함께 들어가 보내고 있었다.

그 나이 또래의 우리는 스스로가 성적으로 성숙했으며 자손을 남기기 위한 파트너를 찾고 있노라는 메시지를 화학물질에 실어 자꾸자꾸 주변에 흩뿌리고 있었다. 그 메시지를 받아들인 사람은 본인이 자각하든 하지 않든 상관없이 거기에 응답하여 다시 자신의 화학물질을 뿜어냈다. 그것은 무의식적으로 서로 나누게 되는 사랑의 전언이었다.

반성 1미터 이내에 갇혀 있넌 너와 나는 누구보다 빈번하게 이 화학물질을 서로 주고받고 있었다. 샤프펜슬로 칠판 글씨를 받아 적을 때도, 몰려오는 졸음을 참아가며 선생님의 설명을 듣고 있을 때도, 우리는 이 자그마한 통신수단을 통해 서로 말을 나누곤 했다.

누구 없습니까? 사랑할 상대를 찾습니다!

단지, 우리는 스스로는 전혀 모르는 부분에서 그런 친밀한 행위가 벌어지고 있다는 사실을 눈곱만큼도 깨닫지 못했다.

너는 은테 안경을 썼고 연애와는 아무 인연도 없는 커피스푼의 요정처럼 초연했다. 머리는 어디까지나 짧았고 교복스커트 길이는 정확히 무릎 선과 일치했다. 귀걸이도 목걸이도 립크림조차도 너와는 전혀 인연이 없는 물품들이었다. 수업 중에는 열심히 노트에 메모를 하고, 너의 시선이 칠판과 선생님과 교과서와 노트라는 네 지점에서 벗어나는 일은 거의 없었다.

너는 다양한 의미에서 모범적인 학생이었다.

멋지다.

그럼에도 불구하고 네가 늘 성적 우수자 명단에 들었던 것은 아니라는 사실은 저절로 미소가 번지게 하는 재미있는 주석註釋이다. 너는 천재도 아니었고 수재도 아니었고, 단순히 착실한 노력가였다. 요령 좋은 처신이라고는 알지 못하는 정직한 인간이었다. 네가 흔쾌히 노트를 빌려주었던 주변의 인간들이 너보다 더 좋은 성적을 따내는 것은 자주 있는 일이었다. 너의 노트는 단정한 글씨로 대단히 알아보기 쉽게 정리되어 있었다. 덕분에 나도 많은 도움을 받았다.

평소에도 교실에 진득하게 붙어 있지 않고 교과서조차 제대로 가지고 다니지 않았던 내가 그나마 그럭저럭 성적을 유지했던 것은 너의 그 마법의 노트 덕분이었다. 아무튼 그 노트만 읽어두면 시험에서 괜찮은 점수를 따는 건 그리 어려운 일이 아니었다. 조금만 영악한 사람이라면 거기에서 선생님의 의도를 간파해내는 건 너무도 쉬운 일이었다. 그러나 너는 전혀 영악한 사람이 아니었기 때문에 자신이 가진 노트의 이용 가치를 다른 사람만큼 살릴 수 없었다. 그러나 너는 그런 것에 그다지 신경을 쓰지 않는 것 같았다. 너는 언제나 남들보다 시간이 더 걸리더라도 성실히, 묵묵히 걸어가는 길을 선택했다.

어느새, 미오는 잠이 들어 있었다.

나는 입을 다물고, 오렌지색 등불에 비친 그녀의 잠든 얼굴을 바라보았다. 호흡에 맞추어 그 모습이 희미하게 흔들리고 있다.

그녀는 숨을 쉬고 있었다. 마치 살아 있는 것처럼.

문득 그녀의 마지막 나날들이 되살아나서 가슴에 통증이 내달렸다.

다시 한 번, 나는 잃어야 하는 것일까?

곁에 있고 싶다. 내내, 앞으로도 계속, 내가 죽을 때까지.

그녀가 유령이라도 상관없다. 우리의 일을 잊어버렸다 해도, 그래도 괜찮다.

곁에 있어만 준다면, 그것만으로도 충분하다.

나는 가만히 그녀에게 밤 인사를 건넸다.

"잘 자."

유지가 대답한다.

"그런 거야?"

물론 잠꼬대였다.

7

　다음 날 아침 눈을 뜨자 그녀는 벌써 일어나서 아침 준비를 하고 있었다.

　"괜찮아? 몸은 좀 어때?"

　"아직 두통이 좀 있는데, 어제보다는 편해요."

　"무리하지 않아도 되는데. 아침은 내가 할 테니까."

　"응. 그렇지만 몸을 움직이는 편이 마음이 편해서요."

　나는 얼굴을 씻고 이를 닦고는 식탁에 앉았다.

　"그거, 있잖아, 당신 기억 쪽은 어때?"

　"특별히 달라진 건 없어요. 어제하고 마찬가지."

　그녀는 미트볼과 스크램블드 에그 접시를 식탁에 올려놓았다.

"도시락도 이거하고 똑같은 걸로 담았어요. 어쩌죠?"

"괜찮아. 항상 그런걸 뭐. 근데, 내가 점심은 집에서 만들어 간 도시락으로 먹는다는 거, 어떻게 알았지?"

"식기 선반에 설거지한 도시락이 있었으니까요."

"아, 그런가?"

"먼저 먹을 거에요?"

"유지가 일어나면 함께 먹을게. 항상 그렇게 하니까."

뭔가 지나치게 일상적인 말들이어서 어제도 그제도 오늘과 똑같이 이렇게 하루의 시작을 미오와 함께 보낸 것 같은 착각에 휩싸였다.

그녀는 주방 수건에 손을 닦고 내 맞은편에 앉았다. 예전에 근무했던 피트니스 클럽의 로고가 들어간 연두색 운동복을 입고 있다. 그녀가 늘 집에서 입던 옷이었다. 긴 생머리를 포니테일 스타일로 머리꼭지 가까이, 꽤 높은 위치에서 한데 모아 묶고 있다. 그것 역시 예전의 그녀가 숱 많은 머리를 간수하던 방법 그대로였다.

"그 머리…." 하고 나는 말했다.

"그리운 머리 모양인데?"

내 말에 그녀는 잠시 생각하는 표정이 되었다.

"그러면 포니테일로 묶은 건 꽤 오랜만인가요?"

"응."이라고 말하고, 다시 "아니."라고 덧붙였다.

"요리하는 데 자꾸 흘러내려서 그냥 묶어봤는데…."

"그렇군. 응, 그러고 보니 그럴지도 몰라. 그래, 맞아."

거짓말이 서투르다기보다 이건 기억력의 문제일 것이다. 나는 그녀에게 거짓말을 해야 한다는 것을 깜빡 잊었었다. 갈팡질팡하는 나를 보고 그녀가 의아한 표정을 지었다.

"어쩐지 이상해요."

"뭐가?"

"당신이."

"아." 하고 말하고, 다시 "그래?" 하고 덧붙였다.

"전혀."

나는 말했다.

"하나도 이상할 거 없어."

으응, 됐어요, 라고 말하며 그녀는 후우 하고 한숨을 내쉬었다.

"여기서 내가 날마다 요리를 했었다는 거죠, 당신과 유지 군을 위해?"

그녀는 기름으로 절어버린 가스레인지와 물때로 색이 변한 싱크대를 바라보고 있었다.

"말하자면, 그런 얘기지."

가스레인지 옆 벽에는 내가 처음으로 (그리고 마지막으로) 감자튀김에 도전했을 때 생긴 그을음 자국이 있었다. 기름을 가스레인지에 올려놓았다는 사실을 깜빡 잊어버렸던 것이다. 기름은 믿을 수 없을 만큼 커다란 화염을 피워 올렸다. 나는 깜짝 놀라 목욕탕에 남아 있던 물을 양동이로 길어다 그 불길에 끼얹었다. 말할 것도 없이 그건 크게 잘못된 행위였다. 거센 폭발이 일어났고, 기적적으로 불길이 꺼졌다.

숯덩이가 된 감자튀김이 사방으로 흩어진 가운데, 나는 너무도 엄청난 일에 발작을 일으켜 정신을 잃어가고 있었다. 세 날쯤 선의 일이다.

"저기." 하고 그녀가 말했다.

"응?"

"어젯밤, 잠들기 전에 해준 이야기에서 당신은 나에 대해 굉장히 착실한 사람이었다고 말했었지요?"

"응, 그렇게 말했지. 당신은 정말 착실했어."

"그런데 여기서는 내가 지독히 게으르고 한심한 사람처럼 느껴져요. 부엌도 그렇고, 목욕탕도 화장실도 오래도록 제대로 청소를 한 흔적이라고는 찾아볼 수가 없어요. 냉장고 속은 인스턴트 식품만 가득하고."

그녀는 거의 울음으로밖에 보이지 않는 웃음을 지은 채 나를 바라보았다.

"모범적인 학생이 그대로 모범적인 주부가 되는 건 아닌가 봐요."

"아니, 절대 그렇지 않아."

발작적으로 나온 말이었다. 그녀가 뭔가를 기대하듯이 내 눈을 보았다.

나는 다시 한 번 반복했다.

"절대 그렇지 않아."

문득 그녀의 눈동자가 흐려졌다. 나는 전부터 말로 남을 설득하는 데는 영 젬병이었다. 이런 때, 오히려 가장 얼빠진 말을 입에 담는 게 나았다.

"진짜라니까."

다시 한 번 강조했지만, 그것은 아예 혼잣말처럼 작은 목소리였다. 뭔가 가공의 이유라도 만들어보려고 했지만, 어처구니가 없을 만큼 아무 생각도 떠올라주지 않았다.

"언젠가 꼭 이야기해줄게."

나는 말했다.

"집안 꼴이 이렇게 된 데는…."

그렇게 말하고 나는 양팔을 펼쳐 방 안 전체를 가리켰다.

"이유가 있어."

"그래요?"

"응."

그녀가 있었을 때, 집안 꼴은 전혀 이렇지 않다. 부엌도

목욕탕도 화장실도 깨끗했고, 사용하기 편리하도록 꼼꼼히
손길이 닿아 있었다. 냉장고에는 신선한 재료들이 잘 정리
되어 있었고, 인스턴트 식품 같은 건 어디에도 없었다. 집안
꼴을 이런 식으로 만들어버린 건 바로 나였다. 그녀의 마법
의 노트가 없이는 아무것도 할 수 없었던 나는 어른이 되어
서도 마찬가지였다. 그녀 없이는 무엇을 어떻게 하든 뭐 하
나 제대로 하는 것이 없다.

"당신 머리." 하고 멍한 눈빛으로 그녀가 말했다.

"오늘 저녁에 깎아줄게요."

"머리?"

나는 내 굵게 말린 곱슬머리에 손가락을 끼워 넣었다.

"마지막으로 깎은 게 언제죠?"

"한 석 달쯤 전이던가?"

"당신, 회사에 다닌다고 했지요?"

"음."

"그렇게 요란한 머리로 회사에 나가도 괜찮아요?"

"특별히 주의를 듣거나 하진 않았는데? 그렇게 심한가?"

"자다 깬 숫사자 같아요."

"그렇다면 정말 심하군."

"아주 너그러운 직장인가 봐요."

그녀의 지적은 옳았다.

자다 깬 숫사자에게도 관대한 이가 바로 피레네 견인 것이다.

그건 그렇고, 그녀는 분명 "이발소에 가세요."가 아니라 "깎아줄게요."라고 했다. 분명 나도 유지도 예전에는 그녀가 직접 머리를 깎아주었다. 그런 기억이 그녀의 어딘가에 남아 있는 것일까?

"당신이 깎아줄 거야?"

내가 묻자 그녀는 고개를 끄덕였다.

"어쩐지 내가 할 수 있는 일 같아서요."

"맞아, 항상 당신이 깎아줬어."

"그럼, 괜찮겠군요. 머리는 잊어버려도 손은 기억하고 있다는 얘기가 맞나 봐요."

그러나 괜찮지 않았다.

그 이야기는 나중에.

그녀가 아침밥과 도시락을 마련해준 덕분에 나는 오랜만에 아침 내내 느긋한 시간을 보낼 수 있었다. 나는 미오가 끓여준 허브차(대체 그 잎이 어느 서랍에 들어 있었던 걸까?)를 마시며 그녀와 관련된 일들을 생각나는 대로 들려주었다.

당신의 생일은 1월 18일. 어떤 점성술 책에나 신중하고 인내심 강하다고 적혀 있는 염소자리야.

결혼 전의 성은 에노키다. 친정은 전철을 타고 북쪽으로 30분쯤 걸리는 곳이고, 그곳에 지금도 당신의 아버지와 어머니, 그리고 동생들이 살고 있어. 당신은 가족 중 어느 누구와도 닮지 않았어. 어느 쪽인가 하면, 태어났을 때부터 우리 집안사람들과 더 비슷한 생김새지.

참고로 말하자면, 내쪽 부모님은 전철을 타고 남쪽으로 15분쯤 걸리는 곳에 사셔.

나는 형제가 없어. '그것만으로도 병'이라는 외아들이야. 나는 그 밖에도 여러 가지 불편한 문제를 안고 있는데 뭐, 그건 차근차근 이야기하도록 할게.

당신은, 중학교 때는 기계체조부였어. 가장 잘하는 종목은 도마. 나도 본 적이 있는데(체육 수업의 시범 연기 때에) 당신의 도약 실력은 대단했어. 당신에 비하면 다른 아이들은 마치 아기가 발을 동동 구르는 정도로밖에 보이지 않았거든. 정말이야.

단지, 착지점에 딱 멈춰 서는 마무리 동작만은 아무리 해도 잘 되지 않았어. 그래서 당신의 득점은 늘 6.50 정도. 단체 멤버로 받아주기는 했지만, 당신은 말하자면 후보 선수였어. 그러니까 고등학교로 올라가면서 기계체조 대신 리듬체조를 선택한 건 아주 현명한 선택이었다고 할 수 있겠지? 왜

냐하면 리듬체조는 폭이 큰 점프 뒤에도 그 자리에 딱 멈춰
서지 않고 그대로 다음 동작으로 내달리니까.

"내가 리듬체조를 했어요?"

"응. 우리 학교가 굉장한 명문이었거든. 전국 고교 체육대
회에서 몇 차례나 우승을 했었어."

"굉장하네요."

"당신도 꽤 우수한 선수였어. 우리 때는 전국 대회까지는
가지 못했지만, 그래도 지역 대회에서 괜찮은 성적을 거뒀
으니까."

"믿어지지 않아요."

"그래?"

"그러니까, 바로 그 리듬체조잖아요?"

"그래, 바로 그 리듬체조야."

"내가요?"

"당신이."

미오는 후후, 하고 웃었다.

"너무 신기해요."

"그럴 거야."

"당신은요?" 미오가 물었다.

"어떤 클럽에 들었었나요?"

"나는 육상부였어."

"달리기를 잘했나 봐요."

"지금도 달리기는 좋아하지만, 고등학생 때는 800미터 선수였어."

우와, 하고 미오가 콧등에 주름을 잡으며 말했다.

"굉장히 힘들 것 같은데."

"아무리 힘든 일이라도." 하고 나는 말했다.

"자신이 원하는 일일 때는 별다른 고통을 느끼지 않는 게 아닐까?"

"그래요?"

"아마도."

"여어, 유지!"

옆방에서 유난히 친한 척하는 남자의 목소리가 울려 퍼졌다.

미오가 깜짝 놀라 등을 꼿꼿이 세웠다.

"자명종 소리야."

내가 일러주었다.

"잠깐 들어봐."

"이거 봐라, 여기 유지한테 온 선물을 내가 갖고 있지."

"자, 여기 좀 봐. 여기 있어. 눈을 뜨고 한번 보라구."

"그렇지, 좀 더 눈을 크게 떠. 여기야, 여기."

"어디?"

유지의 조그만 목소리가 들렸다.

"여기야. 그렇지, 눈을 더 크게, 똑똑히 떠야지?"

"그러니까, 어디 있는데?"

이번에는 상당히 또렷한 목소리가 되었다.

"자, 눈을 떴구나. 그럼 똑똑히 보렴. 유지에게 온 최고의 선물! 새로운 하루가 저기 기다리고 있단다!"

"으아, 또 속았다."

안녕히 주무셨어요, 하며 유지가 옆방에서 눈을 비비며 다가왔다.

"우리 도련님은 당신보다 더 지독한 머리를 하고 있군요."

"아, 베개에 눌린 자국이 좀 그렇지? 매일 아침마다 아주 사나워. 잠을 어떻게 자는 건지."

유지의 머리는 스누피를 따라다니는 작은 새 우드스톡처럼 삐죽삐죽 솟아 있었다. 항상 북풍을 향해 걸어가는 여행자 같다. 파자마 윗도리에 아래는 고무줄이 늘어진 팬티 한 장 차림이다. 파자마 바지는 그의 이불 속에 잔뜩 구겨진 채 처박혀 있을 것이다.

유지는 초점이 흐린 눈으로 우리를 쳐다보았다. 머리를 벅벅 긁으며 뭔가를 생각하고 있다.

눈을 감았다가 다시 천천히 떴다.

"엄마?"

유지의 얼굴이 금세 빨개지더니 눈에 눈물이 글썽해졌다.

"엄마지, 그렇지?"

미오에게 달려와 그 팔에 매달렸다.

"엄마아. 엄마가 돌아왔어."

유지는 그녀의 허리에 팔을 두르고 빨갛게 상기된 뺨을 그녀의 가슴에 비볐다. 엄마, 엄마, 하고 있는 힘껏 미오에게 안겨든다.

나는 의자에서 일어나 그의 등 뒤로 돌아갔다.

반쯤 내려온 팬티가 마치 기저귀처럼 부풀어 있었다. 거기에서 뻗어 나온 다리는 가슴이 아플 만큼 가늘고 무릎 뒤쪽으로 푸른 정맥이 그대로 내비쳤다.

"유지. 엄마는 병이 다 나아서 오늘 다시 아빠와 유지의 아침밥을 차려줬어. 어디 갔었던 게 아니니까 너무 그러지 마."

유지의 어깨가 움찔 흔들렸다. 숨을 멈추고 다시 뭔가를 생각하고 있었다. 그 조그만 머릿속에서 어제부터의 일을 열심히 헤집고 있으리라.

"엄마는 머리를 부딪쳐서 기억이 없어졌어. 생각나니?"

유지가 미오에게 매달린 채 깊숙이 고개를 끄덕였다.

"유지는 정말 울보로구나."

다시 끄덕인다.

"자, 밥 먹자. 엄마가 차려줬어. 진짜 맛있겠다."

유지는 천천히 미오에게서 떨어져 고개를 숙인 채 자기 의자에 앉았다.

"밥 먹기 전에 이 닦고 얼굴 씻어야지."

아래를 향한 채 고개를 끄덕이고 목욕탕으로 향한다. 나는 그의 등을 지켜보다 미오에게 시선을 돌렸다.

"어제도 말했지만 유지는 울보야."

"그런 거 같군요."

"아침에 일어났는데 오랜만에 당신이 거기 있으니까 꽤 좋았던 모양이야. 어제 아침까지 당신은 자리에 누워 있었거든."

"그래요?"

어딘지 미심쩍은 시선으로 나를 바라본다. 나는 잔뜩 긴장된 웃음을 지으며 '어째서 그런 표정이지?'라는 얼굴을 흉내 냈다.

"어쩐지 이상해요."

미오가 말했다.

"뭐가?"

"당신하고 유지."

나는 "아니."라고 말하고, 다시 "전혀."라고 덧붙였다.

"하나도 이상하지 않아."

이미 연극은 한계에 이르러 있었다. 마치 거짓말을 감추기 위해 싱거운 휘파람을 불어대는 삼류 연극배우가 된 것 같은 기분이었다.

유지가 돌아와서 자기 의자에 앉았다.

"자, 어서 먹사. 잘 먹겠습니다."

나는 이 위험한 흐름을 어떻게든 넘어가려고 유난히 큰 소리로 말했다.

"잘 먹겠습니다."

유지도 말했다.

미오는 잠시 우리 둘의 얼굴을 번갈아 쳐다봤지만, 우리는 모르는 척하고 묵묵히 밥만 먹었다. 이윽고 그녀는 작게 한숨을 쉬고는 말했다.

"당신, 그리고 유지 군, 조금만 더 얌전히 먹어요. 너무 많이 흘렸어요."

식사가 끝나자 나는 파자마를 벗고 양복으로 갈아입었다. 양복을 입고 방을 나서는 나를 보고 미오가 헉, 하고 숨을 삼켰다. 나는 내 양복 차림이 그렇게 멋있나 싶어서 잠시 모델 같은 포즈를 취해 보였다.

"당신." 미오가 말했다.

"왜?"

"계속 그 양복을 입고 회사에 갔었어요?"

뭔가 크게 착각을 한 모양이었다. 우선 그 점만은 그녀의 말투를 통해 깨달았다.

"그랬는데?"

"그거 겨울 양복이잖아요? 유난히 두툼한, 저 추운 지방에서나 입을."

"그런 거야?"

영락없이 유지 같다.

"게다가 전혀 몸에 맞지 않아요. 어깨가 완전히 축 처졌어요."

몰랐다.

아무도 일러주지 않았다. 거기서 불현듯 나는 하늘의 계시처럼 한 여성의 존재를 떠올렸다. 사무소의 나가세 씨. 그 기묘한 태도. 아, 그렇구나. 그녀는 내게 이 이야기를 해주려고 했던 것이다.

"그새 살이 빠졌거든, 상당히 많이." 나는 변명 비슷한 투로 말했다.

미오가 이 별을 떠난 뒤로 나는 거의 아무것도 먹을 수 없

122

게 되었다. 원래부터 입이 짧았던 나는 점점 더 입이 짧아져서 순식간에 말라깽이가 되었다. 62킬로그램이던 몸무게가 54킬로그램까지 줄어들었다. 그 뒤로 이 수치는 변함이 없다.

당연히 양복이 헐렁해질 만도 하다. 그러나 그런 데까지 신경을 쓸 겨를이 없었다. 그저 어쩌다 가장 앞에 걸려 있던 양복을 집어들었고, 그것을 계속 입었을 뿐이다.

그녀는 옷장 안을 살펴보더니 얇은 여름 양복을 꺼내주었다. 입어봤지만 이것도 당연히 헐렁헐렁했다.

"아무래도 굉장히 이상해요."

어깨가 축 처진 양복을 입고 얼빠진 웃음을 짓고 있는 나를 보며 그녀가 말했다.

"뭐가?"

"정말 이곳이 당신 집인가요?"

그 눈빛에는 어딘지 몹시 불쌍하다는 듯한 기색마저 담겨 있었다.

"내가 당신의 아내라는 건 믿겠는데요…. 혹시 누군가 다른 사람의 집을 무단으로 빌려 쓰고 있는 게 아닌지…."

그럴싸한 의견이다. 만약 그렇다고 한다면, 집 안이 심하게 어질러진 것도 그녀는 이해할 수 있을 것이다. 이 집에 사는 사람이 아니라면.

양복 사이즈가 맞지 않는 것도 앞뒤가 맞아떨어진다. 이
건 누군가 다른 사람의 양복이므로.

"설마, 그럴 리가. 이곳은 우리 집이야. 아까도 말했지만
나는 살이 많이 빠졌어."

"왜요?"

"뭐, 그것도 내가 안고 있는 여러 가지 문제 중의 하나야.
언젠가 알게 될 거야."

"언젠가라니, 언제요?"

그녀는 팔짱을 끼고, 이제 더 이상 양보할 수 없다는 표정
으로 나를 바라보고 있었다.

"오늘 밤." 나는 말했다.

"오늘 밤에 이야기할게. 내가 안고 있는 여러 가지 문제에
대해."

"알았어요. 그럼 기다리죠."

그리고 미오는 유지의 아침 준비를 도와주었다. 그는 내
내 자기 손으로 잘하던 단추 채우기까지 그녀에게 맡기고
있었다. 일종의 퇴행 현상이었다.

뭐, 그 정도는 괜찮겠지.

이렇게 지켜보고 있으면, 이 집안의 시간 자체가 1년을
거꾸로 되돌아간 것만 같은 착각에 빠져드는 상황이니.

집을 나서기 전에 미오에게 말했다.

"저어, 당신은 되도록 밖에 나가지 않는 게 좋을 거야."

특별히 깊이 생각해보는 기색도 없이 미오는 가볍게 고개를 끄덕였다.

"아직 안색도 좋지 않고, 집에서 편히 쉬는 게 좋을 것 같아."

"그럴게요."

내가 걱정했던 것은 오히려 주변 사람들의 눈이었다. 이웃들과는 별다른 교류 없이 살아왔지만, 그래도 미오가 1년 전에 이 별을 떠났다는 것을 알고 있는 사람이 몇몇 있었다.

우리가 사는 2층짜리 아파트는 약간 묘하게 지어져서 여섯 채 중에서 네 군데가 원룸이고, 오른쪽 끝의 1층과 2층(우리 집) 두 집만 방이 두 개였다. 그런 사정 탓에 아파트 입주자들은 대부분 학생이나 독신 샐러리맨이었다. 최근 1년 사이에 세 집의 주인이 바뀌었고, 지금까지 미오에 대해 알고 있는 사람은 101호의 독신 샐러리맨, 그리고 우리 바로 아랫집인 103호의 젊은 부부뿐이다. 모두가 아침 일찍 직장에 나가기 때문에 낮 시간에 미오가 밖에 나간다 해도 그들과 부딪칠 걱정은 없었지만, 그래도 미리 조심해두는 게 상책이었다.

나와 유지를 배웅하려고 미오가 현관문 앞까지 나왔다.

"잘 다녀오세요."

기억의 유무와는 상관없이 사람이란 자신이 행동해온 대로 저절로 움직여지는 모양이다. 현관에 나서서 배웅해주는 그 몸짓, 그 목소리, 그 표정, 모두가 살아 있던 때의 미오와 전혀 다른 데가 없었다.

"잘 갔다 와, 유지…."

'군'이라는 말을 삼키고, 미오는 방긋 미소를 지었다.

이어 내게 "잘 다녀오세요."라고 하더니 잠시 생각하는 표정을 지었다.

"그러고 보니까." 그녀는 말했다.

"당신 이름을 아직 물어보지 않았어요."

나는 아아, 하고 고개를 끄덕이며 그녀에게 이름을 일러주었다.

"다쿠미야."

"다쿠미?"

"응, 솜씨 좋고 재주 있다는 뜻의 '교巧' 자를 쓰는…."

"아아, 그런 뜻의…."

"전혀 재주라고는 없는데 말이야. 이름에 짓눌려서 산다니까."

"정말 그러네요."

깨끗이 긍정해버린 뒤에 그녀는 장난스럽게 웃었다.

"그래서 닷쿤(다쿠미 군)이라고 부르게 된 거군요?"

"응."

그럼 다시 한 번, 이라는 느낌으로 그녀는 자세를 가다듬고 말했다.

"잘 다녀오세요, 닷쿤."

사랑한다는 말을 들었어도 이토록 가슴이 먹먹해지지는 않았으리라.

눈물이 나오려고 했다.

분명 수천 번이 넘도록 들어온 말이었기 때문이다. 매일 아침, 그녀는 그 인사말로 나를 배웅하곤 했다. 그 말은 우리의 결혼 생활 그 자체나 마찬가지였다.

"다녀올게."

나는 사랑을 담아 대답했다.

"잘 잤어요?"라든가 "잘 자요.", "음, 맛있네."라든가 "괜찮아?", "푹 잤어?", "이리 와봐." 같은 아무렇지도 않은 평범한 말들 모두에 사랑이 깃들어 있었다.

이런 게 부부로구나, 라고 나는 생각했다.

그때는 깨닫지 못했지만.

8

사무실에 도착하자마자 제일 먼저 나가세 씨에게 인사를
건넸다.

"늦었지만, 양복을 갈아입었어요."

나는 두 팔을 몸과 평행이 되도록 들어올리고 시원해진
양복을 그녀에게 보여주었다.

"아, 예, 그렇군요."

나가세 씨는 왠지 심하게 얼굴을 붉히며 어쩔 줄 몰라 하
는 몸짓을 보였다. 기뻐해줄 줄 알았는데, 그녀는 무슨 못된
짓을 하다 들킨 아이처럼 쩔쩔맸다.

"나가세 씨가 마음에 걸려 했던 게, 이거 맞지요?"

"아, 예, 그래요."

그녀의 얼굴이 점점 더 빨개졌다.

"걱정을 끼쳐서 미안해요."

그녀는 가슴 앞에서 양손을 몇 번이나 흔들며 아뇨, 저런, 천만에요, 라는 말들을 급히 중얼거리고는 주방 쪽으로 도망쳐버렸다.

정말 대단히 독특한 여성이라고 생각했다.

업무는 평소보다 더 신중하게 처리해나갔다. 메모를 너늘려서 보통 때라면 적어두지 않았을 사소한 일까지도 꼼꼼히 문자로 남겨두었다. 10분 뒤의 나에게 보내는 연락장들로 눈 깜짝할 사이에 클립보드가 가득 채워졌다. 뒤집어 말하면, 나는 그만큼 신뢰성이 부족한 상태였다. 머릿속이 온통 미오의 일로 가득했다.

그것은 마치 사랑과도 같았다. 아니, 나의 일천한 경험에 비춰 봐도 그것은 분명코 사랑이었다.

틀림없어, 하고 나는 생각했다.

이건 사랑이야.

나는 사랑에 빠졌어.

나는 아내의 유령을 사랑하고 있다.

멋지다.

그리고 동시에 몹시 불안하기도 했다.

내가 이렇게 집을 벗어나 있는 동안 그녀가 사라져버리는 건 아닐까, 온종일 그 생각만 하고 있었다. 그런 상실의 예감이 사랑의 마음과 겹쳐지면서 가슴 속은 벌써 '안타까움'이니 '그리움'이니 하는 이름의 화학물질로 흘러넘쳤다. 당장이라도 집에 달려가 그녀의 얼굴을 보고 싶다는 마음을 달래가며 가까스로 그날의 일을 마쳤다.

영락없이, 라고 나는 생각했다.

이건 영락없이 처음 사랑에 빠진 십 대 소년 같군.

분명 인간이란 몇 번이라도 똑같은 상대와 사랑에 빠질 수 있는 존재다. 그리고 그때마다 '여드름'과 '막무가내'와 '파르르 떠는 감수성'의 십 대 소년 소녀로 돌아가는 것이다.

9

"다녀왔습니다." 하고 숨을 헐떡이며 집에 들어서자 "잘 다녀오셨어요?"라는 미오와 유지의 인사말이 기막힌 3도 화음으로 돌아왔다. 휴우, 안도의 한숨을 내쉬었다.

기본적으로 두 사람의 목소리는 꼭 닮았다. 그러나 실은 나와 유지의 목소리도 비슷했다. 나와 미오의 목소리는 전혀 닮지 않았는데 말이다.

정말 신기하다.

미오는 유지의 머리를 깎아주고 있었다. 의자에 앉은 유지의 머리칼을 가위로 싹둑싹둑 잘라내고 있었다. 그야말로 간단한 일이라는 듯한 손놀림이었다.

정겨운 광경이었다. 방바닥에 펼쳐진 비닐 시트도 예전과 마찬가지였다.

"닷쿤."이라고 유지가 말했다.

"엄마가 내 머리 깎아준다."

"그런 거 같네."

나는 양복 윗도리를 벗어 옷장에 걸었다.

"어라? 방이 깨끗해졌어!"

"그런 거야?"라고 유지가 말했다.

"무지 힘들었답니다."

"힘들게 일하지 않아도 괜찮은데. 아직 몸이 완전히 나은 것도 아니잖아."

"그렇다고 가만히 있을 수 있나요, 모범적인 주부가?"

"흠. 그나저나 정말 힘들었겠다."

"그럭저럭."이라고 미오는 말했다.

나는 기뻤다. 방이 깨끗해졌다는 것보다, 그런 행동이 대단히 그녀다웠기 때문이다. 그녀는 정말 모범적인 주부였다. 기억을 잃어버렸어도 미오는 역시 틀림없는 미오였다. 그것이 눈물이 나도록 반가웠다.

"음, 이 정도면 이제 됐겠지요?"

미오가 어색하게 웃는 얼굴로 나를 쳐다보았다. 어쩐지 안 좋은 예감이 들었다.

"어디 볼까?" 나는 유지 곁으로 다가가 머리 깎은 모습을 살펴보았다.

"어때?" 유지가 물었다.

"멋있어?"

"응, 멋있어….'라고 대답하기에는 사실과의 격차가 너무 컸다.

앞머리가 이마의 상당히 위쪽에서 삐뚤삐뚤한 곡선을 그리고 있었다. 오른쪽에는 너무 많이 깎아내서 맨살이 드러난 부분이 두 군데, 뒤로 돌아가서 보니 거기에도 핑크빛 맨살이 한 군데 드러났다. 게다가 목덜미의 머리끝 선이 원래 있어야 할 곳보다 훨씬 위쪽으로 올라가 있었다. 그래서 아직 머리카락이 나지 않은 아기가 털모자를 머리 위에 슬쩍 얹어놓은 모습과 흡사했다.

솔직히 말하자면 유지는 엄청 얼간이처럼 보였다.

"머리는 잊어도 손은 기억하고 있을 거라고 했는데…."

"왜 그래?" 내 말에 유지가 불안한 얼굴로 물었다.

"역시 이런 쪽도 함께 잊어버리는 걸까요?"

미오가 고개를 갸웃거리며 한 말이었다.

유지는 다시 한 번 "왜 그래?" 하고 물었다. 이번에는 아까보다 목소리가 약간 커져 있었다.

"다음은 당신 차례인데…."

내가 어지간히 겁에 질린 얼굴이었던지, 그녀는 서둘러 말을 덧붙였다.

"괜찮아요. 우리 도련님 머리를 깎아봤더니 이제 대충 방법을 알겠어요."

"무슨 소리야?"

유지가 다시 물었다.

그리하여 유지 자리에는 다음 차례로 내가 앉혀졌다.

해방된 유지는 급하게 목욕탕으로 뛰어갔다.

"으아악" 하는 비명 소리가 들리고, 그 길로 조용해졌다.

"그럼, 잘 부탁해."

나는 목욕탕의 기척을 살피며 그녀에게 말했다.

"움직이면 안 돼요." 그녀가 말했다.

"자칫하다가는 머리카락이 아닌 곳을 깎게 되니까요."

그 말에 내 심약한 가슴이 잔뜩 쪼그라드는 게 느껴졌다.

"그나저나 심한 곱슬머리네요."

"어렸을 때는 셜리 템플이라고들 불렀어."

"셜리 템플?"

"응. 〈소공녀〉로 유명한 미국의 아역 배우. 당신, 몰라?"

"모르겠는데요. 그것도 잊어버렸나?"

"하긴 1930년대에 활약하던 배우니까 어머니 세대들에게나 인기가 있었지."

그런 옛날 옛적 꼬마 배우를 내가 어떻게 알겠어요, 라며 그녀가 웃었다.

그러고 보니 전에도 똑같은 얘기를 물었다가 그녀에게 웃음을 산 적이 있었다.

나도 나중에 2050년쯤 되었을 때, 당신에게 빅투아르 티비솔을 아느냐고 한 번 물어볼 거야.

두말할 것도 없이 〈뽀네뜨Ponette〉의 그 유명한 꼬마 여주인공 얘기다. 그런 얘기를 나눌 때만 해도 우리는 2050년까지 함께 잘 살고 있을 거라고, 그저 막연히 그렇게 믿고 있었다. 둘 다 어지간히 나이를 먹어 꼬부랑 할아버지 할머니가 되더라도.

행복한 시절의 흐뭇한 풍경이다.

"자, 다 됐어요."

이번에는 그녀가 퍽 자신 있는 투로 말했다.

나는 멈칫멈칫 그녀가 들고 있는 거울 속을 들여다보았다. 그쪽에서도 걱정스러운 얼굴을 한 사내가 이쪽을 쳐다본다. 그 사내는 삐뚤빼뚤하기는 해도 그럭저럭 남 앞에 나설 수 있을 만한 머리 모양새를 하고 있었다. 어딘지 모르게 시드 비셔스영국의 뮤지션. '네 맘대로 해라!'라는 주장으로 유명한 펑크

음악의 선구적 밴드 섹스 피스톨즈의 멤버. 1979년 약물중독으로 사망 — 옮긴이를 착한 분위기로 약간 바꿔놓은 것 같은 풍모였다. 그러고 보니 시드 비셔스도 지금은 아카이브 별에 사는 사람이다.

"정말 그렇군."

나는 말했다.

"한 번 깎아본 덕분인지 솜씨가 많이 좋아졌어. 이 정도면 괜찮아."

"나는 어떻게 하느냐구!" 유지가 외쳤다.

그는 통학용 노란 모자를 쓰고 있었다.

"아무 문제 없어. 굉장히 매력적인데, 뭐. 모두들 유지를 사랑하지 않고는 못 배길 걸?"

"그런 거야?"

"물론이지. 그렇지?"

돌아보며 묻는 내 말에 미오는 몹시 난처한 표정이었다.

"유지, 정말 미안해." 그녀는 말했다.

"그렇지만 아빠 말도 맞아. 아주 멋지게 깎지는 못했지만, 그래도 사람들이 다 너를 좋아할 것 같아."

"엄마도?"

"물론이지. 유지를 쳐다보기만 해도 가슴이 콩닥콩닥 뛰는걸?"

"그럼 됐어."

유지는 모자를 벗었다. 찰싹 달라붙은 호박빛 머리는 조금 전보다 더 털모자처럼 보였다.

그러나 정말로 귀여웠다. 그것이 아이의 신비한 점이다. 결점이 오히려 매력이 되는 역전의 마법. 비록 그것이 부모에게만 효과가 있는 마법이라 해도.

식사를 준비하는 동안 목욕을 하라는 말에 나와 유지는 둘이 함께 목욕탕으로 향했다.

"엄마, 전에는 굉장히 질했었는데."

옷을 벗으며 유지가 말했다.

"뭘 잘해?"

"머리 깎는 거."

"아, 그랬지. 역시 잊어버린 모양이다, 이런 쪽도."

"그런 거야?"

"아마 그럴 거야."

"그래도 밥하는 건 다 기억하고 있잖아."

"흠, 그러고 보니 그렇다."

분명 그렇다.

기억의 취사선택은 어떻게 이뤄지는 것일까. 그녀에게는 나와 유지와의 추억보다 요리 쪽이 더 중요한 기억이었다는 얘기인가.

그렇다면 우리는 오므라이스나 크림스튜보다 희박한 존

재라는 셈이다. 그건 너무 심하다. 분명 뭔가 또 다른 중요한 이유가 있으리라.

(그렇게 생각하기로 했다.)

그의 머리를 감겨주며 물어보았다.

"엄마가 있으니까 좋아?"

유지는 잠시 생각해보더니 작은 소리로 대답했다.

"잘 모르겠어."

의외의 대답이었기 때문에 나는 적잖이 놀랐다.

"왜, 좋지 않아?"

"그래도." 유지는 이마에 떨어진 샴푸 덩어리를 씻어내며 말했다.

"엄마는 아카브이 별에서 사는 사람이잖아."

"그렇지."

"그러면 언젠가는 그쪽으로 돌아갈 거잖아?"

"그래도 유지, 엄마는 그걸 잊어버린 상태니까."

유지는 천천히 고개를 가로저었다.

"엄마가 잊어버리고 있어도 틀림없이 누군가가 데리러 올 거야. 어떤 이야기에서든 다 그렇잖아. 다들 마지막에는 돌아가버려."

그러니까, 라고 유지는 말했다.

"왠지, 자꾸만 눈물이 나려고 해."

아직 이토록 어린 나이라도 똑똑히 알고 있다. 누군가 좋아하는 사람을 그리워할 때, 그 그리움에는 반드시 이별의 예감이 결부되어 있다는 것을. 그는 이미 그것을 한 번 겪은 적이 있다.

"그렇다고 해도."

나는 말했다.

"지금 이곳에 엄마가 있어주는 건 역시 행복한 일이야. 그러니까 지금 이 시간을 소중히 하자."

유지는 응, 이라고 대답했지만, 실제로 그가 어떤 생각을 하는지 나로서는 알 수 없었다.

나는 샤워기로 물을 머리부터 끼얹으며 유지에게 말했다.

"한 번 더 다짐해두겠는데, 엄마는 계속 우리와 함께 있었던 거야. 한 번도 헤어진 적 없이 내내."

"알아." 유지는 말했다. "그래도 엄마는 아무래도 뭔가 이상하다고 생각하고 있지?"

"그런 것 같아. 그러니까 앞으로 좀 더 신중해지자."

"알았어."

"좋아. 이제 그만 나가도 되겠다."

유지는 목욕탕에서 나가자마자 큰 소리로 미오에게 말했다.

"엄마, 나 나왔어. 닦아줘!"

139

저런 저런, 하고 나는 생각했다. 1년 동안 공을 들여 웬만한 일은 자기 혼자 할 수 있도록 겨우 버릇을 들였는데, 완전히 원래 상태로 돌아간 것 같다.

내가 목욕탕에서 나오자, 유지는 보송보송한 어린이용 사각팬티 차림으로 미오에게 귀를 맡기고 있었다. 반듯하게 앉은 미오의 무릎에 머리를 얹고 눈을 감은 채 입가에는 행복한 웃음이 감돌았다.

"뭔가 굉장해."

미오가 말했다.

"유지의 귓속, 아무래도 심상치 않아요."

귀 청소는 제대로 해줬어요? 하고 묻기에 나는 잠시 생각해보고 나서 안 했다고 대답했다.

"유지가 그럭저럭 파내려니 했어."

"여섯 살짜리 아이에게 그런 건 힘들어요."

그녀는 이게 뭐야? 어떻게 된 거야? 라고 쉴 새 없이 중얼거리다 어느 순간에 히익, 하고 숨을 삼키더니 그대로 침묵해버렸다. 그 다음에는 툭, 하고 마른 소리가 테이블 위에 울렸다.

"다쿠미 씨." 하고 그녀가 나를 불렀다.

"이리 와봐요."

나는 수건으로 젖은 머리를 닦으며 두 사람 곁으로 다가 갔다.

"뭔데?"

그녀가 테이블을 가리키기에 나는 얼굴을 가까이 대고 그곳에 있는 물체를 자세히 들여다보았다.

그것은 뭔가 검은 우렁이 같은 것이었다. 손에 들고 보니 표면이 딱딱했다.

"혹시…."

나는 멈칫멈칫 물었다.

"이게 유지의 귓속에?"

미오는 쑵쓸한 것을 입에 넣었을 때 같은 표정으로 고개 를 끄덕였다.

"으앗!" 하고 나는 우렁이를 내던졌다.

"으앗!" 하고 유지가 외쳤다.

"닷쿤, 소리 지르지 마! 귀 아프단 말야."

그는 조그만 손으로 자기 귀를 틀어막고 있었다.

이제야 알 것 같았다.

유지가 항상 "응?"이라든가 "어?"라고 되물었던 이유를. 모든 건 겹겹이 쌓여서 화석이 되어버린 그 귀지 때문이었 다. 그는 1년분의 귀지를 그 좁은 귓구멍 속에 차곡차곡 쌓 아두었던 것이다.

(매사에 그는 모아들이고 쌓아두기를 좋아하는 습성이 있다. 공장터의 볼트가 바로 그 좋은 예다.)

이어서 반대편 귀에서도 똑같은 우렁이가 나왔다.

그는 갑자기 소리가 잘 들리게 된 자신의 귀를 기분 나빠했다.

"우와, 이게 뭐야?"라든가 "굉장히 이상해."라든가 "아우, 시끄러워." 하면서 한참이나 투덜거렸다.

그렇게 1년의 세월을 두고 많이 어긋나버린 음정을 그녀가 하나씩 하나씩 조율해나가고 있었다. 기억도, 심지어 목숨조차도 가지고 있지 않은 그녀 쪽이 나보다 훨씬 똑똑하다는 것은 대체 무엇을 의미하는 것일까. 분명 그녀는 엄청나게 특별한 존재이리라.

나와 유지에게 그녀는 영원히 전설의 여성인 것이다.

10

저녁 식사 뒤에 셋이서 산책에 나섰다.

미오의 두통은 아직도 계속되었지만, 밤바람을 쏘이면 마음이 편해질 것 같다며 그녀가 산책을 하고 싶어 했다. 나는 적잖이 망설였지만 밤의 장막에 섞여들면 남의 눈에 띄는 건 우리의 실루엣뿐일 거라는 생각에 결국 그녀를 데리고 나가기로 했다.

우리는 엷은 먹물 빛으로 채색된 담담한 풍경 속을 걸었다. 멀리 숲의 능선 위로 가늘게 여윈 달이 걸려 있었다. 바람에 흔들리는 논의 물속에서 그림자가 파르르 떨렸다.

"시원해요."

미오가 말했다.

"계속 비가 오니까."

유지와 미오가 손을 맞잡고 앞에서 걷고 나는 조금 뒤에서 따라 걸었다. 나도 손을 잡고 싶다는 소박한 욕구가 있었지만, 물론 입 밖에 낼 수는 없었다. 내가 하지 못하는 것을 너무도 쉽게 하고 있는 유지에게 조금 샘이 났다.

"그래서요." 그녀가 말했다.

"당신이 안고 있는 문제라는 게 뭐예요? 나중에 이야기해 준다고 했었지요?"

"으음, 그렇지."

길이 수로 앞에서 끊겨서 우리는 왼쪽으로 꺾어들었다. 저 앞에서 건널목의 불빛이 깜박거리는 것이 아련하게 보였다.

"그 전에 좀 더 우리 둘의 이야기를 하고 싶은데."

"응, 좋아요."

나는 약간 걸음을 빨리하여 그녀 곁에 나란히 섰다.

"그런데…." 나는 이야기를 시작했다.

"고등학교 때, 우리는 아직 사랑하는 사이가 아니었어."

"내가 안경을 썼고 지독한 말라깽이에 별 재미없는 모범생이었기 때문이겠지요?"

나는 앞을 바라본 채 가만히 웃었다.

그렇지만 말야, 라고 나는 말했다.

"응."

"나는 안경을 썼고 지독한 말라깽이에 별 재미없는 모범생을 실은 굉장히 좋아했었어."

"그런 거야?"라고 유지가 물었다.

"그럼. 단지 그때는 그런 여자애도 사랑을 원하고 있으리라고는 생각하지 못했어."

"사랑할 상대를 찾습니다?"

미오가 말했다.

"응. 나는 그 사인을 바보처럼 놓쳐버렸어."

"나는요?"하고 그녀가 물었다.

"그 무렵에 당신을 어떻게 생각했었어요?"

"마찬가지였어. 나는 적잖이 괴짜였고 사람을 싫어한다는 소문이 나 있었으니까. 당신도 그런 남학생이 연애를 원한다는 건 생각도 못했어."

"내가 그렇게 말했어요?"

"그래."

"둘 다 정말 늦되는 아이들이었군요. 그렇게 아둔하다니."

"응, 국보급으로 늦되는 아이들이었지."

게다가, 라고 나는 말했다.

"그 무렵 우리는 클럽 활동에 푹 빠져 있었어. 당신은 깡충깡충 도약하고 빙빙 돌고 휙 내던지는 일에…."

"리듬체조 말이죠?"

나는 고개를 끄덕였다.

"그리고 나는 400미터의 타원을 빙글빙글 도는 일에."

"그게 정말 그렇게 재미있어요?"

"재미있어. 그거야말로 몹시 보편적인 행위야. 별들도 전자電子도 모두 빙글빙글 돌고 있지."

"그럴까요?"

"그렇고 말고."

우리는 작은 건널목을 건넜다. 길은 수로를 따라 한없이 이어졌다.

미오는 어둠에 휩싸인 길을 골똘히 바라보았다.

"먼 곳의 경치가 부옇게 번져 보여요."

미오가 말했다.

"그래?"

"나, 요즘에는 안경을 쓰지 않았던가요?"

나는 "응." 하고 말하고, 다시 "아니."라고 덧붙였다.

그걸 완전히 잊고 있었다. 미오는 평소에는 콘택트렌즈를 사용했었다. 집 안에 있을 때는 안경을 쓰기도 했지만, 아무튼 맨눈으로 지내는 일은 거의 없었다. 분명 시력이 0.4에서 0.5밖에 나오지 않았을 터였다.

나는 거짓말을 했다.

"안경은 안 썼을 걸? 학생처럼 칠판을 봐야 하는 것도 아니고, 그렇다고 운전을 하는 일도 없었으니까. 아마도."

"그래도 잘 안 보여서 너무 불편해요. 안경은 가지고 있었겠지요?"

"아마 어딘가 있을 거야. 나중에 찾아줄게."

"부탁해요."

아무 레도 아카이브 별에서는 콘택트렌즈까지는 나눠주지 않는 모양이었다.

"아무튼." 나는 이야기를 되돌렸다.

"그런 식으로 고등학교 때의 우리는 다섯 살 아이보다 늦둥이들이었는지라 연애와는 아무 인연도 없는 관계로 끝이 나버렸어."

"나보다 더 늦둥이였어?" 유지가 물었다.

"글쎄다. 막상막하였을 것 같은데?"

"늦둥이라는 게 뭐야?"

"성장이 늦다는 거야."

"우와." 하고 유지가 소리를 높였다.

"무지하게 작았었나 보다."

나는 미오와 마주보며 킥킥 웃었다. 그러고는 그녀에게

이렇게 말했다.

"우리의 관계가 바뀌는 계기가 되어준 것은 졸업식 날에 있었던 아주 작은 사건이었어."

졸업식 날.

우리는 이것으로 이제 두 번 다시 만날 일이 없을 것이라는 사실도 의식하지 못한 채 정말로 두 번 다시 만날 일이 없어질 상황에 빠져 있었다. 하긴 이별이란 원래 대체로 그런 것이다.

그런데 그렇게 진행되지 않을 한 가지 사건이 생겼다.

졸업식이 끝나고 각 반 교실로 돌아와 고등학교 시절의 마지막 종례까지 마친 후, 마침내 정말로 모든 것이 끝난 뒤의 일이었다.

내가 책상 속의 잡동사니(패스트푸드점 할인권, 과자에 딸려 나온 모형, 아이스크림 막대 같은 것들)를 가방 안에 차례차례 집어넣고 있자니 옆자리의 네가 말을 붙여왔다.

"아이오."

"왜?"

"여기에 뭔가 한마디 써줬으면 하는데."

그러면서 네가 내민 것은 사인 노트였다. 졸업식 날에는 아이들 사이에 엄청난 수의 사인이 오고 갔다. 하긴 내게 사인을 청한 사람은 단 한 사람, 너뿐이었다. 너 이외의 누가 내게 그런 걸 원하랴.

"좋아, 줘봐."

나는 너에게서 사인 노트를 받아 잠깐 생각해보고는 짤막하게 적어 넣었다.

너의 옆은 정말 마음이 편안했다. 고맙다.

그것은 받아든 노트에 대한 예의이며, 그리고 한 번도 의식한 적 없이 너에게서 받는 화학물질에 대한 대답이었다.

이 말에 대한 너의 대답은 이랬다.

"나도 네 곁은 항상 마음 편하게 느껴졌어. 고마워."

그리고 우리는 헤어졌다.

"자, 안녕."

"응, 안녕."

나는 졸업장과 잡동사니로 가득한 가방을 손에 들고 교실을 뒤로 했다.

"그럼 아무 일도 일어나지 않았잖아요?"

"아니, 그게 말이야…."

졸업하고 한 달쯤 지났을 때 너에게서 짧은 편지가 왔다.

너의 샤프펜슬을 보관하고 있어. 어떻게 할까?

"아, 그렇지!"라고 나는 외쳤다.

한 달 동안 계속해서 찾고 있던 물건이었다. 사인 노트를 돌려줄 때 거기에 내 샤프펜슬을 끼운 채 주었구나, 하고 그제야 깨달았다. 그러니 어디를 찾아봐도 눈에 띨 리가 없었다.

그저 보통 샤프펜슬이라면 이토록 안타까워하지 않았겠지만, 그건 보통 샤프펜슬이 아니었다. 내가 열 살 때, 생일 선물이라며 태어나서 처음으로 선물 받은 샤프펜슬. 나의 성장의 어버이라고 해도 좋을 큰이모에게서 받은 것이었다.

누구라도 그렇겠지만, 태어나서 처음으로 받은 이런 물건에는 엄청나게 애착이 생기게 마련이다. 맨 처음 책, 맨 처음 손목시계, 맨 처음 CD. 나는 이런 물건 모두를 소중히 보관하고 있었다.

그래서 나는 곧바로 답장을 썼다.

그 샤프펜슬은 내게는 소중한 물건이야. 내가 찾으러 갈게.

너에게 물건을 부쳐주는 수고나 비용을 부담시키는 건 실례라고 생각했기 때문에 내가 직접 찾으러 갈 작정이었다. 그랬더니 너에게서 이런 답장이 왔다.

지금은 기숙사에 들어와 있어. 집에 돌아갔을 때 다시 연락할게.

그래서 샤프펜슬을 찾는 건 결국 여름방학 때까지 미뤄졌다. 어디에 있는지 알았으니 그리 서두를 일도 아니었고,

또한 대학생이 된 너를 만나보고 싶다는 나의 자그마한 바람도 있었다.

대학에 들어가서도 우리 둘은 각자 동아리 활동을 계속했기 때문에 각종 대회며 합숙 등으로 여간해서는 날짜를 맞추기가 힘들었다. 가까스로 재회가 이루어진 것은 여름방학도 끝나갈 즈음인 9월 7일이었다(그날이 마침 노동자의 날이 있기 때문에 똑똑히 기억하고 있다. 나는 그즈음 미국의 축제일을 모조리 외우고 있었다).

우리는 서로의 집 중간 지점인 터미널 앞 광장에서 만났다. 나는 약속 시간 5분 전에 도착했지만, 너는 벌써 와 있었다.

복잡한 사람들 무리 속에 우두커니 서 있는 너를 발견하고 나는 형용하기 어려운 신비한 감정에 휩싸였다.

그때까지 나는 그런 감정이 존재한다는 사실조차 알지 못했었다. 말할 것도 없이 그것은 사랑이었다. 늦둥이인 나도 마침내 성인의 대열에 한몫 끼게 된 것이었다.

야호!

처음에는 문득, 이건 그저 '보고 싶다'라는 기분이 아닐까 하고도 생각했다. 사실 몹시 보고 싶기도 했다.

3년 동안 줄곧 반경 1미터 안에서 함께 지냈던 너는 이미

내 안의 극히 개인적인 장소에 너의 분신을 남겨두고 있었
다. 그곳은 아버지나 어머니, 혹은 큰이모 등이 자리 잡은 장
소 바로 옆이었다. 내 안에 있는 너의 분신이 너를 만나서 무
척 기뻐하는 것이 분명하게 느껴졌다.

　게다가 너는 아주 작은 놀라움까지 준비해주었다. 그것
으로 나는 가슴이 터질 것처럼 두근거려서 한층 더 흥분하
고 말았다.

　"놀라움?"

　"응."

　"어떤?"

　"그건 말야."

　너의 머리카락이 어깨까지 길게 자라 있었다.

　입학했을 때 무척 짧았던 너의 머리는 졸업할 때까지도
여전히 짧았다. 그랬던 머리가 어깨를 덮을 정도로 자라다
니. 앞머리를 이마의 반쯤에서 반듯하게 자르고 양쪽 옆머
리는 뒤로 돌려 머리핀으로 채웠다. 그때의 너는 안경에서
콘택트렌즈로 바뀌어 있었는데, 그건 고등학교 때도 이따금
본 적이 있었다. 그래서 그 긴 머리가 가장 기쁜 놀라움으로
다가왔다.

너는 왠지 몹시 여자다웠다. 커피 스푼의 요정이 아니라 따스한 피부와 좋은 향기를 풍기는 한창 나이의 여성이었다.

나는 남자애들에게는 전혀 관심 없어. 그러니까 나를 가만 놔둬!

그런 얘기는 한마디도 내비치지 않았다.

나를 봐줘. 그리고 좋아해줘.

그렇게 말하는 것만 같았다.

나는 타고난 성품이 몹시 단순해서 어떤 일이든 눈앞에 보이는 대로만 이해하는 사람인지라 네가 내뿜는 사인을 있는 그대로 순순히 받아들였다.

잘 알았어. 너를 좋아할게.

너는 나를 알아보자 어색한 웃음을 보였다. 너도 긴장했을 것이다. 우리 둘 다 어딘가에서 이성과 데이트를 한다는 일 자체가 첫 체험이었기 때문에.

"안녕? 오랜만이야."

네가 말했다.

"응, 정말 오래간만이다."

거기서 더 이상 할 말이 없었다. 한참 생각하던 끝에 내가 말했다.

"에노키다, 네 옆 자리에 있는 건 아이오 군인가?"

너는 금세 알아들었다.

"아니요."라고 대답하더니 이렇게 말했다.

"그는 테디 베어입니다."

우리는 함께 킥킥거리며 웃었다.

고등학교 때, 수업을 땡땡이친 내 자리에 누군가 테디 베어 인형을 앉혀놓았던 적이 있다. 그것을 본 담임 선생님과 네가 나눈 대화였다.

그 무렵 나는 육상부실에서 실리토 앨런 실리토. 세계대전 이후의 노동자 계급을 묘사한 영국 작가. 대표작《장거리 주자의 고독》-옮긴이 의《토요일 밤과 일요일 아침》을 읽고 있었다.

담임 선생님은 마지막으로 이렇게 말했다.

"그럴 줄 알았어. 아이오 군이라고 하기에는 털이 너무 많아."

이 이야기에는 속편이 있었다.

그다음 날에는 내 자리에 미키마우스가 앉아 있었다. 담임 선생님은 너에게 전날과 똑같이 물었고, 너 역시 똑같은 식으로 대답을 했다.

그리고 담임 선생님은 이렇게 말했다.

"그럴 줄 알았어. 아이오 군이라고 하기에는 귀가 너무 커."

그때도 나는 육상부실에서 어제 다 읽지 못한 부분을 읽고 있었다.

이 장난은 한동안 유행이 되다시피 했다. 내가 모르는 사이에 내 자리에는 다양한 인형들이 앉혀졌다. 때로는 곰돌이 푸가 와서 앉았고 스누피나 도널드덕이 멀뚱히 앉아 있기도 했다. 그것들은 내가 되기에는 지나치게 크기도 하고 살결이 희기도 하고 입이 너무 뾰족 튀어나오기도 했다.

곧이곧대로 대답한 니도 입권이었고 일일이 코멘트를 달아주던 담임 선생님도 정말 대단한 분이었다.

나중에야 너를 통해 그 이야기를 들은 나는 여간 아쉬운 게 아니었다. 두 사람의 대화를 나도 그 자리에서 꼭 한 번 들어보고 싶었으므로.

아무튼 우리에게는 그리운 한 장의 삽화였다.

긴장이 풀린 우리 둘은 그제야 우리가 그렇게 마주 서게 된 이유를 생각해냈다.

"맞다." 네가 말했다.

"샤프펜슬이었지."

"그래, 샤프펜슬."

너는 자잘한 꽃무늬가 그려진 토트백에서 초록색 봉투를 꺼냈다.

"여기."

그 봉투를 내게 건넸다.

"그때 금세 알았는데, 아이오가 벌써 집에 가버린 뒤라서."

"응."

"그러고는 기숙사에 들어갈 준비를 하느라고 너무 바빠서 그만 연락을 못하고 결국 오늘까지 왔네. 미안해."

"천만에. 내가 깜빡했던 건데."

나는 말했다.

"게다가 지금 이렇게 내 손에 돌아왔고."

봉투에서 샤프펜슬을 꺼내 빛에 비춰보았다.

"큰이모에게서 생일 선물로 받았어. 태어나서 처음 사주신 샤프펜슬."

"몇 살 때?"

"열 살 때. 기치조지吉祥寺역 빌딩에서 사주셨지."

"아, 도쿄에서 살았을 때?"

"응."

나는 지금 사는 도시로 이사 오기 전에 도쿄의 조후調布에서 살았다. 그 비슷한 무렵에 너는 도쿄 미나토구港區의 미나미아자부南麻布에 살았다. 어쩌면 똑같은 시간에 똑같은 구름을 보았을지도 모르는 가까운 거리에.

"정말 고맙다."

나는 말했다.

"아니, 천만에."

네가 말했다.

난처하게도 그것으로 볼일은 모두 끝이 나버렸다. 이대로 헤어진다고 해도 아무런 문제도 없었다. 그러나 아직은 헤어지고 싶지 않았다.

우리는 오가는 사람들 속에서 서로의 얼굴을 마주 본 채 서로 먼저 말을 해주기를 내내 기다렸다. 나는 네가 어떻게든 해줄 것이라고 기대했고, 그러다가 아무래노 네가 나와 똑같은 생각을 하는 모양이라고 문득 깨달았다.

이러다가는 정말 이대로 끝나버리고 만다.

나는 우선 "으음." 하고 말해보았다. 네가 뭔가 기대하는 듯한 눈빛으로 나를 바라보았다. 나는 그 시선에 용기를 얻어 다음에 할 말을 찾아냈다.

"목마르지 않아?"

거기에 한마디를 덧붙여 보았다.

"왠지 굉장히 덥다."

정말로 목이 말랐었다.

너는 응, 그래, 하고 두 번 고개를 끄덕였다.

"그럼, 시원한 거라도 마시러 가자."

그리하여 우리 두 사람은 기념비적인 첫 번째 데이트 장소로 향했던 것이다.

우리는 건널목까지 다 가면 다시 돌아오기로 했다.

"두통은 어때?" 나는 미오에게 물었다.

"응, 조금 가신 거 같아요."

"다행이다."

유지가 졸리다고 해서 그를 등에 업었다. 곧바로 언제나 그렇듯 탁한 숨소리가 등판에서 들려왔다.

이 녀석 축농증인가?

"자는 얼굴이 너무 귀여워요."

미오가 말했다.

"당신을 닮았어. 잠잘 때는 특히."

"그럴지도 모르죠. 왠지 그리운 듯한 마음이 들어요."

"당신의 어린 시절이 생각나서?"

"글쎄요. 딱히 생각나는 건 없는데, 아마 그런 느낌인가 봐요."

"아직 아무것도 생각이 안 나?"

"아무것도. 그렇지만 점점 내가 당신의 아내고 유지의 엄마라는 게 실감이 나기 시작해요."

"괴롭지는 않아? 기억이 없다는 것 때문에?"

"답답하기는 한데 그것 때문에 초조하거나 그렇지는 않아요. 느긋하게 기다리면 나아질 거라고 생각해요."

"그렇다면 다행이야."

미오는 길가에 있던 작은 돌멩이를 발로 툭 찼다. 옛날부터 있었던 그녀의 버릇이었다. 기억을 잃었어도 이런 사소한 버릇은 변하는 일이 없는 모양이다.

"나라는 사람은…."

미오가 말했다.

"퍽 행복했던 것 같아요."

"그래?"

"네. 왜냐면, 처음으로 좋아한 사람과 인연이 맺어졌고, 이렇게 귀여운 아들을 얻었고, 그리고 지금도 이렇게 모두 함께 행복하게 살고 있으니까요."

"그렇군."

당신은 행복했었을까.

나는 마음속으로 질문을 던져보았다.

이렇게 수많은 불편함을 안은 사내와 결혼하여, 단 한 번도 여행을 해본 일도 없이 이 작은 도시 안에서 그 짧은 생애를 마쳐버렸다. 그런데도 행복했었다고 말해줄까….

"당신은요?" 미오가 물었다.

"당신은 행복해요? 나는 당신을 행복하게 해주었어요?"

"행복해."

나는 말했다.

"몹시."

나는 하늘을 나는 펭귄이었다.

나는 그녀의 인도 덕분에 감히 바랄 수도 없는 높이까지
올라갈 수 있었다.

별이 가까웠다.

거기에서는 지상의 온갖 더러움과 추함, 마음을 고통스럽
게 하는 모든 것이 마치 아름다운 태피스트리처럼 보였다.

그것이 행복이었다.

그리고 그녀는 이 별을 떠났고 나는 그저 평범한 펭귄이
되었다. 슬픔이 찾아왔지만, 나에게는 하늘의 기억과, 바람
을 가르는 날개를 가졌던 그녀를 꼭 닮은 사내아이가 남겨
졌다.

즉, 이제 나는 이따금 슬픔에 휩싸이기도 하는, 대충 행복
한 펭귄이 되었다.

"그다음 얘기를 들려줘요." 그녀가 말했다.

우리는 어제처럼 내 천 자를 그리고 누워서 엷은 오렌지
색 불빛으로 물든 아파트 천장을 바라보고 있었다.

"좋아."

나는 말했다.

"오늘도 당신이 잠들 때까지 이야기해줄게."

그러나 사실 나는 그 무렵의 일들을 거의 다 잊었었다. 미오가 나중에 몇 번이나 이야기해주었기 때문에 아예 진짜 기억처럼 생생해졌을 뿐이다.

참으로 기묘한 이야기다.

까맣게 잊어버린 내게 그때의 일들을 들려주었던 미오의 이야기를 이번에는 내가, 까맣게 잊어버린 그녀에게 이야기해주고 있다. 우리 둘만의 전언 게임 같다. 몇 번이고 오락가락하는 동안 그 추억은 실제 과거보다 훨씬 아름답게 각색되어 꿈 같은 기억이 되어갈지도 모른다. 하긴 대부분의 추억이란 게 원래 그런 것이지만.

아무튼 맨 처음 데이트 이야기.

역의 바로 맞은편에 있는 커피숍에 들어갔다.

나는 진저에일을, 너는 아이스커피를 주문했다.

3년 동안 바로 옆자리 아니면 앞이나 뒷자리에 앉았지만, 마주 앉은 것은 그때가 처음이었다.

그렇게 너의 얼굴을 찬찬히 바라본 것도 처음이었다. 쌍꺼풀이 아닌데도 몹시 큰 눈이었다. 콧날이 높고 입술은 얇았다. 그리고 그 덧니. 보는 사람에 따라 어떤 식으로든 인상이 달라지는 얼굴이었다.

너의 얼굴은 내게는 아주 어렸을 때부터 일관적으로 내

취향이었던 여성의 얼굴로 느껴졌다. 원래 사랑이란 그런 것이므로.

"머리가 많이 길었네."

나는 말했다.

"응. 새로운 체조부에서는 단체로 모두 똑같은 머리를 하거든."

높게 틀어 올리는 거야. 너는 그렇게 가르쳐주었다.

"어쩐지 분위기가 많이 달라졌어."

"그런가?"

"응, 어른스러워졌어."

아이오도, 라고 너는 말했다.

"굉장히 어른이 된 거 같아."

키가 더 큰 거 같은데? 너는 그렇게 덧붙였다.

"조금."

"이제 얼마야?"

"177센티미터 정도? 중거리 주자로서는 좀 더 크는 게 좋은데."

"훨씬 더 커 보여."

"구두를 신었거든."

고등학교 때 우리가 얼굴을 마주한 곳은 언제나 교실이었다. 그래서 발에 꿰고 있는 건 늘 실내화뿐이었다. 하긴 내가 신고 있었던 건 육상부실에서 굴러다니던 볼링슈즈였다.

몇 년 전 선배가 근처의 볼링장에서 슬쩍 가져온 것이라
는 전설이 딸린 신발이었다. 앞부리와 뒤꿈치 부분은 인디
고 블루, 옆은 흰색. 그리고 '61'이라고 자주색 번호가 들어
가 있었다. 나는 3년 동안 교내에서는 내내 그 신발을 신고
다녔다.

구두와 굽이 있는 샌들로 만난 것은 그날이 처음이었다.
그런 이야기를 하자면 은행잎 빛깔의 원피스를 입은 너를
보는 것도 처음이었고, 립크림을 바른 너를 보는 것도 처음
이었다. 고개를 갸웃거릴 때마다 흔들리는 풍성한 머릿결을
보는 것도 처음이었고, 그저 이야기를 나누는 것뿐인데도
가슴 언저리가 들썽거려 어쩔 줄 몰랐던 것도 처음이었다.

처음이 아닌 것을 찾아내기가 어려울 만큼 모든 것이 처
음이었다.

우리는 그 커피숍에서 다섯 시간을 함께 있었어.

믿어지지 않지?

대체 무슨 얘기를 했을까?

우리는 서로 상대에 대해 좀 더 깊이 알고 싶어했다.

둘 다 그야말로 착실한 성격이었기 때문에 그렇게 차근

차근 상대에 대해 알아가는 것이 연애의 올바른 순서라고 생각하고 있었다.

아무것도 모르는 채 손을 잡아서는 안 되는 것이다. 그녀의 부모님 이름도 모르는데 팔짱을 끼는 건 경우가 아니라고 생각한다. 구두 사이즈는 얼마인가, 어떤 사이즈의 옷을 입는가, 혹은 처음 걸음마를 떼었던 것은 생후 몇 개월 때였는가, 그리고 물속에서 몇 초나 잠수할 수 있는가. 이를테면 그런 것들을 모두 알고 난 다음에야 우리의 연애는 이윽고 다음 단계로 올라가는 게 옳다고 생각했다.

서로 아는 것이 중요하다. 서로에 대한 자세한 일들을 알고 싶어 하고, 자신의 있는 그대로의 모습을 알아주기를 원하는 것. 언뜻 독특한 견해로 들릴지 모르지만, 우리는 그렇게 천천히 서로에게 다가가는 길을 선택했다.

그러므로 대화는 몹시 중요했다. 다섯 시간을 이야기했지만 우리는 아직 새끼손가락도 만져서는 안 되는 단계였다. 결혼에 이르기까지는 과연 얼마나 많은 말들을 주고받게 될까?

(나는 그때 아직 열여덟 살이었고, 너는 처음으로 정식 데이트를 한 상대였지만, 그래도 분명하게 결혼까지 염두에 두고 있었다. 남자와 여자가 사귄다는 건 그런 것이라고 나는 생각하고 있었다.)

우선 입맞춤에 이르는 데만도 퍽 많은 시간이 필요하리

라는 것은 희미하게나마 인식할 수 있었다. 그래도 초조한 마음은 없었다. 평생 함께 살아갈 상대이므로 시간은 아직도 충분하다고 느꼈다.

아무튼 처음 말을 나눈 뒤부터 첫 데이트까지 벌써 3년이 소요되었다. 그렇다면 분명 3년쯤 후에는 입맞춤 정도는 가능할 것이다.

그런 식으로 생각했다.

다섯 시간의 대화로 우리는 아주 조금 입맞춤에 가까워졌다.

(키스할 때, 저 덧니가 혹시 방해가 되지는 않을까?)

너의 입술을 보면서 문득 그런 생각도 했었다.

그리고 해가 저물어 집에 돌아갈 시간이 되었다.

지금 돌아보면, 그것은 최초의 데이트로서 말하자면 다음 단계로 이어준 첫걸음이었다고 할 수 있지만, 그때는 아직 그렇게 생각해도 좋을지 어떨지 자신이 없었다. 결혼이니 입맞춤은 고사하고, 우선은 어떻게든 다음 데이트 약속을 받아내는 것이 당면한 과제였다.

우리는 커피숍을 나와 역 앞 광장에서 차표를 샀다. 그때까지도 아직 다음 약속에 대한 이야기는 나오지 않았다. 개찰구를 빠져나가 플랫폼으로 내려갔다. 5분 뒤에는 내가 탈 기차가, 그 2분 뒤에는 네가 탈 기차가 올 것이었다. 그런데도 나는 여전히 황제펭귄의 새끼 기르기에 대한 이야기만 열심히 하고 있었다.

(어쩌다 이야기가 그런 쪽으로 흘러갔는지는 전혀 기억나지 않지만, 아무튼 나는 황제펭귄의 새끼 기르기에 대해서는 대단히 상세하게 알고 있었어. 그 이야기는 다음에 해줄게.)

너는 자못 흥미 깊은 듯 듣고 있었지만, 나는 내심 초조했다. 이제 곧 기차가 들어올 텐데.

그리고 기차가 와버렸다.

"저기….." 나는 말했다.

"너 기차 타는 거 보고 나서 가야겠다. 나는 그다음 기차로 갈게."

그리고 네가 탈 기차도 금세 와버렸다.

"저기….." 네가 말했다.

"한 대쯤은 더 기다려도 괜찮아."

너의 정해진 귀가 시간은 저녁 여섯 시였다.

(여대생의 귀가 시간이 여섯 시라니! 이래서야 함께 불꽃놀이도 못하겠다!)

7분의 유예 시간이 주어졌지만, 그것도 순식간에 지나갔다. 가령 30일이 주어졌다 해도 마찬가지였을 것이다. 대개의 결단은 최후의 몇 초에 이루어진다.

너의 기차가 오고 문이 열리고 플랫폼의 승객들이 하나둘 올라탔다. 너도 다른 승객의 뒤에 줄을 섰다. 돌아보며 내게 미소를 짓는다. 거기서 나는 처음으로 말했다.

"그러니까, 그게, 다음에는 언제 만날 수 있을까?"

발차 차임벨이 울리고, 너는 말했다.

"나, 다시 기숙사에 들어가."

그러니까, 라고 너는 벨 소리에 지지 않으려고 목소리를 크게 했다.

"편지할게."

그때 문이 닫혔다.

"아, 그래…."

달리기 시작하는 기차에 대고 나는 말했다.

그렇지만 됐어, 이것으로 끝이 아니게 되었으니까. 끝과 시작이란 출구와 입구만큼이나 다른 것이다. 입구라는 것은 그 건너편에 분명 무언가가 있다는 뜻이다. 분명 멋진 일임에 틀림없다.

그때 나는 그런 식으로 생각하고 있었다.

너의 편지는 일주일 뒤에 왔다. 나는 그다음 날 답장을 써서 우체통에 넣었다. 그리고 다시 일주일쯤 뒤에 너에게서 편지가 도착했다. 이번에는 나도 사흘 정도 시간을 두었다가 답장을 보냈다.

그것이 우리의 페이스였다.

열정적인 사람이 본다면 답답하게 여겨질지도 모르지만, 우리에게는 그것이 적당히 기분 좋은 보조였다. 늦둥이에 별 재미도 없고 그저 성실하기만 한 두 사람의 연애는 조용히, 천천히, 그리고 조심조심 깊어져갔다. 어쩌면 이 성급한 세상에서 그것은 지독히 사치스러운 일이었는지도 모른다.

네가 살고 있었던 여대 기숙사에는 전화가 한 대밖에 없었다. 기숙사 바로 앞에도 공중전화가 있었지만, 문 닫는 시간이 지난 뒤에는 밖에 나가서 사용하는 게 허락되지 않았다. 휴대전화도 지금처럼 널리 쓰이지 않던 시절이었고, 널리 쓰이고 있었다 해도 아마 우리는 사용하지 않았을 것이다.

우리는 전화를 싫어했다.

전화는 무례하고 오만하고 막무가내였다. 그리고 빈번하게, 무례하고 오만하고 막무가내인 인간들과 우리를 이어주곤 했다. 그것은 상품 판매이거나 선거 때의 표 모으기, 혹은 그다지 친하지 않은 친구의 너무 무거운 부탁이거나 했다. 전화와 그러한 인간은 대단히 친화성이 높았다.

애초에 세계 최초로 전화를 통해 발설된 언어라는 것도 무척 거만하기 짝이 없었다.

왓슨 군, 지금 바로 와주게! (물론 그레이엄 벨의 말이다.)

이후 전화의 양상을 암시해주는 상징적인 말이다.

아무튼 우리는 전화가 아니라 편지에 의한 교신을 즐겼다.

너의 글씨는 대단히 아름다웠다. 우등생다웠고, 게다가 가늘고 높고 말끝이 약간 떨리며 나오는 너의 목소리를 그대로 떠올리게 하는 가련한 필지였다.

그래서 나는 적잖이 부끄러웠다. 나의 글씨는 믿어지지 않을 만큼 서툴기 짝이 없었다.

약간 변명을 하자면, 거기에는 부모님의 고루한 선입견이 큰 원인이었다는 측면이 있었다. 나는 어릴 때 왼손잡이를 강제로 교정받은 전력이 있었다. 왼손잡이는 일찍 죽는다는 불확실한 통계를 믿은 아버지와 어머니는 나의 왼손을 끈으로 꽁꽁 묶어 봉인해버렸다. 어쩔 수 없이 나는 그리 능숙하게 움직이지 못하는 오른손으로 젓가락을 잡고 공을 던지고 글씨를 쓰게 되었다. 봉인된 왼손은 삐치고 부아가 나서 제대로 된 작동을 하지 않게 되었다. 그리고 지금의 나는 어느 쪽 손을 사용해도 똑같은 정도로 서툴기 짝이 없는 글씨밖에는 쓰지 못하게 되었다.

아마도 당신의 소지품 상자에 내 편지가 들어 있을 테지만, 되도록 읽지 않기를.

"내가 당신에게 보낸 편지도 이 집 안에 있어요?"

미오가 물었다.

"그럼, 있지. 결혼했을 때 친정에서 가져왔어."

"읽어보고 싶어요. 어떤 얘기들을 썼을까?"

"평소 생활 속의 그저 그런 이야기, 동아리에서 했던 연습 이야기, 그리고 장래의 꿈 같은 거."

"장래의 꿈?"

"응."

"나는 대학을 졸업하고 직장에 들어갔었나요?"

"응. 전문대학이었기 때문에 스무 살에 취직을 했어."

"어떤 직업을 택했어요? 그게 내가 원하던 일이었나요?"

"그래. 당신은 자신이 원하던 대로 되었어."

"뭘까? 정말 궁금하네요. 알려줘요."

"당신은 말이지."

나는 말했다.

"피트니스 클럽에서 댄스를 가르치는 강사가 되었어."

"댄스?"

"응. 에어로빅 댄스."

"내가요?"

"그래, 당신이."

"믿어지지 않아."

"그럴 거야."

그렇지만 말야. 나는 말했다.

"리듬체조를 고등학교 때부터 대학 때까지 줄곧 계속했던 걸 생각하면, 그리 동떨어진 세계는 아니야."

"아, 그런가? 내가 리듬체조를 했다고 했었죠?"

"응. 당신은 아무튼 춤추는 걸 좋아했어. 게다가 원래부터 교사가 되는 게 꿈이었거든. 그래서 춤추는 일의 즐거움을 사람들에게 가르쳐주는 직업을 선택한 거야."

"학교 교사가 되는 게 내게 더 잘 어울리는 일로 느껴지는데요."

"교사 자격증도 가지고 있었지만, 결국 당신은 춤 쪽을 택했어."

"그래서, 당신과 결혼할 때까지 에어로빅 댄스 강사 일을 계속했어요?"

"유지를 임신할 때까지. 그런데 그게, 당신이 임신했다는 사실을 늦게 알아차려서 한참 나중까지 일했었지."

후우, 하고 미오가 숨을 내쉬었다.

"내 인생."

오렌지 빛깔로 물든 천장을 바라보며 그녀가 말했다.

"어쩐지…."

"응?"

"어쩐지 나로서는 너무 지나치게 잘 풀린 거 같아요. 내가 얌전하고 성실한 학생이었다는 건 실감이 나는데 말이에요."

"그래?"

"그러니까 그런 얌전하고 성실한 나라면 상상할 수 있는 인생도 좀 더 무난하고 평범한 삶일 텐데."

"응, 그럴지도 몰라."

"그렇죠? 좋다거나 싫다는 관점이 아니라 안정적이라든 가 명함이 통한다든가, 이를테면 그런 이유로 직업을 선택해서 그저 평범한 회사원이 되고, 그러면서도 그게 나의 인생이라고 나름대로 만족하며 살아가는 거. 그런 쪽이 나한 테 더 어울릴 것 같은 느낌이 들어요."

"흠."

"그리고 좋아하는 사람과의 연애결혼이 아니라 중매라든 가 친척 아줌마가 소개해준 사람하고 결혼하고, 역시 그러 면서도 그게 나의 인생이라고 나름대로 만족해버리는 거. 만일 당신이 그런 쪽으로 이야기해주었다면, 정말 그게 내 인생이었겠다 하고 고개를 끄덕였을 거예요."

"그럴 거야." 나는 말했다.

"당신이 자주 그런 이야기를 했었어. 내 성격으로 봤을 때 정말 애 많이 썼다고. 안전한 길이 아니면 걸어가지도 않을 성격인데, 문득 깨닫고 보니 손잡이도 없는 아슬아슬한 다리를 눈을 질끈 감고 온 힘을 다해 달리고 있었다고."

"정말 그런 거예요?"

"응, 당신은 정말 대단했어."

"대단해요?"

"이런 나와 결혼했잖아. 그 결단은 정말 대단하지."

"그렇지만…."

"그건 나중에 이야기해준다고 했었지? 내가 안고 있는 여러 가지 불편한 것들."

"으응."

"그런 면까지 포함해서 당신이 선택한 인생은 결코 무난하고 평범한 삶은 아니었어."

"그래요?"

"정말 대단했지."

"그럼, 좀 더 이야기해줘요."

"그 뒷얘기는 내일."

"설마."

"정말."

"이렇게 궁금하게 해놓고?"

"응. 지금 그 이야기를 시작하면 너무 길어지거든."

"그래도."

"나는 일찍 자지 않으면 다음 날 제대로 일을 할 수 없어.

그래서 그래."

　"아직 10시 반인데."

　"나한테는 너무 늦은 시간이야."

　"정말요?"

　"응. 그러니까 잘 자."

　"잘 자요."

　"정말 벌써 자는 거예요?"

　"정말로."

　"그래도…."

　"잘 자."

　"잘 자요…."

　"그런 거야?"

　"네?"

　"유지의 잠꼬대야. 신경 쓰지 마. 잘 자."

　"잘 자요…."

　"그런 거야?"

11

회사에서 돌아오는 길에 자전거를 힘껏 내달리는데, 저
만치 앞에 걸어가는 농부르 선생과 푸가 눈에 띄었다. 그 옆
에 나란히 자전거를 붙이고 내려서서 인사를 건넸다.

"농부르 선생님."

선생은 잠시 공백을 두고 나서 나를 보고는 "오오." 하고
말했다.

(이 공백은 나의 주특기이기도 했다. 그러면 미오는 꼭 "어디 가셨
었나?"라고 물어보곤 했다.)

"회사에서 돌아오는 길인가?"

"그렇습니다."

"유지는 건강하게 잘 지내지?"

"네, 건강합니다. 선생님은요?"

"뭐, 그럭저럭. 사람이 이 나이가 되면 아무 탈이 없을 수는 없어. 그저 10 중의 5의 통증으로 끝났다면 그럭저럭 좋았다고 해야지."

"오늘은 그럼, 5로 끝나셨습니까?"

"그쯤 됐지."

푸가 나를 올려다보며 쉴 새 없이 "~?"라고 하고 있었다. 나는 그래, 그래, 하고 대답하며 발로 푸의 배를 쓰다듬어주었다.

"소설은 잘되어가나?"

선생이 물었다.

"아뇨, 요즘 잠시 멈추고 있습니다."

선생은 "저런."이라고 했다. '그건 또 어째서인가?'라는 말을 간결하게 나타낸 것이다.

나는 갑작스럽게 솟구치는 충동을 느꼈다.

'다 털어놓을까?'

'미오의 일을 말해버릴까?'

그런 충동이었다. 하지만 과연 믿어주실지.

"미오가…"

우선 나는 그렇게 운을 떼어보았다.

푸가 "~?"라고 말했다.

선생도 그런 표정으로 나를 보았다.

"그녀가?"

"그렇습니다."

"그렇습니다?"

"그녀가 돌아왔다고 하면, 선생님은 어떻게 생각하시겠어요?"

아아, 하고 선생은 잘 알겠다는 표정이 되었다.

"소설 이야기로군?"

선생은 말했다.

"그런 상황 설정으로 이야기를 전개하는 거로군."

나는 애매하게 고개를 끄덕이고는 이야기를 이어갔다.

"그녀가 살아 있을 때 그랬거든요. 비의 계절이 되면 돌아오겠다고요. 우리가 제대로 잘 지내는지 꼭 확인하려고요."

선생은 아무 말도 하지 않고 듣고 있다.

"그랬는데 정말로 돌아왔어요. 저기, 숲 건너편에 있는 공장터에 와 있었습니다."

선생의 얼굴에 조금 의아한 표정이 떠올랐다.

"그래서 집에 데리고 왔는데, 그녀가 기억을 잃어버렸더군요. 자신이 누구인지도 알지 못하고, 1년 전에 이 세상을 떠났다는 것도 잊어버리고…."

"그것이 소설의 줄거리인가?"

"아뇨, 실제 이야기예요. 지금도 아파트에서 저의 귀가를 기다리고 있어요."

"미오가?"

"네, 미오가요."

"그러니까, 그 말은…."

"네, 그녀의 유령입니다."

내가 앞질러서 말했다.

"소설의 줄거리가 아니고?"

"아니에요."

선생은 나에게서 시선을 돌려 발밑의 푸를 내려다보았다. 푸도 선생을 올려다보고 있었다. 둘이서 내 이야기의 진위 여부를 상의하고 있는 것처럼 보였다.

나는 결론이 나올 때까지 말없이 기다리기로 했다.

미오는 농부르 선생을 좋아했다. 우리 부부가 이 도시에서 살기 시작한 뒤에 처음으로 이야기를 나누었던 이가 농부르 선생이었다. 쇼핑센터에서 저녁거리를 사 들고 오는 길에 17번 공원에서 선생을 만났다. 벌써 7년 전의 이야기다.

선생은 그 무렵부터 퍽 나이 든 노인이었다.

(사무소장하고 똑같다.)

푸는 지금보다 훨씬 젊었고 사려 깊고 과묵한 청년 같은 풍모였다. 그 무렵부터 "~?"라는 말밖에 하지 못했지만.

그 뒤로 일주일에 서너 번, 17번 공원에서 짧지도 길지도 않은 대화를 나누며 너무 얕지도 깊지도 않은 교제를 계속 해왔다. 부부가 똑같이 사람을 사귀는 데 서툴렀기 때문에 농부르 선생과의 자그마한 교류는 우리에게는 유일하다고 할 사교의 장이었다. 선생은 미오를 손녀처럼 귀여워해 주 있고, 그녀도 선생을 존경했다.

그래서….

그래서 비의 계절이 끝나기 전에 다시 한 번 두 사람을 만 나게 해주고 싶었다. 아카이브 별에 돌아가버리기 전에, 두 사람을 꼭.

아마도 미오는 선생을 잊어버렸을 테지만, 만나보면 서 로 통하는 무언가가 있을 터였다. 그러자면 우선 선생에게 사실을 똑똑히 인식시켜드릴 필요가 있었다. 느닷없이 만나 게 했다가는 고령이신 선생의 심장은 규정을 벗어나 한꺼번 에 박동하다 그대로 침묵해버릴지도 모른다.

"그래서." 선생이 말했다.

"미오는, 그러니까, 어떤 식이지?"

선생은 기묘한 손놀림으로 뭔가를 표현하려고 하고 있었

다. 어쩌면 '다리는 있는가?'라는 말을 완곡하게 물어보려고
했는지도 모른다.

"그저 평범해요." 나는 말했다.

"완전히 예전의 미오 그대로예요. 겉모습도 성격도 목소
리도 냄새도. 그저 기억이 없을 뿐이지요."

"그래…."

어딘지 선생은 안도하는 듯한 모습이었다.

"만나주시겠습니까?"

내가 묻자 선생은 작게 몇 번이고 고개를 끄덕였다. 여느
때의 떨림과 별로 다를 게 없었지만, 그것은 분명하게 긍정
의 몸짓이었다.

자, 그럼, 하고 나는 말했다.

"내일, 17번 공원에서."

"보통 때의 그 시간이지?"

"네. 제가 데리고 오겠습니다."

"좋아. 나는 늘 하던 대로 그 벤치에 앉아 있을 테니까."

"네."

나는 안녕, 하고 농부르 선생과 푸에게 인사한 다음, 다시
자전거에 올라타 집으로 향했다.

12

유령인 아내에게 욕정을 품는다는 건 과연 옳은 일일까?

이것은 상대적인 문제이기도 하다. 내가 그런 욕구를 품게 된 것은 그녀에게 그런 분위기가 농후했기 때문이다. 그런 분위기라는 것은, 그녀가 유령이면서도 몹시 탐스럽고 건강한 육체를 가졌다는 것. 그것은 예의 화학물질과 마찬가지로 여성이 남성을 향해 호소하는 무언의 메시지였다.

여기 봐. 나는 이렇게 성숙해 있어. 언제라도 당신의 아이를 낳을 수 있어.

불룩한 가슴이며 잘록하게 들어간 허리가 '나한테 맡기셔!'라고 웅변하는 것이다.

그러나 그녀는 유령이다. 유령은 아이를 낳지 않는다.

그렇다면 어쩌자고 그토록 요염한 것인가.

컵에 물을 따라 마시고 있자니, 샤워를 마치고 나온 미오가 유지의 몸을 닦아주고 있는 게 보였다.

우리 아파트는 부엌 옆에 목욕탕이 이어져 있어서 싱크대 곁으로 탈의실이 보였다. 형식적으로나마 비닐 롤스크린이 붙어 있지만 그것이 내려진 적은 없었다. 그러니까 두 사람의 모습은 내 위치에서 고스란히 다 보였다.

그녀는 무방비 상태, 몸에 아무것도 걸치지 않은 모습 그대로 유지의 몸을 수건으로 닦아주고 있었다.

퍽 오랜만에 그녀의 몸을 보았다. 말라깽이라고만 생각했었는데, 몸을 숙이고 있는 그녀의 젖무덤이 나름대로 출렁인다. 허리선도 전직 에어로빅 강사답게 뚜렷이 발달했다. '나한테 맡기셔!'라고 말하고 있다.

행복한 기억이 되살아났다. 보드랍고 열기를 띤 기억. 나는 꿀꺽 하고 입안의 물을 삼켰다.

미오가 고개를 들어 나를 보았다. 별로 당황하는 기색 없이, 천천히 큼직한 수건을 들어 자신의 몸을 가린다. 그대로 지그시 내 쪽을 쳐다보는 바람에 나는 겸연쩍은 웃음을 지으며 그 자리를 떴다.

나중에 그녀가 말했다.

"아직은 좀 기다려주세요."

"응?"

"저어, 아직 마음의 준비가 안 되었어요. 당신의 아내라는 실감은 있는데, 그것만은 좀."

"아아, 그, 그거?"

"응, 그거."

"전혀 신경 쓸 거 없어. 당신이 원하는 것이 곧 내가 원하는 것이니까. 당신이 원하지 않을 때는 나도 원하거나 그러지 않아."

"정말?"

"정말."

"그래도." 그녀는 말했다.

"아까 내 벗은 몸을 쳐다볼 때의 눈빛은 원하는 것처럼 보이던데?"

"아, 미안. 그건 기억에 반응해버린 거야."

"기억?"

"얼마 전, 당신과의 보드랍고 뜨거웠던 기억."

앞부분이 거짓말이고 뒷부분은 사실이었다.

"그래요?"

어딘지 모르게 그녀는 꿈꾸는 듯한 눈빛이었다.

"우리는 그러니까…."

거기에서 잠깐 어물거리고는 재빨리 뒷말을 이었다.

"그러니까, 잘됐나요?"

"두말할 것도 없이."

"그런 거예요?"

"두말할 것도 없이."

그해 겨울, 해가 바뀌고 맨 처음 월요일에 우리는 다시 만났다.

두 번째 데이트였다.

"석 달이 넘도록 만나지 않았어요?"

테이블 맞은편에서 미오가 말했다. 유지는 텔레비전의 이탈리아어 강좌를 유심히 들여다보고 있었다. 이 프로그램에 나오는 누나를 무지하게 좋아하는 것이다.

"그 대신 수없이 많은 편지를 주고받았어."

내가 말했다.

"뭐랄까, 문을 사이에 두고 대화하는 느낌이었다고 할까? 그래서 그날은 그 문이 마침내 활짝 열린 것 같았어. 늘 바로 곁에서 당신의 존재를 느꼈지."

"파치아모 메타 메타!"

유지가 외쳤다.

"뭐?"

"우리는 반절씩 하겠습니다, 라는 말이래."

"아, 그래?"

이번에도 만남의 장소는 역 앞 광장이었다.

지난번에 5분 전에 갔더니 네가 이미 와 있었는지라 이번
에는 15분 전에 나갔다. 너의 모습이 없다는 것을 확인한 다
음, 나는 프랭크 쇼터 예일대 출신의 마라톤 선수, 스포츠 해설가, 스포
츠기업 프랭크 쇼터 러닝 기어 설립사—옮긴이 가방에서 문고본을 꺼
내 읽기 시작했다. 보니것(이 무렵의 보니것은 이름 밑에 '주니
어'를 달고 있었다)의 《타이탄의 미녀》였다. 벌써 세 번째 읽는
것이었다. 마침 마지막 장면이었는데, 그 부분을 두 번 읽으
면서 두 번 다 울었다. 그리고 이번에도 역시 눈물이 났다. 나
는 말라카이 콘스탄트 때문에 울었다.

"아이오?"

얼굴을 들자 네가 있었다.

"울어?" 네가 물었다.

"응, 울어."

"뭐가 슬퍼서?"

나는 《타이탄의 미녀》를 쳐들어 너에게 보여주었다. 표지
는 목걸이에 묶인 개뼈다귀 그림이었다.

"이게 슬퍼?"

나는 고개를 끄덕였다. 그 뒤로 오랫동안 너는 그 소설을 애견이 죽은 슬픈 이야기로 착각하고 있었다.

시계를 보니 약속 시간 10분 전이었다. 우리는 그새 낯익은 장소가 된 커피숍으로 향했다.

"그러고 보니…". 네가 말했다.

"아이오는 늘 책을 읽고 있었어. 쉬는 시간에도, 자습 시간에도."

"그렇군."

"나도 좋아해. 그렇지만 홈즈와 루팡 쪽 전문이야."

알고 있어, 라고 내가 말했다.

"그래?"

사실 나는 네가 생각하는 이상으로 너를 지켜보고 있었다.

"그 스웨터." 나는 말했다.

"잘 어울린다."

고마워, 하고 네가 말했다.

커피숍에 들어가 주문을 마치자 나는 가방에서 포장한 물건을 꺼내 테이블에 올려놓았다.

"이제 곧 생일이지?"

그래서, 라고 말하며 그것을 너에게 쭈욱 밀었다.

"생일 선물."

너는 몹시 기쁜 얼굴을 했다. 선물과 나를 번갈아 바라보고, 그러고는 너무 기쁘다고 말했다.

"이런 식으로 남자에게 선물 받는 거 처음이야. 정말 고마워."

열어봐, 하고 나는 말했다. 포장지는 아버지가 연말 선물로 받은 과자 상자에서 가져온 것이었다. 펼치자 바닐라 향기가 훅 풍겼다.

"이거, 나야?" 네가 물었다.

"그래, 에노키다."

그것은 값싼 플라스틱 액자에 담긴 A4 사이즈의 펜화였다. 검은 잉크와 펜으로 그려 넣은 너의 뒷모습. 머릿속에 떠올려가며 그리려고 했더니 왜 그런지 자꾸 너의 뒷모습만 생각났다. 아마도 그 긴 머리가 어지간히 마음에 들었던 모양이다.

보다시피 나는 심한 곱슬머리라서 항상 깨끗한 머릿결을 동경해왔어. 이것도 일종의 페티시즘이겠지만, 굽이 뾰족한 샌들에 끌리는 것보다는 생물학적으로 훨씬 더 바람직하지.

"너무 기뻐. 소중히 간직할게."

지금 생각해보면 그런 싸구려 선물을 진심으로 기뻐해준 너는 귀중한 존재였다. 모두 합해 천 원도 들지 않았다. 진지하게 경기에 몰두하던 그 당시 학생들은 대부분 믿을 수 없을 만큼 가난했다. 지금은 초등학교 여학생도 그런 선물은

달가워하지 않는다.

그림을 참 잘 그리는구나. 네가 말했다.

"원래 미대에 가고 싶었어."

"왜 안 갔어?"

"눈이 좀…." 나는 말했다.

"별로 안 좋아. 사거리의 신호 구분도 어려울 만큼 심한 색약이야."

"난 몰랐네."

"나도 몰랐어. 모두 나하고 똑같은 세계를 보는 줄만 알았지."

"그래?"

"응. 그래서 선생님이 포기하라고 하시더라. 보통 샐러리맨이 되래. 그거라면 문제 될 게 없으니까."

너무 아깝다, 라고 너는 말했다. 사진처럼 정말 똑같이 그렸는데.

그즈음부터 당신은 아무렇지도 않은 말로 나의 자그마한 자부심을 키워주는 데 아주 능숙했어. 그리고 중요한 건 당신 스스로는 그런 줄도 모른다는 것이었지. 당신이 별다른 자각도 없이 내게 건네준 말들로 내가 얼마나 나 자신을 자랑스럽게 생각할 수 있었는지.

나도 선물, 이라고 네가 말했다.

이미 지나가버렸지만, 생일하고 크리스마스 축하 선물.

털실로 짠 귀마개.

"달릴 때 춥지? 그래서."

고마워, 하고 나는 말했다. 기뻐.

정말로 기뻤다. 그래서, 지금까지도 소중히 간직하고 있다. 털실로 짠 귀마개. 니에게서 받은 최초의 선물.

"그날도 우리는 다섯 시간 님도록 이야기에 빠져 있었어."

"그리고 서로 나눈 말만큼 친해졌겠지요?"

"틀림없이."

"그래요?"

"왜냐면 그날 우리는 손을 잡았거든."

"굉장하다!"

"그렇지?"

"정말 애썼네요. 대단해요."

"뭘, 칭찬씩이나."

기차를 기다리는 동안, 네가 시린 손끝을 호호 불고 있는 것을 보고 나는 물었다.

"추워?"

"웅. 장갑을 깜빡 잊고 안 가져왔어. 호주머니도 없고."

아닌 게 아니라 너의 스웨터에도, 체크 롱스커트에도 호주머니가 없었다. 스웨터 아래로 두툼하게 껴입기는 했지만, 위에 걸칠 코트나 재킷은 가지고 있지 않았다.

"그럼, 내 호주머니 빌려줄게."

너는 옆에 선 내 얼굴을 올려다보고, 그러고는 시선을 돌려 다시 자신의 손을 호호 불었다. 망설이고 있다는 것을 느끼게 하는 몇 초인가의 침묵이 흐른 뒤, 너는 말했다.

"그럼, 잠깐 신세 좀 질게."

그리고 나의 짧은 코트 호주머니에 왼손을 넣었다. 거기에는 이미 내 오른손이 들어 있었기 때문에 필연적으로 두 사람의 손은 만날 수밖에 없었다. 너의 손은 정말 차갑게 얼어 있었다. 가녀리고 작고, 지독히 연약한 감촉이었다. 저절로 호주머니 안에서 너의 왼손을 꼭 쥐었다. 겁에 질린 작은 동물처럼 너의 손가락이 움찔 움직였고, 그리고 천천히 힘이 빠져나갔다.

"이 얘기, 마치 내 둥지에 들어온 생물을 포식하는 육식동물 같은 느낌이군."

"맞아, 그런 느낌이에요. 나는 먹혀버린 거예요."

"잘 먹었습니다."

왼손이 따뜻해지자 우리는 서 있는 위치를 바꾸어 이번에는 오른손을 녹였다. 어서 오세요, 왼쪽 호주머니에. 이번에는 두 번째였기 때문에 둘 다 긴장하지 않았다. 첫 번째는 너의 왼손과 나의 오른손의 만남이었다. 그리고 이번에는 너의 오른손과 나의 왼손의 만남이었는데, 대략적으로 첫 번째와 별 차이는 없었다. 이미 충분히 예상되었던 일이었으니까….

"그때 내게 다른 꿍꿍이 같은 건 전혀 없었어."

"그러셨겠죠."

"그렇지?"

"으응."

미오는 조금 어색한 웃음을 짓더니 나를 향해 손을 내밀었다.

"당신 손."

나는 오른손을 뻗어 그녀의 손끝을 살짝 쥐었다.

"이렇게?"

"응."

그녀는 내 손을 가만히 맞잡았다.

"따뜻해요."

"그런가?"

"열여덟 살 때처럼 이렇게 조금씩 당신에게 익숙해지고 싶어요."

당신이 좋아요, 라고 그녀가 말했다.

이유도 없이(아니, 이유는 충분히 있었다) 내 가슴의 고동이 빨라졌다.

"아마 좋아했었던 기억이 조금쯤은 남아 있는 모양이에요."

그러니까. 그녀는 말했다.

"이렇게 당신 손을 아무렇지도 않게 잡을 수 있겠지요?"

그녀는 시선을 떨구고, 조금 수줍은 얼굴이 되었다.

"이렇게 대담해질 수 있는 건 내가 당신의 아내라는 걸 어디선가 알고 있기 때문일 거예요. 우리가 서로 사랑해서 결혼했고 내내 이렇게 손을 잡기도 하고 키스도 해왔다는 것을 알고 있기 때문에."

그렇지요?

"조금만 더 기다려줘요. 그렇다고 3년을 기다리라는 얘기는 아니에요. 겨우 사흘 만에 손까지 잡았는걸. 내일이면 좀 더 깊이 사귈 수 있을 거예요."

"서두를 건 없어. 당신이 원하는 대로 하면 돼."

"내가 원하는 건 하루라도 빨리 보통으로 돌아가는 거예요. 당신의 아내로서, 유지의 엄마로서 똑똑히 내가 할 일을 하고 싶어요."

"벌써 충분히 하고 있어."

"그렇다면 좀 더. 좀 더 자연스럽게 행동할 수 있었으면 좋겠어요."

알아요? 그녀가 물었다.

"뭘?"

"이렇게 연결되어 있는 내 손가락이 떨리고 있는 거."

"그런 것 같네."

"그게요. 나로서는 지금 태어나서 처음으로 남자와 손을 잡은 거나 마찬가지니까요. 굉장히 긴장돼요."

그러나 실은 나도 상당히 당황스러운 마음이었다. 미오 만큼은 아니어도, 역시 1년이라는 공백 기간이 컸다. 1년 만에 맞잡은 아내의 손은 나를 어쩔 줄 모르게 만들었다.

객관적으로 보면, 6년 동안 함께 지냈던 부부가 손을 맞잡은 것만으로 얼굴이 붉어진다는 건 우스꽝스러운 일인지도 모른다. 그러나 우리는 진지했다. 그리고 진지한 인간일수록 때로 남의 눈에는 우스꽝스럽게 비친다는 것도 사실이다.

"파치아모 포코 포코!"

돌연 유지의 목소리가 울려 퍼졌다.

우리는 깜짝 놀라서 황급히 손을 놓았다.

"이번에는 또 뭐야?"

"우리는 조금씩 나눕니다, 래."

"아, 그래?"

미오는 착실하면서 동시에 현실적인 여성이기도 했다. 기억을 잃었다고 이리저리 고민하기보다는 현실을 받아들이고 자신이 해야 할 일을 차근차근 해내겠다는 생각은 몹시 그녀다웠다. 그것은 유지를 돌보는 일이기도 하고, 요리이기도 하고, 그 밖에 여러 가지이기도 하다.

그건 좋았다.

그렇지만, 그녀는 유령이다. 언젠가는 다른 세상으로 돌아갈 것이다. 그것도 모른 채 열심히 애쓰는 그녀의 모습은 나를 몹시 안타깝게 했다.

그녀는 알지 못했다.

자신이 1년 전에 죽었다는 것을.

그리고 머지않아 두 번째 이별이 다가온다는 것을.

13

딱!

눈이 뜨였다. 베개맡의 시계를 보니 2:35라고 표시되어 있었다. 조금 추웠다. 창밖에서는 투둑투둑 빗소리가 들려 왔다.

늘 하던 습관대로 우선 옆자리의 유지를 확인했다.

코를 '즈―즈―' 울려가며 푹 잠들어 있었다. 만세를 부 르듯 두 손을 치켜들고 있어서 살짝 내려 이불 속으로 넣어 주었다.

미오가 없었다.

나는 이불에서 빠져나와 부엌으로 향했다. 부엌의 작은

불빛 안에 그녀가 있었다. 의자에 앉아 멍하니 자신의 손끝을 응시하고 있다.

내 기척을 알아차리고 고개를 든다.

"미안해요. 내가 깨웠나요?"

"아니, 그런 거 아냐. 어떤 심술궂은 녀석이 있어서 늘 내가 꾸던 꿈을 지워버려."

나는 엄지와 가운뎃손가락으로 딱, 하는 소리를 내려고 했지만 실제로는 뭔가 비비는 듯한 소리밖에 나지 않았다. 어쩔 수 없이 입으로 딱, 하고 소리 냈다.

"일이 그렇게 되면 한참 동안 잠을 잘 수 없어."

당신은? 하고 묻자 미오는 가만히 고개를 저었다.

"그냥. 이런저런 생각을 했더니 잠이 달아나버려서요."

그래.

"여기는 추워."

나는 그녀를 재촉하여 부엌 옆방으로 옮겨 갔다. 쿠션을 팡팡 두들겨 그녀에게 건넸다.

"자, 여기."

"고마워요."

각자 큼직한 쿠션을 등에 대고 나란히 앉았다. 부엌과 침실에서 나오는 연한 불빛에 우리 모습이 희미하게 비쳤다.

"초조해할 거 없어."

저절로 속삭이는 소리가 된다.

"포코 포코…."

"포코 포코?"

"조금씩 조금씩. 그 말처럼 조금씩 해결해나가자."

"그렇지요?"

투둑투둑 떨어지는 빗소리에 탕탕탕 하는 커다란 빗방울
소리가 섞였다. 소리는 한없이 이어질 것처럼 규칙적으로
들려왔다. 미오가 가늘게 몸을 떨며 차가운 숨을 내쉬었다.

"추워?"

"조금요."

나는 팔을 뻗어 그녀의 어깨를 안았다.

면 파자마 너머로 그녀의 부드러운 몸이 느껴졌다.

"고마워요."미오가 말했다.

"따뜻하네요."

"그 말. 그리운 말인데?"

"그래요?"

"응, 전에도 말했어. 당신이 똑같은 말을 했던 적이 있어."

"당신이 어깨를 안아주었을 때?"

"응. 굉장히 소중한 밤에."

"그때 이야기는 아직 해주지 않았지요?"

"응, 아직."

"알려줘요. 알고 싶어."

"그럼, 얘기하지."

그것은 스물한 살 여름날 밤의 이야기야.

우리는 1년 만에 재회했어.

"재회라니…."

"응, 그때까지 우리는 계속 만나지 못했어. 그 전해 여름
에 헤어졌으니까."

"우리가요?"

"응."

"그렇게 착실하게 사귀었는데?"

"그래도 헤어졌어."

"거짓말 같아요."

"그런데 사실이야."

"무슨 일이 있었어요?"

"몇 번 말했었지. 나는 여러 가지 불편함을 안고 있다고."

"응, 나중에 말해준다고 해서 아직 듣지 못했죠."

"지금부터 말할게. 결국 그게 모든 문제의 시작이니까."

일의 심각함에 비하면 그 시작은 꽤 평온한 셈이었다.

떨어지지 않는 미열. 감기도 아닌데 37.5도 정도의 열이 계속 이어졌다.

실제로 몸 상태는 좋았다. 내 800미터 기록은 오프 시즌임에도 불구하고 이미 기존의 기록을 상회하고 있었다. 나의 육체는 전에 없이 고양되고 의식은 한없이 맑게 깨어 있었다.

그 무렵의 나는 거의 식사를 하지 않았다. 아무것도 먹지 않아도 나는 달과 태양으로부터 무한한 농력을 공급받고 있었다. 잠을 잘 필요도 없었고, 휴식은 좋은 기분보다 오히려 괴로움을 몰고 왔다. 아무튼 무언가의 충동질을 받은 것처럼 끊임없이 몸을 움직이고 또 움직였다.

연습량은 하루에 여섯 시간을 넘었다.

먹지 않고, 자지 않고, 그리고 해가 바뀌고 나자 나는 이미 마리아나 제도에라도 도착했을 만큼 긴 거리를 달린 참이었다.

그러고는, 깨끗이 쓰러졌다. 당연한 귀결이었다.

4월의 두 번째 토요일.

나는 호흡곤란 발작을 일으켜 병원에 실려갔다. 요컨대 그때 처음으로 딸칵 하고 스위치가 켜지고 밸브가 열리고, 레벨 게이지가 한계치를 벗어나버린 것이었다.

어떤 일에서나 그것이 처음일 때는 과거의 체험을 참조

할 수 없기 때문에 실제 이상으로 과장되게 받아들이기 마련이다. 나는 반드시 죽을 거라고 생각했고, 그렇게 생각했더니 정말 죽을 만큼 불안했다.

우선은 폐렴이나 기관지염이라는 진단이 내려졌고 그 무렵 섭취하던 식사보다 훨씬 더 많은 양의 약을 건네받은 다음, 병원을 뒤로 했다. 그러나 그 사흘 뒤에 다시 발작을 일으켜서 황급히 병원으로 실려 갔다.

그것이 나를 만들어내기 위한 설계도의 실수 때문이고, 뇌 안에서 중요한 화학물질이 엉망진창으로 분비되는 게 그 원인이라는 사실을 알게 된 것은 그로부터 한참이나 뒤의 일이었다.

나는 수없이 병원을 전전했고 카드 마술이라도 할 수 있을 만큼 진찰권이 불어났다. 병원의 숫자만큼 내 증세를 설명했고 병원의 숫자만큼 피를 뽑았고 병원의 숫자만큼 의사들은 고개를 갸웃거렸다.

아무래도 확실한 결론은 나올 것 같지 않다, 라는 게 그 무렵 내가 내릴 수 있었던 유일한 결론이었다. 아무리 기다려도 병명은 명확하게 나오지 않았지만 갖가지 불편함만은 실제로 내 몸에 존재했다.

잠들지 못하는 밤이 이어졌다. 고통으로부터 벗어나기 위해 어떻게든 잠들고 싶었지만 잠들지 못하는 것 때문에 고통은 더욱 더 커져만 갔다.

방 밖으로 나가는 일이 너무도 지난한 일대 사업이었다. 처음 한동안은 집 밖으로 200미터를 벗어나는 것조차 불가능했다.

(병원 순례는 조금 더 나중에야 시작되었다.)

100미터 떨어진 곳에서 바라보는 우리 집이 원일점_{행성이}나 혜성이 궤도상에서 태양으로부터 가장 먼 지점 — 옮긴이에 위치한 명왕성에서 바라보는 태양처럼 아득하기만 했다. 200미터를 넘어서면 나는 태양계를 벗어난 우주 비행사처럼 불안에 휩싸여 안절부절못하게 된다. 결국 위로 쳐올린 공처럼 원래의 자리로 미친 듯이 되돌아오곤 했다.

당연히 대학에는 다닐 수 없었고, 장래의 전망은 상당히 어두웠다.

너와 세 번째 데이트 약속을 했었지만 그 약속을 지킬 수 없었다. 그저 사정이 좀 좋지 않다는 소식만 전하고는 여름에나 만나자고 약속을 미뤘다.

"건강이 나빠졌다는 얘기는 하지 않았어요?"

"응, 좀 그랬어. 일반적인 병과는 달랐으니까 어쩐지 말하기가 영 힘들었어."

"말해주었더라면 좋았을 텐데."

"솔직히 말하자면…."

"네."

"그때 나는 이미 당신을 포기하기로 마음먹고 있었어."

"포기해요?"

"그래. 앞날의 전망이 어둡다기보다 아예 미래는 존재하지 않았어. 있는 건 그저 부모님이 먹여주시는 대로 집 안의 밭에서 토마토나 키우며 사는 그런 미래밖에 없었어."

"그래도."

"그때는 진심으로 그렇게 생각했어. 뭔가 상당히 재미없는 일이 내게 벌어졌다는 게 느껴졌거든. 불가항력적으로 모든 게 변해버렸다는 거."

그래서, 라고 나는 말했다.

"그런 내 인생에 너를 끌어들일 수는 없었어. 아직은 그저 손만 잡았을 뿐이야. 당신은 얼마든지 돌아설 수 있었어."

나는 미오에게 아직도 내가 안고 있는 다양한 불편함에 대해 말해주었다.

나는 엄청나게 기억력이 나쁘다.

특히 단기 기억에 문제가 있다. 이건 내 머릿속에 있는 해마라는 부분이 이상해져버렸기 때문이라고 한다. 확실하게 규명된 건 아니지만 아마도 그럴 것이란다. 해마라고 하면 머리 모양이 말 비슷한 바다 생물인데, 그러면 어떤 인간의 머릿속에나 그 조그만 해마가 들어 있다는 걸까? 뭐, 아무런들 상관없지만.

또한 나는 여러 가지 일들을 하지 못한다. 보통 사람들이 보통으로 하는 일들을 나는 도저히 보통이라고는 생각할 수 없다.

집에서 나가는 일만 해도 그렇다. 처음에는 200미터도 벗어날 수 없었던 나는 그 거리를 무진 애를 써서 가까스로 늘려나갔다. 이 병에 비교적 잘 듣는다는 약을 먹기 시작했을 때는 일시적으로 상당히 멀리까지 갈 수도 있었지만, 지금은 반경 100킬로미터 정도가 내 한계다.

하긴 그렇게 멀리까지 갈 수단도, 내게는 없다.

나는 전철도 못 타고 버스도 타지 못한다. 비행기도 잠수함도 우주선도 타지 못한다. 유원지를 한 바퀴 도는 느림보 기차조차도 타지 못한다. 빌딩에서는 20층 이상은 올라가지 못하고 지하에도 내려가지 못한다. 영화관에도 극장에도 콘서트홀에도 가지 못한다.

나는 엄청나게 걱정이 많아서 어떤 일에 대해서건 필요 이상으로 불안을 느끼고 만다. 내 눈높이에서 보자면, 이토록 위험한 세상을 몹시 당연하다는 듯 태연히 살아가는 사람들이 훨씬 더 이상하기만 하다.

숨을 멈추면 순식간에 질식해서 죽어버리는데도 그런 건 일절 걱정하는 일 없이, 더구나 숨을 쉬고 있다는 사실조차 잊어버리고 산다는 건 너무도 지나치게 무심한 일이다.

날마다 수백 명에 달하는 사람들이 교통사고로 죽어간다는 통계가 버젓이 나와 있는데도 나만은 그 숫자의 범위에 들어가지 않을 거라는 맹신으로 별다른 주의도 기울이지 않은 채 바깥을 태연히 나돌아 다닌다는 건 자살 행위다. 더구나 길거리에서 아이의 손을 놓고 다니는 건 구제받을 길 없이 무책임한 짓이다.

한마디 해두자면, 나는 내가 떠받치지 않으면 건물이 무너져버릴 거라고 걱정하는 유의 술주정뱅이와는 다르다.

"그래요?"

"그렇잖아?"

"그런가?"

"아니야?"

뭐, 물론 과잉반응이라는 건 인정해. 그것이 내 머릿속의 화학물질이 하는 짓이니까.

아무튼 그런 가지각색의 불편함을 안고 나는 살고 있다.

대학은 한참이나 이를 악물고 기를 쓰며 다니다가 결국

3학년이 되기 조금 전에 자퇴했다. 우선 약의 힘을 빌려 행동범위가 약간 넓어졌지만, 그것이 일시적인 위안이라는 건 잘 알고 있었다. 약이란 곧바로 내성이 생겨 약효가 떨어진다. 그때마다 새로운 약으로 바꿔나가야 하는데, 나는 도중에 그만두어버렸다. 몸 밖에서 투입되는 화학물질은 그것을 분해하고 걸러내야 하는 기관들에게 엄청난 부담을 준다. 내 기관들은 그다지 질이 좋지 않았던지 깨끗이 두 손을 들어버렸다. 더 이상 약도 듣지 않는 상황이 닥친 것이다.

금세 여름이 되었다.

그 무렵에 나는 125cc 스쿠터를 타고 다녔다. 실은 열일곱 살 때 이미 중형 오토바이 면허를 따두었다. 그래서 그걸 타고 너의 집과 가까운 역 앞에서 만났다.

그때 나는 너를 나로부터 떼어놓지 않으면 안 된다는 마음과 너를 강하게 원하는 마음 사이에서 거세게 흔들리고 있었다. 진실을 전해야 할지 망설였기 때문에, 너는 내가 내뱉는 말과 거친 언동에 아마도 크게 당황했을 것이다.

너를 스쿠터 뒷자리에 태우고 곧바로 가까운 체육공원으로 달렸다. 너는 이륜차에는 처음 타본 터라서 엄청난 힘으로 내게 매달렸다. 체육공원에 도착할 즈음에는 나의 등과 너의 가슴은 땀으로 흠뻑 젖어 있었다. 적잖이 가슴이 설레는 삽화지만, 그때 무엇을 느꼈는지 별로 생각이 나지 않는다. 분명 그런 것에 신경을 쏠 상황이 아니었을 것이다.

우리는 체육공원 안에 있는 원형 경기장 계단에 나란히 앉았다.

바로 1년 전에, 나는 그 경기장 트랙에서 열린 오랜 전통의 육상대회에서 신기록을 세웠었다. 국내에서 나보다 빨리 달릴 수 있는 사람의 숫자가 두 자리가 되었고, 2년 뒤에 그 숫자는 한 자리가 될 전망이었다.

그런데 이제는 단 5분만 걸어도 숨이 턱까지 찬다.

멋지다.

나는 너에게 무뚝뚝한 태도를 취했다. 냉랭한 태도까지 취할 만큼 나는 자신을 위장할 줄 아는 인간이 못 되었다. 그저 대답을 늦게 하기, 평소보다 작은 목소리로 말하기, 얼굴을 똑바로 쳐다보지 않기. 그것이 내가 할 수 있는 최선이었다.

그래도 너는 금세 내 태도가 달라졌다는 것을 깨달았다. 그 이유를 캐묻는 일 따위, 결코 하지 못하는 것이 너였다. 그래서 이윽고 너도 말수가 적어졌고, 결국 고개를 숙이고 말았다.

너를 나에게서 떼어놓는 것.

가능하다면 네가 스스로 떨어져주는 게 바람직했다. 이

를테면 나 이외의 누군가를 좋아한다든가. 그렇게 된다면 너는 분명 머지않아 나를 차츰 잊어버리리라.

그래. 그것이, 좋다.

나는 혼자서 살아간다. 아니, 사실은 혼자서는 살아갈 수도 없었다.

그래, 나는 아버지와 어머니의 보살핌을 받으며 조용히 살아간다.

그리고 이따금 너를 떠올리며, 어떻게 살고 있을까 생각도 하고. 그러면서 집 앞의 밭에서 하루하루 자라나는 토마토를 바라보며 한 해 두 해 나이를 먹고, 그러다 죽을 것이다.

그렇게 마음먹고 있었다. 그래서 그날을 마지막 날로 만들지 않으면 안 되었다.

나는 너와 있는 시간이 지독히 심심하고 따분하다는 태도를 취하기로 했다. 일부러 한숨을 쉬기도 하고, 눈치채지 않게 시계를 흘끔거리는 모습을 네가 눈치채도록 하기도 하고, 네가 시험 삼아 입에 올린 화제에 억지로 관심을 보이는 척하는 것처럼 연기했다.

"기숙사에 이상한 애가 있어."

"그래?"

"응."

여기서 너는 말을 머뭇거린다. 내 목소리가 억지 대답으로 들렸으니까.

"어떤 앤데?"

"으응, 그게, 우주 비행사가 되는 게 꿈이래."

"흥, 그래?"

"그래서⋯."

다시 어물거린다.

"그래서?"

"매일 저녁마다 한 시간씩 이를 닦아."

"왜?"

"그게, 충치가 있으면 우주 비행사가 될 수 없기 때문이래."

"흥, 웃기네."

그런 식이었다.

그 다음으로 침묵, 한숨, 시계로 이어진다.

나쁜 놈.

그런 대화가 몇 차례 이루어진 뒤, 너는 완전히 입을 다물어버렸다. 우리 둘은 오래도록 아무 말 없이 콘크리트 계단에 앉아 있었다. 경기장 지붕이 만들어준 그늘 속에서.

트랙의 바깥 둘레를 아이들이 자전거로 빙빙 돌고 있었다.

네가 눈물을 꾹 참고 있다는 것을 나는 알고 있었다. 너는 고개를 숙이고 덧니가 보이는 입술을 꾹 다물고 지그시 견디고 있었다.

나는 다시 한 번 한숨을 내쉬었다. 스스로도 이렇게까지 할 수 있을 줄은 생각도 못했었다. 그러나 끝까지 밀고 나갔다.

"그만 갈까?"라고 나는 물었다.

너는 고개를 숙인 채 끄덕였다.

아직 만난 지 채 한 시간도 안 된 시각이었다. 올 때와 마찬가지로 너를 스쿠터 뒷자리에 태우고 역으로 향했다.

너는 아무 말도 하지 않았다.

역에 도착하자 네게 물었다.

"집까지 데려다주지 않아도 괜찮겠어?"

"괜찮아. 여기서 가까우니까."

"그래, 그럼."

그대로 즉시 그 자리를 떠났다면 모든 건 완벽했다. 그러나 떠나지 못했다. 나는 역시 너를 원하고 있었다. 너와 함께 있고 싶었다. 그렇게 무뚝뚝하고 못된 태도를 보여도, 그래도 네 마음이 변치 않기를 빌고 있었다.

나는 모순된 존재였다. 자가당착에 빠져 인격이 둘로 갈라져 있었다. 너를 좋아했기 때문에 멀리 떼어놓으려고 했고, 너를 좋아했기 때문에 앞으로도 오래 곁에 있어주기를 원했다.

우리는 입을 꾹 다문 채 역 앞 보도에 나란히 서 있었다.

"다음에는 언제 만날 수 있어?"

분명 불안을 느꼈던 것이리라. 너는 처음으로 다음 약속을 내게 확인했다.

"몰라."

나는 대답했다.

"바빠, 이래저래."

"그래?"

"응."

나는 네게서 눈을 돌려 유난히 푸르른 여름 하늘을 우러러보았다.

"편지할게."

있는 힘껏 용기를 내어 네가 말했다.

편지는 우리 세계의 중심이었다. 이것마저 거부된다면 둘 사이에 있는 친화력은 사라지고 너는 기댈 곳을 완전히 잃어버린다.

나는 거절했어야 했다. 너의 옆자리에 나는 어울리지 않았다.

너의 옆자리에는 나 아닌 누군가가, 다정하고 씩씩하고

튼튼한 누군가가 훨씬 더 어울렸다.

　그러나 나는 "기다리고 있을게."라고 말했다.

　"기다릴게."

　그 이외에 내가 무슨 말을 할 수 있었을까.

　"나는 아무것도 몰랐겠네요?"

　내게 어깨를 맡긴 채 미오는 몸을 파르르 떨고 있었다.

　"눈치도 못 챘을까요?"

　"내가 그러기를 원했으니까."

　"말을 해줬으면 좋았을 텐데요. 나는 분명…"

　"그래, 당신은 지독히 성실한 사람이었어."

　나는 미오의 말을 가로막았다.

　"책임감 같은 것 때문에라도 한 사람과 평생 함께할 사람
이었어."

　"설마…"

　"알고 있어, 그것만이 아니라는 건. 가령 내가 안고 있는
다양한 불편함에 대해 말해줬어도 당신은 분명 나를 계속
좋아했으리라는 것도."

　"맞아요, 한결같이 좋아했을 텐데."

　"그렇지만 그때 나는 분명 별 볼일 없을 터인 내 인생에
당신을 함께 데리고 들어가는 건 좋지 않다고 생각했어. 서

로 좋아한다고 해서 반드시 행복해지는 건 아닐 테니까."

"그럴 리 없어요. 서로를 굉장히 좋아하고 그것이 계속 오래오래 이어지는데 어째서 행복하지 않겠어요?"

"그렇지? 그러나 그때 나는 그런 생각을 할 수 없었어. 행복이란 우리 눈에 보이는 것, 형태가 있는 것이라고 생각했으니까."

"그런 생각은…."

너무 서글퍼요, 라고 미오는 말했다.

"행복은 숫자나 양으로 재는 게 아니잖아요?"

"응."

지금은 나도 잘 안다.

당신과 6년 동안 함께 살아보았기 때문에. 그리고 그 나날들을 잃어버린 지금이기 때문에.

"말없이 너의 인생에서 사라질 생각이었어. 눈에 띄지도 않게 조용히, 살짝. 양지의 물웅덩이처럼 서서히. 그때 나는 그럴 각오였어."

너와의 편지 왕래는 계속 이어졌다.

지금까지 해왔던 그대로 평범한 일상의 풍경을 네가 적어 보내면 나는 답장을 썼다. 그리고 답장을 우체통에 넣는 시간을 아주 조금씩 늦춰나갔다. 일주일 만에 보내던 답장을 열흘 후에, 그리고 2주 후에 부쳤다.

조금씩 조금씩 사라져간다.

유지라면 아마 이렇게 말했겠지?

포코 포코.

거울이 되고 네가 고향에 돌아왔어도 나는 이런저런 핑계를 대며 만남을 피했다. 그러면서도 한낮부터 침대에 드러누워 너만 생각하고 있었다. 편지를 읽고 또 읽고, 그 글자에서 너의 얼굴을 떠올렸다.

그 무렵 나는 상당히 심한 상태였다. 이미 몇 군데 병원을 찾아다녔지만, 원래의 나를 되돌려줄 것 같은 의사는 찾지 못했다.

처음 한동안은 건강에 대해 막연한 기대를 품기도 했다. 이런 상태가 한없이 이어질 리 없다고 생각했다. 그러나 시간과 함께 그런 기대도 차츰 사라져갔다. 그러자 친숙한 얼굴로 바짝 다가든 것이 '절망'이었다.

누군가도 말했었지? 절망은 가장 질이 좋지 않다고. 지금 나 자신이 안고 있는 고통 그 자체보다 이 고통이 평생 계속될 것이라는 예견이 가장 큰 고통이었다.

너를 보고 싶었다.

네 곁에 있고 싶었다.

그렇지만 꾹꾹 참았다.

그렇게 해서 다시 순식간에 반년이 지났다.

너는 대학을 졸업하고, 전에도 말했듯이 피트니스 클럽에서 에어로빅 댄스 강사 일을 시작했다. 나는 대학을 그만두고, 집 근처 편의점에서 아르바이트를 했다. 내 세계의 반경을 조금이라도 넓혀보려고 끈질긴 노력을 하고 있었다.

너의 편지 내용이 달라지기 시작한 것도 그 무렵부터였다. 학생에서 사회인이 되었으니 당연한 일이기는 했지만, 차츰 내가 모르는 사람이 되어가는 것 같아 문득 쓸쓸하게 느껴지곤 했다.

너만 앞을 향해 자꾸자꾸 나아간다.

나는 열아홉 살 봄에서 한 걸음도 나아가지 못한 채였다.

처음 얼마 동안은 금세 손이 닿을 것처럼 보이던 너의 뒷모습도 이제는 까마득히 먼 저 앞에 있었다.

너는 즐거워 보였다. 낯선 이름이 자주 편지에 등장했다. 나는 네가 별 뜻 없이 적어준 일화에서 아, 이 남자는 에노키다를 좋아하는구나, 하고 쉽게 상상할 수 있었다. 네가 나에게서 벗어나 다른 누군가에게 조금씩 조금씩 다가가고 있었다.

포코 포코.

이걸로 다 잘된 거야, 라고 나는 내게 말했다.

이게 내가 바라던 것이었잖아?

그래, 라고 나는 대답했다.

그래서 어느 날, 나는 네게 편지를 썼다.

불가피한 사정으로 앞으로 너에게 편지를 쓸 수 없을 것 같다.
미안하다.
안녕.

너의 편지는 그 뒤로도 많이 왔다. '불가피한 사정'에 대
해 캐묻는 일도 없었다. 그저 자기 주변의 일들을 지금까지
보다 조금 조심스럽게 적었고, 지금까지보다 조금 조심스러
운 간격으로 보내왔다.

그리고 8월 셋째 주 수요일에 너는 내가 일하던 편의점으
로 갑작스레 찾아왔다.

"잘 지냈어?" 너는 물었다.

"잘 지냈지."

"조금 마른 것 같아."

"글쎄. 좀 말랐나?"

너는 굉장히 아름다운 여성이 되어 있었다. 머리는 더 길
었다. 화장도 조금 하고 있었다. 세련된 어른 같은 옷을 입고

있었다. 그래서 세련된 어른으로 보였다.

나는 더 이상 뭐가 뭔지 알 수 없었다. 그리움과 사랑 때문에 엉엉 울고 싶었고, 당황과 긴장으로 더더욱 엉엉 울고 싶었다.

그러나 먼저 눈물을 흘린 건 너였다.

갑작스러웠다.

울어서 미안해, 라고 너는 말했다. 손으로 눈물을 훔치고, 그러고는 눈을 빙그르르 돌리며 장난스럽게 웃었다.

"내가 왜 이러지? 너무 오랜만이라서 그런가?"

"그런가 보다⋯."

그 말이 고작이었다.

"갑자기 찾아와서 일에 방해가 됐지?"

나는 얼른 고개를 가로저었다.

미안해, 라고 네가 다시 말했다.

"그게, 아무래도 이대로는⋯."

"피트니스 클럽에서 하는 일은 재미있어?"

나는 무리하게 화제를 바꾸었다.

"응, 재미있어. 리듬체조하고는 또 다른 재미가 있으니까."

"잘됐다."

"아이오, 학교는?"

분명 집에 들러 어머니에게 이곳에 대해 듣고 왔을 테지

216

만, 대낮부터 아르바이트를 하고 있는 게 이상했던 모양이다. 수업이 있든 없든, 달리기 연습을 위해 날마다 이른 아침부터 학교에 나가 있곤 했으니까.

"관뒀어."

나는 정직하게 대답했다.

"왜?"

너는 놀란 얼굴로 내게 물었다.

"이래저래 할 일이 있어서."

나는 거짓말을 했다.

"할 일이라니, 이곳에서 아르바이트 하는 거?"

"아냐."

침착해진 나는 다시 또 하나의 나를 연기하기 시작했다.

"계획이 있어. 이래저래."

"이래저래?"

"응."

나는 몰랐네.

너는 그렇게 말하고 섭섭한 듯한 얼굴을 했다.

계획 같은 거 있지도 않아. 토마토 따위는 계획 축에도 끼지 못하지.

그러나 진실을 알려줄 수도 없었다.

"어쩌면 이곳을 떠날지도 몰라."

나는 거짓말을 했다.

"어디 먼 데로 가는 거야?"

"어쩌면."

"외국에?"

글쎄, 라는 느낌으로 나는 어깨를 풀썩 들어 올렸다.

"그래서 편지도?"

나는 경박한 몸짓으로 가볍게 세 번 정도 고개를 끄덕였다. 나의 연극은 몹시 상투적이어서 아마 네가 평상심이었다면 그 부자연스러움을 깨달았을 것이다.

"미안하다."

나는 말했다. 지독히 차가운 말이라고 스스로도 느꼈다. 너를 좋아하지는 않지만, 책임감은 느낀다. 그래서 미안하다, 라는 투.

"그래도 네가 보내준 편지는 꼬박꼬박 잘 읽었어. 고맙다."

"응…."

너는 왠지 이곳에 온 것을 후회하고 있는 듯한 느낌이었다. 그래도 너는 용기를 내자고 마음먹고 얼굴을 들었다.

"우리…."

너는 말했다.

"앞으로…."

"언젠가…."

말을 가로막힌 너는 서글픈 눈빛으로 나를 보았다.

"언젠가 또 만날 수 있었으면 좋겠다. 동창회 같은 데서, 각자 결혼해서라든지….."

그때의 너의 눈빛을 지금도 기억하고 있다. 뭔가를 열심히 원하는, 진지한 눈빛이었다.

그 눈빛이 원하는 것은 진실이었다. 방금 들은 말과는 다른 진실.

그러나 나는 너의 호소를 무시했다.

"행복했으면 좋겠다. 너에게는 신세도 많이 졌으니까."

"내 행복은….."

거기까지 말하는 게 네가 할 수 있는 최대한의 용기였다. 너는 그만 입을 다물고 고개를 떨구었다.

훨씬 나중이 되어서 당신에게 물어본 적이 있었어. 그때 무슨 말을 하려고 했었어?

당신은 내게 이렇게 대답했어.

내 행복은 너의 신부가 되는 거야.

그런데 도저히 그 말은 할 수가 없었다고.

"안녕."이라고 나는 말했다.

"그만 일하러 가야 하거든."

"응."

"잘 지내."

"응."

그리고 나는 너를 그 자리에 남겨두고 매장으로 돌아갔다.

이걸로 다 잘된 거야, 라고 나는 중얼거려보았다.

그런 거야? 하고 누군가가 자꾸 되묻는 것만 같았다.

이걸로 너와 나는 두 번 다시 만나는 일 없이 각자의 인생을 살아갈 터였다. 우리의 관계는 무無로 돌아갔다. 너는 너에게 어울리는 인생을 걸으면 된다. 나는 나에게 적합한, 보잘 것 없는 인생이 준비되어 있으리라.

헤어지기에는 마침 좋은 시기였는지도 모른다. 너는 이미 끝나버린 연애에 얽매일 것 없이 새로운 사랑을 시작할 수 있다. 너에게는 아무런 약점도 거리낌도 없다.

"미안해요. 나, 남자하고 손잡는 거 처음이 아니에요."

지독히도 성실한 너지만, 설마 그런 소리는 하지 않으리라. 그리고 내게는 몇몇 추억이 남겨졌다.

은행잎 빛깔의 원피스. 핀으로 묶은 긴 머리. 털 스웨터. 호주머니 안에서 만났던 손과 손. 그리고 털실로 짠 귀마개.

멋지다.

이것만 있으면 평생 하나도 힘들 게 없다.

아마도 인생이란 눈 깜짝할 사이에 끝나는 것, 되씹어볼 추억 같은 건 그다지 많지 않아도 괜찮다.

단 하나의 사랑, 단 한 사람의 연인, 그리고 세 번의 데이트의 기억.

그 정도면 충분하다.

욕심을 내면 벌을 받는 법. 오랜 옛날부터 수많은 이야기 속에 빠짐없이 등장하던 유명한 구절이다.

애초부터 욕심내는 건 포기해야 하는 인간에게는 참으로 고마운 말이다.

무엇보다 위로가 된다.

그 뒤 이어진 나날도 대충 그때까지의 나날과 비슷했다.

단 한 가지 변화라면 너에게서 편지가 오지 않게 되었다는 것. 내가 원해서 그렇게 되었지만, 막상 정말로 너에게서 편지가 끊기자 내일을 바라는 마음이 반은 싹둑 잘려 나갔다.

오늘보다 내일이 멋진 것은 흘러간 하루만큼 너의 다음 편지가 가까이 다가오기 때문이었다. 그렇게 시간의 단위를 재며 지내왔는지라 이건 상당한 강도로 나를 내리쳤다.

그래도 하루하루는 지나간다.

오늘과 아주 비슷한 내일이 날마다 찾아왔다. 나는 스쿠터로 병원을 찾아다니고, 그 다음에는 근처 편의점에서 바코드를 찍는 나날을 보냈다. 내게 적합한 병원을 찾아내는 일에 서서히 능숙해져갔다. 의사는 고개를 갸웃거리지 않게 되었고, 내게 주어진 약은 일시적이나마 이전의 나에 근접하게 해주었다.

그럭저럭하는 사이에 1년이 눈 깜짝할 사이에 지났다.

거 봐. 금세 지나가지.

"그 뒤에 우리는 다시 만난 거군요?"

"그래."

"그때까지 나는 어떻게 살았을까요? 당신을 완전히 포기했어요?"

잘 몰라, 라고 나는 대답했다.

"당신이 먼저 이야기해준 적도 없고, 나도 굳이 물어볼 생각이 없었어."

"그래도 괜찮아요?"

"괜찮지. 당신이 무척 힘겨웠으리라는 건 충분히 상상할 수 있었고, 오래 생각한 끝에 내린 결단이었다는 것도 알고 있었으니까."

그나저나 정말 다행이에요, 라고 미오는 말했다.

"그때 내가 그런 결단을 내렸기 때문에, 지금 우리가 이렇게 함께 살고 있는 거잖아요?"

"물론이지."

미오는 지금껏 없었을 만큼 다정한 몸짓으로 자신의 조

그만 머리를 내 가슴에 기댔다. 그것은 수많은 말을 하나로 응축한 몸짓이었다. 물론 '사랑'과 깊이 관련된 말이다.

"그 다음 이야기요."라고 미오는 말했다.

나는 이야기를 계속했다.

그즈음에 먹었던 약이 좋았는지, 카운슬러와의 대화가 뭔가 좋은 영향을 끼쳤는지, 아니면 한참 전부터 시험 삼아 써본 한약이 효과가 있었는지, 아무튼 스물한 살 되던 여름에 나는 기적적으로 이전의 나에 한없이 가까워졌다.

그것이 일시적인 반동현상이고 그리 길게 가지 않으리라는 건 나도 알고 있었다. 말하자면 죄수에게 주어진 운동 시간 같은 것이어서 머지않아 좁은 감방으로 다시 돌아가야 할 터였다.

그렇다면 그 사이에 하고 싶었던 일을 최대한 해두자는 생각으로 스쿠터를 타고 해안선을 일주하는 여행에 나섰다. 작은 세계에 갇혀버리기 전에 되도록 많은 낯선 땅을 내 눈으로 직접 봐두고 싶었다. 어떤 일이든 그렇지만 인간이란 잃어버리고 난 뒤에야 비로소 자신이 원하는 것을 알게 된다. 만일 내 몸이 그렇게 되지 않았더라면 나는 결코 해안선 일주 여행 같은 건 하지 않았을 것이다. 그저 반경 100킬로미터의 세계에 완전히 만족하며 덤덤하게 살아갔으리라.

물론 완전히 예전의 몸으로 돌아간 건 아니었다. 최악이었을 때 내 뇌는 예기불안이라는 몹시 성가신 문제까지 만들어놓았다. 나는 조심조심 기다시피 앞을 더듬어가며 내 방에서 조금씩 먼 곳으로 한 걸음씩 벗어났다.

이윽고 전체 여정의 반을 넘긴 참에 진로를 내륙 쪽으로 돌렸다. O자가 아니라 ∞자로 해안을 돌 계획이었다.

그리고 그날, 나는 1년 만에 너의 목소리를 들었다.

집에는 날마다 연락을 하고 있었다. 제대로 된 몸이라고 할 수 없는 상태에서 여행길에 올랐기 때문에 아버지와 어머니는 여간 걱정이 크신 게 아니었다. 아직 휴대전화가 일반적으로 쓰이지 않던 시절이었기 때문에 여행길 곳곳에서 만나는 공중전화로 집에 그날그날 무사함을 보고하곤 했다.

그날 전화를 받은 어머니가 이렇게 일러주셨다. 너로부터의 전언이었다.

하고 싶은 이야기가 있으니 꼭 전화를 해주면 좋겠다. 수신자 부담으로.

(너다운 꼼꼼한 마음 씀씀이!)

언제까지든 기다리겠다.

그것도 너에게서 부탁받은 전언이라고 했다.

여자를 기다리게 해서는 안 돼.

이것은 전언이 아니라 어머니의 말이었다.

알았어요.

무슨 일이 있었던 걸까?

나는 갖가지로 생각을 궁굴려보았다.

뭔가 네게 좋지 않은 일이 일어난 게 아닐까? 나쁜 상상만 자꾸 부풀어갔다. 나는 필요 이상으로 걱정하게 하는 화학 물질 때문에 좋은 쪽으로 생각하는 건 불가능했다. 병이 났다, 나쁜 남자에게 사기를 당했다, 구두 굽이 부러졌다…. 나쁜 일은 얼미든지 있었다.

만일 네가 그런 상황에 빠져서 1년 전에 헤어진 연인에게 위안을 바라는 것이라면, 나는 내 가슴팍을 빌려주는 데 인색하게 굴 마음은 없었다. 위로해주고 싶었고, 격려해주고 싶었다. 이런 부족한 가슴밖에는 기댈 곳이 없다는 그 사실이 너의 긴박한 상황을 말해주는 것만 같아서 마음이 급해졌다. 호주머니 속의 동전을 모조리 꺼내 전화기 위에 올려놓았다.

너의 집 전화번호 하나하나를 극도로 신중하게 눌렀다. 수신자 부담이 아니라 요금은 내가 내겠다. 나에게도 그 정도의 긍지는 있다.

벨이 한 번 울리자마자 네가 받았다.

그렇게 금세 받을 줄은 생각도 못했기 때문에 나는 상당히 놀랐다.

"아이오?"

미처 첫말을 꺼내지 못한 채 가만히 있는 내게 걸어온 말
이었다.

"… 응, 나야."

"아아, 정말 아이오 목소리다!"

1년 만에 듣는 너의 목소리는 내 가슴을 따뜻한 무언가로
가득 적셔버렸다.

"전화기 앞에 앉아 있었나? 금세도 받는다."

"응. 꼭 전화해줄 줄 알았으니까."

"그래?"

"응."

그렇게 속삭이는 네 목소리가 귓가에 여운처럼 퍼졌다.

나는 물었다.

"무슨 일 있었어? 갑자기 연락을 하고."

"아이오."

"왜?"

"지금 어디 있어?"

"여행 중이야. 너 사는 곳에서 300킬로미터쯤 떨어진 곳
에 있어."

"저기…."

"응."

"나, 만나러 가도 돼?"

공백.

"여보세요?"

"응."

"어디 갔었어?"

"아니, 여기 있어. 전화박스 안에서 수화기 들고 있어."

"그럼 대답해."

"응. 깜짝 놀랐어."

"깜짝 놀랐고, 그 다음은?"

"반갑다, 굉장히. 그렇지만…."

"괜찮아."

"괜찮아?"

"그래, 괜찮아."

"괜찮은 거야?"

"응."

그렇게, 도무지 영문을 모르겠는 너의 그 자신감에 압도되어 우리는 이틀 뒤에 어느 도시에서 만날 약속을 했다.

나중에야 알았지만 해발 700미터의 그 도시는 그날이 한 해 중에서 가장 북적거리는 날이었다. 50만 가까운 인파가 그 도시의 호수 위로 쏘아 올려지는 불꽃을 보기 위해 몰려드는 날이었던 것이다. 50만이라고 하면 모나코나 리히텐슈타인 같은 나라의 인구보다 더 많은 숫자다. 이건 엄청난 일이다.

그것도 모른 채 너는 이 도시에 찾아오는 것이다. 우리 둘이 제대로 만날 수나 있을지. 아무튼 너를 믿고 기다리는 수밖에 없었다.

너를 스쿠터 뒷자리에 태우기 위해 나는 또 하나의 헬멧을 찾아 온 동네를 돌아다녔다. 우선 그때 내가 쓰던 빨간 오픈페이스 헬멧을 너에게 주기로 하고, 내가 쓸 헬멧을 새로 구해야 했다.

새것을 살 만한 돈은 없었는지라 오토바이 숍을 찾아가 빌릴 예정이었다. 그리고 가까스로 찾아낸 오토바이 숍에서 빌린 것은 기가 막힐 만큼 낡아빠진 하프캡 헬멧이었다. 할머니들이 시장에 나갈 때 쓰는 것 같은 타입. 추레하기 이를 데 없는 꼴이었다. 1년 만에 다시 만나는 건데 정말 폼이 안 났지만, 그렇다고 너에게 그런 헬멧을 쓰게 할 수는 없었다.

시간이 급해서 나는 우리가 만나기로 한 역 앞 로터리를 향해 스쿠터를 몰았다. 아직 해가 떨어지려면 한참 있어야 했지만, 그새 성급한 구경꾼들이 자동차를 타고 줄줄이 모여들고 있었다. 길바닥이 온통 차들로 가득했다.

이윽고 로터리에 도착했을 때는 이미 기차가 도착한 지 10분이 지난 시간이었다. 역 앞 광장은 기차를 타고 찾아온 불꽃놀이 구경꾼들로 북적거렸다.

그 인파를 헤치며 너를 찾았다. 비슷한 또래의 여자들은 수없이 많았지만, 너의 모습은 없었다. 시계를 보니 벌써 약속 시간에서 15분이 지나 있었다.

오지 않았을까?

에노키나가 나를 찾아오다니, 역시 그런 일은 있을 리가 없다.

잔뜩 긴장되었던 마음이 풀리면서 나는 그 자리에 힘없이 주저앉았다.

나는 무엇을 기대했던 것일까? 이곳에서 너를 다시 만나고, 그리고 그다음에 뭔가 이어질 것이라고? 1년 전과 달라진 것이라고는 아무것도 없으면서?

꾀죄죄한 하프캡 헬멧을 쓴 채 고개를 떨군 내 앞과 뒤로 사람들의 발길이 수없이 지나갔다. 그 번잡한 발걸음들이 만들어내는 소리는 모두 똑같은 의미의 부르짖음처럼 들렸다.

머머머, 멋진 밤이 차차차, 찾아온다!

모든 사람들이 흥분하고 있었다. 모든 사람들이 멋진 밤을 기대하고 있었다.

나도 마찬가지였다. 5분 남짓 전까지는.

"아이오?"

얼굴을 들자 혼잡한 사람들 속에 눈물이 글썽한 네가 서
있었다.

"그 헬멧…."

네가 안도의 웃음을 내보이며 말했다.

"지독히 안 어울린다."

"그렇지?"

나는 말했다.

"자, 가자. 멋진 밤이 기다리고 있어."

저녁 무렵, 우리는 호수 가까이에 있었다.

나는 네가 이곳에 온 이유를 묻지 않았고, 너도 내 속마음
을 물으려 하지 않았다. 만날 수 있어서 기뻤지만, 나는 아직
망설이고 있었다. 이것이 오늘만의 특별한 행사인지 아니
면 앞으로도 이어질 나날의 시작인지, 스스로도 잘 알 수 없
었다.

너는 평정을 찾은 것처럼 보였다. 네 안에 이미 완벽한 답
이 나와 있기 때문에 마음 시끄러울 일은 하나도 없다는 듯
한 표정이었다. 이곳까지 찾아온 것이 아마도 네가 내린 답

일 터였다.

우리는 호반을 빙 도는 보도의 갓돌에 앉았다. 등 뒤로는 철망 울타리가 있고 그 너머는 넓은 초원이었다. 여름인데도 바람이 쌀쌀했다. 해발 700미터나 되는 고산지대이기 때문이었을 것이다.

그새 하늘에는 그날 밤을 위한 거대한 어둠의 장막이 드리워져 있었다. 가로등 불빛을 받은 행인들은 한 사람도 빠짐없이 행복하기 그지없는 얼굴이었다.

멋진 밤이 시작된 것이다.

"춥지 않아?"

"아니, 괜찮아."

그러나 호수 저 건너편에서 불어오는 바람에 너는 가늘게 몸을 떨었다.

나는 너의 어깨에 팔을 둘렀다.

"고마워."라고 네가 말했다.

"따뜻하다."

이윽고 최초의 폭죽이 올랐다. 빛보다 조금 늦게 소리가 귀에 와 닿았다. 그 소리는 마을을 둘러싼 산들에 부딪쳐 복잡한 파동의 메아리로 우리를 감쌌다.

정말 멋있다, 라고 네가 말했다.

그렇지?

한 번 시작된 폭죽은 기세를 올려 줄줄이 불꽃으로 터져 올랐다. 호수가 온통 한여름 밤의 열광에 휩싸여간다. 사람들은 상기된 얼굴로 저마다 뭐라고 뭐라고 외쳐댔다.

"좀 걸을까?"

"응."

우리는 일어서서 호수를 향해 걸었다. 호숫가는 겹겹이 둘러선 사람들로 가득 메워져 있었다. 우리는 그 사람들 뒤에서 호수의 표면을 바라보았다.

"오길 잘했어."

네가 말했다.

"그래?"

"응, 아이오와 이렇게 오랜 시간을 함께 있을 수 있다니…."

너는 그렇게 말하며 가만히 팔짱을 꼈다. 여리고 차가운 감촉의 팔이었다.

"내내 곁에 있을 거니까 그런 줄 알아."

호수를 응시한 채, 내 곁에서 네가 말했다.

"그렇지만…."

"괜찮을 거야. 틀림없이."

나는 더 이상 묻는 것을 그만두었다. 터지는 폭죽의 불빛이 너의 얼굴을 신비한 빛깔로 물들였다. 스치는 너의 팔에 온기가 돌아왔다. 우리는 아무 말도 하지 않았다.

나는 생각을 멈추고 네가 가져다준 행복에 몸을 맡겼다.

행복이란 너의 옆자리에 있는 것.

이윽고 끝이 다가왔다.

마지막 폭죽이 터지기 전에 잠깐의 정적이 찾아왔다. 50만 가까운 사람들이 일제히 숨을 죽였다. 누군가 꿀꺽, 침을 삼키는 소리마저 들려올 것만 같았다.

꿀꺽!

그리고 호수 위에서 마지막 불꽃이 작렬했다. 거대한 빛의 아치가 한없이 부풀어 올랐다. 몇 초 뒤에 폭풍이 우리를 엄습했다. 무겁게 가라앉은 뜨거운 바람이었다.

너는 진지한 눈빛으로 물 위를 지그시 바라보고 있었다. 내 시선을 깨닫고 이쪽을 보며 미소를 지었다.

"뭔가 소름이 끼칠 만큼 아름다워."

"정말 그렇다."

오늘 밤을 평생 잊지 못할 거야. 네가 그렇게 중얼거렸다.

우리는 호숫가를 떠나 마을을 벗어나고 있었다. 민가의

처마 끝에는 추석맞이 초롱이 내걸려 은은한 빛을 뿜었다. 우리 둘은 아직도 폭죽이 터뜨린 불꽃과 소리에 취해 있었다. 한껏 고양된 기분이 우리를 대담하게 만들었다.

너는 집에 돌아가지 않겠다고 했다. 나는 반대하지 않았다. 애초에 그 시간에 곧바로 기차를 타더라도 과연 날이 새기 전에 집에 돌아갈 수 있을지 알 수 없는 상황이었다. 너는 나를 만나러 오겠다고 결심했을 때부터 이미 돌아가지 않을 작정이었다.

50만 명 중 상당수의 사람들이 우리와 마찬가지로 돌아가지 않을 작정이었기 때문에 근처의 숙박시설은 모조리 만원이었다. 우리는 고개를 하나 넘어 두 블록 떨어진 마을까지 달려가 하룻밤 머물 곳을 찾기로 했다.

스쿠터는 밤의 국도를 느린 속도로 달렸다. 너는 전과 마찬가지로 온 힘을 다해 내게 매달렸다. 어깨에는 하얀 에나멜 백을 걸치고 있었다.

너에게 내가 안고 있는 갖가지 불편함에 대해 이야기했다. 뜻밖에도 너는 내 이야기를 듣고서도 그다지 뜻밖이라는 표정을 짓지 않았다.

"짐작은 하고 있었어. 그러지 않고서야 네가 달리기를 그만둘 리가 없겠지?"

과연, 맞는 말이라고 생각했다.

"나를 떼어놓으려고 한 것도 그것 때문이야?"

"아마도."

"외로웠겠네?"

"무지하게."

그리고 너는 말했다.

"나도야."

넘어야 할 고개가 앞으로도 한참이나 남았는데 갑작스레 비가 쏟아졌다.

별이 없는 밤이었기 때문에 날씨가 좋지 않을 줄은 알았지만, 그래도 정말 급작스런 비였다. 뚝뚝 몇 방울 떨어진다 싶더니 곧바로 장대비로 이어졌다. 여름이라고는 해도 그곳은 해발 700미터의 고산지대였다. 빗방울이 섬뜩할 만큼 차가웠다.

체온이 뚝뚝 떨어지는 게 느껴졌다. 필요 이상으로 걱정하는 체질인 나는 강한 불안감에 사로잡혔다. 너의 몸이 점점 식어간다. 이대로 가다가는 폐렴에 걸리고 만다.

잠시 달리자 육교가 나타났다. 우리는 그 아래서 잠시 비를 피했다. 그 사이에도 자꾸자꾸 몸에서 열이 빠져나갔다.

비는 잭팟이 터진 슬롯머신에서 좌르르 쏟아지는 코인들처럼 멈출 줄을 몰랐다.

육교 아래 계속 서 있기도, 서둘러 나가기에도 둘 다 앞길이 만만치 않았다. 너는 핏기 잃은 입술을 덜덜 떨며 움츠리고 있었다. 비에 젖은 티셔츠가 달라붙어 속옷의 어깨끈이 비쳐 보였다. 이마에 흘러내린 앞머리를 타고 빗물이 뚝뚝 흘렀다.

나는 엄청난 불안으로 가슴에 통증을 느끼며 너의 눈을 보았다. 눈길이 마주치자 너는 느긋하게도 내게 미소를 보냈다.

"괜찮아."

너는 이렇게 말했다.

"가자. 앞으로 나가는 거야."

인생에는 대단히 의미 있는 한순간이 있다. 내게는 그때가 바로 그 순간이었다. 이윽고 나의 아내가 될 너에게도 그것은 같은 의미를 가진 순간이었을 것이다. 그렇지만 너는 그때 네가 했던 말을 거의 기억하지 못했다.

자각도 하지 못하는 가운데 너는 스스로의 생애를 결정짓는 말을 입에 담았던 것이다.

몹시 재미있는 일이라고 생각한다.

나는 그 말을 들은 순간, 너와 평생 함께하기로 마음을 정했다.

너의 인생은 네 스스로 결정한다. 그리고 너는 나와 함께 걷는 길을 선택했다. 그런 너의 선택을 내 얄팍한 독선으로 거절하는 건 오만한 짓이다.

앞길에 무엇이 있을지는 모른다. 그러나 그 길의 어딘가에는 행복도 반드시 있을 것이다. 둘이서 그것을 찾아보는 일은 몹시 즐거울 것 같았다.

"괜찮아."라고 너는 말했다.

괜찮아. 분명 잘될 거야.

네가 우리의 미래를 그렇게 알려주는 것만 같았다.

어찌 됐든 둘이서 앞으로 나가보자.

나쁜 일만 있는 건 아닐 것이다.

이런 나라도 너를 행복하게 해줄 수 있을지 모른다….

"그래."

나는 말했다.

"앞으로 나가보자."

"응, 가자."

그리고 우리는 거센 빗속으로 달려 나갔다.

"겨우겨우 호텔을 찾아내 체크인 했을 때, 우리는 둘 다 시체 안치소의 시체처럼 꽁꽁 얼어 있었어."

"여름이었는데도?"

"그 고개는 해발 천 미터 정도였으니까."

"흠뻑 젖은 그대로?"

"게다가 아무것도 먹지 못했지."

"정말 시체가 될 만도 했군요."

"그래."

"그래서요?"

"그래서?"

"그러고는 어떻게 했어요, 우리?"

"이것저것."

"이를테면?"

"샤워를 하고, 그리고 빵을 먹었어."

"응….."

"그러고 나서 둘이서 텔레비전을 봤어."

"동전 넣는 텔레비전?"

"응. 동전을 넣고 요리 방송을 봤지. 뭐였더라, 그래, 브로콜리를 사용하는 요리였던 것 같아."

"그걸 둘이서 봤단 말이에요?"

"응. 내가 요리 방송을 아주 좋아해. 요리는 잘 못하지만."

"그래요?"

"응."

"그러고는?"

"그러고는 너를 침대에 불러들여 껴안고 키스를 했어."

"굉장하다!"

"섹스도 했어."

"정말 애썼네요. 대단해요."

"뭘, 칭찬씩이나."

14

여어, 유지!

귓가에서 울려 퍼지는 유난히 친한 척하는 사내의 목소리에 벌떡 일어났다.

이거 봐라, 여기 유지한테 온 선물을 내가 갖고 왔다.

늦잠을 잔 모양이다. 나는 이불을 빠져나와 눈을 비비며 부엌으로 향했다. 식탁에는 벌써 아침 식사가 준비되어 있었다. 미오는 싱크대에서 설거지를 하고 있다.

"안녕?"

"안녕, 잘 잤어요?"

"푹 잘 잤어."

"그래요? 잘됐다."

"으아." 하고 유지가 부르짖는 소리가 들려왔다.

"또 속았어."

"그러니까 나는 나름대로⋯."

아침 식탁에서 나는 말했다.

"당신이 아파서 누워 있는 동안에 집안일을 하긴 했는데, 아무래도 영⋯."

잘 되지 않았다, 라고 말했다.

"깜빡 잊기도 하고, 알아차리지 못하기도 하고, 피곤해서 그냥 자버리기도 하고."

"그래서 당신과 유지는 지저분한 옷과 지저분한 집에서 살았군요?"

"맞아."

미오는 그래도 여전히 이해가 되지 않는다는 표정이었지만, 끝에는 결국 고개를 끄덕였다.

"알았어요. 그러니까 내가 어떻게든 아프지 말아야겠군요."

"그렇지."

"내가 그렇게 말했으니까 그래야죠."

"응?"

"내가 '괜찮다'고 했었으니까요."

"응, 그렇군."

"그럼, 좀 더 튼튼해져야겠죠?"

"두통은 어때?"

"아무렇지도 않아요. 조금 띵하긴 한데, 많이 편해졌어요."

"정말 다행이야."

"고마워요."

그리고 말야. 나는 그녀에게 말했다.

"오늘 저녁에 함께 쇼핑하러 나가볼까?"

"우리 다 함께?"

"꼭 만나게 해주고 싶은 사람이 있어."

"나하고요?"

나는 고개를 끄덕였다.

"우리가 친하게 지내는 사람. 당신 기억이 돌아오는 데도
도움이 될 거야."

"재미있겠는데요?"

"그렇지?"

"농부르 선생님이야." 유지가 말했다.

"농부르…?"

"저녁에 만날 사람. 농부르 선생이라고 해."

"선생님이에요?"

"아주 옛날에."

나는 말했다.

"옛날에 초등학교 선생님을 하셨던 분이야."

"푸도 있어."

미오가 이상하다는 표정으로 나를 보았다.

"만나보면 알아."

저녁에 우리는 셋이서 쇼핑센터에 나가 브로콜리와 베이컨, 양송이버섯과 화이트 크림을 샀다. 그리고 돌아오는 길에 17번 공원으로 향했다.

공원에 들어서자 농부르 선생과 푸의 모습이 보였다. 잠깐 기다리라고 미오와 유지에게 말해놓고 나는 먼저 안으로 들어갔다. 선생이 알아보고 손을 흔들었다.

"안녕하세요?"

"여어."

"마음의 준비는 단단히 하셨지요?"

"음, 그래. 놀라지 않을 거야."

"그녀는 완전히 기억을 잃었어요."

"자네가 지난번에 일러줬지."

"그녀는 자신이 유령이라는 것도 모릅니다."

"당연히 그럴 테지."

"그래서 1년 전의 일에 대해서는 아무 말도 하지 않았어요. 아무 일 없이 내내 함께 잘 살아온 것으로 해뒀어요."

"그러는 게 나아. 진실은 때로 슬픈 거니까."

"그래서….'

"알고 있어. 괜찮아."

나는 고개를 끄덕이고, 미오와 유지 쪽으로 돌아서서 손
짓을 했다.

"미오가 와요."

나는 작은 소리로 선생에게 말했다.

"흠."

미오와 유지가 손을 맞잡고 우리 쪽으로 다가왔다. 유지
는 곧바로 푸에게 붙어서 장난을 쳤다.

"안녕하세요?"

미오가 말했다.

"안녕하네. 자네는 뭔가 지독한 건망증이라면서?"

"그렇답니다. 어째야 좋을지."

"내가 누군지도?"

죄송해요, 라고 미오는 말했다.

"농부르 선생님이란 건 알고 있어요. 그렇지만, 기억은 나
지 않아요."

선생은 가볍게 웃었다.

"남편을 잊어버렸는데 나를 기억하고 있다면, 그건 좀 문

제겠지?"

"그런가요?"

미오가 농부르 선생과 이야기하는 모습을 지켜보는 건 대단히 기묘한 느낌이었다. 비로소 그녀가 분명히 이 세상에 존재하고 있다는 실감이 들었다. 이때까지 내내 미오는 나와 유지에게만 보이는 존재, 이를테면 행복한 꿈 같은 것이라고 생각하곤 했다. 그러나 그렇지 않았다.

그녀는 분명히 이곳에 있었다.

미오와 농부르 선생은 처음 만났던 무렵의 이야기를 하고 있었다.

"자네는 머리를 뒤로 묶고 있었어. 그리고 앞치마 차림으로 시장바구니를 들고."

"여기서요?"

"그렇지. 아직 고등학생쯤으로 보이는 부부였어. 지금도 젊지만."

뭐랄까, 몹시 즐거워 보였지.

선생은 그렇게 말했다.

"하루하루 재미있어서 견딜 수 없다는 분위기였어. 나하고는 인연이 없던, 참 행복한 모습이라서 말이지, 적잖이 부럽기도 했지."

"그게요, 어렵사리 사랑이 이루어져서 함께 살게 되었으니까요."

"그래, 그 이야기도 들었어. 호수의 불꽃놀이 말이지? 내가 이곳에서 자네 부부를 만났던 게 그다음 해 봄이었어."

미오가 고개를 돌려 나를 보았다.

"응, 그때 다시 만나고, 그다음 해 봄에 결혼했어. 스물두 살 봄에. 나도 겨우 취직자리가 정해져서 함께 이 동네로 이사했고."

"자네는 항상 남편 생각이 극진했지. 여기서 이야기를 하다가도 말이지, 자꾸 물어봤어. 괜찮으냐고."

"제가요?"

"그렇지. 미오, 자네가. 그때 막 일을 시작한 참이라서 다쿠미가 몸이 별로 좋지 않았거든. 이를 악물고 견디기는 했지만, 정말 힘들어 보였어."

미오가 다시 나를 쳐다보기에, 어깨를 풀썩 들어 보였다.

그렇게까지 힘들진 않았어.

"그러고저러고 하는 사이에 자네는 아이를 가졌지. 아주 좋아하며 내게 그 소식을 전해주더만."

"그럼 유지가 내 배 속에…."

"뭐가?" 유지가 물었다.

"거기 도련님이 아직 엄마 배 속에 있었던 무렵의 이야기야. 네 덕분에 엄마하고 아빠는 세상에서 가장 행복한 사람들이었단다."

"그런 거야?"

"그렇단다." 미오가 말했다.

"유지의 어머니는 말이지…". 선생이 말했다.

"유지를 낳기 한참 전부터 분명히 아들일 거라면서 일찌감치 사내아이용 배냇저고리를 사뒀다니까."

"맞아요. 유지가 태어났을 때는 정말 다행이다 싶었죠. 미리 준비해둔 그 옷들, 버리지 않아도 되겠구나 하고."

흐응, 하고 유지는 별 재미도 없다는 듯 입을 삐죽하더니, 미오 쪽을 돌아보며 "엄마, 여기 좀 봐." 하며 엄마의 시선을 끌어갔다.

"얘가 푸야."

푸가 미오의 발치에 다가와 "~?" 하고 인사를 했다.

"소리가 왜…."

그러면서 미오가 농부르 선생을 보았다.

"나한테 오기 전에 짖지 않도록 수술을 받는 바람에 목소리를 잃었어."

"~?"

"그래도 이 녀석, 그런 데 별로 신경도 쓰지 않아. 대범하기가 웬만한 사람보다 더 나은 걸물이지."

247

자, 그럼, 이라고 선생은 말했다.

"이제 나는 슬슬 실례할까."

선생은 손에 든 비닐 봉투를 쳐들어 보였다.

"이게 자꾸 재촉을 해서 말야."

"빙어군요?"

"응, 오늘도 반액이었어. 참 고마운 일이야."

미오, 하고 선생이 그녀를 불렀다.

"네."

"또 만나자구."

"네."

"자네는 말이지…."

선생은 거기서 잠시 말을 흐렸다. 비닐 봉투를 든 손이 가늘게 떨리고 있었다.

"자네는 말이지, 우리 누이를 많이 닮았어. 어디가 어떻게 닮았는지 잘은 모르겠는데, 응, 몸짓 같은 게 닮은 것 같아."

그래서 말이지, 내가 정말 반갑네.

"옛날 일이 하나하나 생각나. 일을 마치고 집에 돌아와 그날의 일을 누이에게 들려주던 그 무렵이."

선생은 자신의 말에 응, 응, 하고 가늘게 고개를 끄덕였다.

"노인네의 말 상대를 하게 해서 미안하지만, 이담에도 귀찮아하지 말고 또 와줘."

"물론 또 오고말고요. 이야기해주세요, 아주 많이요."

선생은 다시 응, 응, 하고 가늘게 고개를 끄덕이고는 등을 보이며 서서히 사라져갔다. 푸가 선생의 뒤를 바쁜 걸음으로 쫓아가고 있었다.

빠이빠이.

유지가 손을 흔들었다.

15

내가 만들어낸 공백을 그녀가 조금씩 조금씩 작은 조각
들로 메워나간다.

포코 포코.

한밤중에 문득 눈이 뜨일 때면 유지 너머에서 그녀의 잠
든 숨소리가 들려왔다. 파도 소리를 헤아려 들을 줄 아는 어
부처럼, 나는 아내의 유령의 숨소리에 자꾸자꾸 익숙해져가
는 것을 느꼈다.

그것이 기뻤다.

열다섯 살 봄부터 시작된 우리의 이야기는 스물세 살 여
름까지 나아가 있었다.

유지를 낳았을 때, 너의 젖가슴은 믿을 수 없을 만큼 부풀었다. 그 얌전하던 젖무덤이 잘났노라 자랑하듯 하늘을 향해 불룩 솟아올랐다. 푸른빛의 핏줄이 잎맥처럼 아름다운 모양을 그리고 있었다. 너의 젖은 깊은 산중의 샘물처럼 마르는 일이 없었다. 유지는 배가 가득 차도록 먹고서도 계속 쏟아지는 엄마의 젖으로 얼굴을 흠뻑 적셨다. 너는 젖가슴이 부풀어오는 것으로 유지의 공복을 감지해내곤 했다.

"지금이야." 너는 말했다.

"이제 배고프다고 울 거야."

그 말이 떨어지기가 무섭게 유지가 왕왕 울었다.

너와 유지는 아직 하나의 생물처럼 이어져 있었다.

그 무렵 너는 건강이 나빠져서 그리 생기 있다고 할 수는 없었지만, 그래도 유지를 위해 네가 할 수 있는 한 애써 노력해주었다. 유지는 아직 흐물흐물 연약해서, 뭔가 기묘한 생물 같았기 때문에 우리는 세심한 주의를 기울이며 그를 다루었다.

둘이 함께 달라붙어, 내가 등을 안고 있으면 너는 면 수건으로 그의 몸을 닦아 가까스로 목욕을 마쳤다. 네가 젖을 다 먹이면 나는 그의 등을 두드려 트림을 시켰다.

유지가 밤새 보채며 영 잠을 자지 않을 때는 내 배 위에 올려놓고 토닥거리고 너는 그 곁에서 자장가를 불렀다.

금자동이 은자동이 코코 잘 잔다.

그러면 그는 눈 깜짝할 사이에 잠이 들었다.

내 배 위에서 '즈—즈—' 탁한 숨소리를 내며 잠든 유지를 나는 난처한 눈빛으로 바라보곤 했다. 그렇게 되면 당분간 꼼짝도 할 수 없다. 그때마다 나는 황제펭귄남극에서 서식하는 펭귄의 한 종류. 수컷이 4개월 동안 절식하며 알을 품으며 이때 자기 체중의 40퍼센트를 잃는다고 한다—옮긴이의 부친에게 깊은 공감을 느끼곤 하는 것이었다.

주말에는 셋이서 숲에 갔다.

미오는 내 통근용 자전거를 타고 갔다. 기억을 잃어버리기는 했지만 그녀는 능숙하게 자전거를 다뤘다.

숲의 출구 쪽에서 엄마와 아들은 네잎클로버를 찾았다. 내가 일주 코스를 한 바퀴 돌고 올 때마다 두 사람은 내게 그 사이의 성과를 자랑했다. 엄청나게 찾아내곤 했다. 어쩌면 이 풀밭에서는 네잎클로버가 더 올바른 종자인지도 모른다.

이토록 행운 가득한 곳이 또 있을까.

시간은 조용히 흘러갔다.

비의 계절은 언제까지나 끝나지 않을 것 같았다.

농부르 선생과는 매일같이 만났다. 미오는 선생이 들려

주는 젊은 부부의 이야기에 환한 얼굴로 귀를 기울였다.

그리고 밤이 되면 이번에는 내가 선생의 뒤를 이었다.

유지가 처음 기억한 말은 '맘마'였다. 그것이 엄마를 가리키는 말인지, 엄마의 가슴에서 나오는 젖을 가리키는 말인지는 분명하지 않았다. 아마도 유지의 내부에서 아직 그 두 가지는 혼연일체가 되어 갈리놓기 어려운 것이었으리라.

맘마 맘마.

그는 그 말로 엄마를 찾고 동시에 공복을 채워줄 미지근한 액체를 원했다.

유지가 '아빠'라는 말을 한 적은 한 번도 없었다. 미오가 나를 '닷쿤'이라고 부르는 것을 듣고 그도 그렇게 인식하고 말았다. 어딘가 건강해 보이지 않는 저 말라빠진 남자는 '닷쿤'이구나, 하고.

"나도 당신을 닷쿤이라고 불렀어요?"

"그래. 결혼할 때 그렇게 부르기로 정했어."

"일부러 정한 거예요?"

"응. 우리는 무지 착실한 커플이었거든. 그래서 그런 걸 다 반듯하게 정해두었어."

"여보라고 부르는 건 안 되나요?"

"그렇진 않아. 당신은 그때그때 기분에 따라 다양하게 불

253

렀어. 닷쿤, 여보, 아이오… 뭐랄까, 그저 기본형을 정해둔 것
뿐이지."

"뭐라고 해주는 게 제일 좋아요?"

나는 잠시 생각해보고 그녀에게 말했다.

"어떻게 불러주든 다 좋아. 어느 것이든 다 나니까."

"그렇다면 여보라고 해도 괜찮아요?"

"괜찮지. 지금은 그 말이 더 익숙하니까."

"그럼, 기억이 돌아올 때까지 당신을 여보라고 부를래요."

"알았어."

16

두 번째 주말에도 숲에 나갔다.

밤새 계속 내리던 비는 말끔히 걷혀 있었다. 나무 잎사귀
들은 빗물에 젖고 발밑은 축축했다. 우리는 천천히 숲의 오
솔길로 들어갔다. 미오와 유지는 자전거를 끌면서 걸어가고
있었다.

비가 걷힌 직후에는 길목마다 거미줄이 유난히 많이 쳐
져 있어서 그것이 자꾸 얼굴에 걸리기 때문에 조심해서 나
아가지 않으면 안 된다.

"으, 또 걸렸다."

나는 내 머리에 걸린 거미줄을 손으로 떼어냈다.

"어째서 비가 걷힌 뒤에는 거미줄이 많아요?"

내 뒤를 걷던 미오가 물었다.

"글쎄, 왜 그럴까? 비 때문에 망가진 자기 집을 서둘러 다시 짓는 모양인데, 왜 이렇게 길을 가로질러 만드는 거지?"

"길을 지나다니는 사람들이 결국 다 걷어내는 데 말예요."

"진짜 끈질긴 애들이다, 그치?"

나는 한참 길을 걷다가 잠깐 멈춰 섰다.

"좋은 거 보여줄게."

"뭔데요?"

"뭐야, 뭐야?"

"전에도 비의 계절에 이곳을 찾을 때마다 보여준 적이 있어. 유지는 기억하고 있을 텐데?"

"그런 거야?"

나는 길을 벗어나 숲 안쪽으로 들어갔다. 두 사람도 자전거를 두고 내 뒤를 따랐다.

발밑으로 풀이 수북이 자라 있는 데다 겹겹이 쌓인 낙엽에 발이 푹푹 빠져서 걷기가 힘들었다. 50미터쯤 들어간 곳에서 나는 다시 멈춰 섰다.

"여기 봐."

나는 두 사람의 시야를 가로막지 않도록 옆으로 비켜섰다.

"우와, 꽃이다!"

유지가 외쳤다.

"전부 다 꽃이야."

큰옥잠화 꽃이었다. 주변을 온통 메운 수백 송이의 큰옥
잠화가 하얗고 작은 꽃을 달고 있었다.

"생각 안 나? 전에도 보여줬는데."

"언제?"

"재작년이었던가?"

작년에는 미오의 일이 있어서 이 계절에 숲과는 멀리 떨
어져 있었다.

"재작년이라니, 얼마나 옛날이야? 나는 태어났었어?"

"태어났으니까 데려왔었지. 네가 네 살 때야."

"거짓말."

"진짜."

이상하네, 하며 유지는 고개를 갸웃거렸다.

"하나도 생각이 안 나는데."

이런 때는 뭐라고 해야 할지. 과연 내 아들, 대단한 기억력
이다.

"아무튼 무지 예쁘다."

그는 묘하게 어른스러운 시선을 꽃들에게 쏟아붓고 있
었다.

"뭔가 크게 땡잡은 기분이야."

"왜?"

"그야 당연하지." 하며 유지는 나를 올려다보았다.

"전에 봤다는 걸 잊어버렸으니까 이렇게 굉장하다는 생각이 드는 거잖아?"

"그렇기도 하겠다."

"무엇이든 다 그래. 처음이면 굉장히 가슴이 두근거려."

"정말이다."

큰옥잠화 가장자리로 점점이 산백합이 피어 있었다.

"달콤한 냄새가 나요."

미오가 말했다.

"취할 거 같아."

"어째서 이렇게 향기가 진할까?"

"고등학교 때의 우리하고 똑같은 이유 아닐까?"

"그래요?"

"누구 없습니까? 사랑할 상대를 찾습니다!"

"그렇군요."

수분을 위해 곤충을 불러들이는 것이라면, 그 또한 완곡한 연애의 호소인지도 모른다.

우리는 숲을 빠져나왔다.

엷게 구름 낀 하늘 아래 공장터가 펼쳐져 있었다. #5가 적힌 문이 조그맣게 보였다.

"왠지 내 인생은 이곳에서 시작되었다는 기분이 들어요."

유지는 자전거를 세워두고 뛰어갔다.

"바로 보름 전에?"

"네."

"그보다 훨씬 전부터 당신의 인생은 계속됐어. 나와 유지와 함께 살아왔는데."

"그렇죠? 그걸 알고 정말 기뻤어요."

미오는 양손을 높이 추켜올리며 기지개를 켰다.

그렇지만요, 라고 그녀는 말했다.

"뭔가 크게 땡잡은 기분이에요."

"그래?"

"그게요, 당신과 다시 처음부터 연애를 할 수 있으니까요."

두근두근, 이라고 말하며 미오는 자신의 가슴에 두 손을 댔다.

두근두근!

심장이 뛰는 울림이다.

우리는 손을 맞잡고 걸었다.

"닷쿠우운!" 하고 유지가 소리를 지르고 있었다.

"이거 봐, 용수철이 잔뜩 있어!"

나는 그에게 손을 흔들어 응해주었다.

"용수철은 말이지."

나는 미오에게 설명해주었다.

"특별한 건 아니야. 그럭저럭 운이 있으면 누구라도 찾아내거든."

"그래요?"

"응. 그런데 사슬 톱니바퀴는 웬만해서는 눈에 띄지 않으니까 그걸 줍는 날은 완전히 땡잡은 거야. 최고로 재수 좋은 거지."

"그럼 나도 찾아볼까?"

"해봐. 그렇지만 그리 쉽지는 않을 걸?"

"그래도 지난번에는 네잎클로버를 이만큼이나 찾아냈다고요."

"그건 그 자리가 특별한 곳이라서 그런 거고."

"아니, 어쩌면 내가 몹시 운 좋은 사람인지도 몰라요."

"그런가?"

유지, 엄마도 함께 찾을래. 그렇게 말하며 미오가 달려갔다. 꽃잎 무늬의 플레어스커트가 찰랑찰랑 춤을 추었다. 유지가 미오에게 손을 흔들었다.

행복한 광경이었다.

그녀가 자신을 행운아라고 생각하고 있다면, 분명 그러리라.

그렇다면 마지막까지 그녀가 행복하게 지내주었으면 싶었다. 그다지 행운의 혜택을 받지는 못했지만, 미오는 행복한 웃음이 대단히 잘 어울리는 여자였으므로.

아파트 2층에 있는 우리 집 베란다에서는 바로 맞은편 공터가 똑바로 내려다보인다. 공터에서는 유지가 오늘의 전리품을 끙끙거리며 땅에 파묻고 있었다. 볼트 열다섯 개, 너트 열두 개, 대갈못 다섯 개, 용수철 세 개. 톱니 사슬바퀴는 찾아내지 못했다.

구름 사이로 길게 뻗어 나온 햇빛에 유지의 금빛 머리가 반짝반짝 빛났다.

"머리카락이 정말 예뻐요."

내 곁에서 미오가 말했다.

"그렇지? 누가 뭐래도 잉글랜드 왕자니까."

"잉글랜드 왕자?"

"응. 유지는 입 다물고 가만히 있으면 상당히 기품 있는 명문가의 자식처럼 보이거든. 잉글랜드 왕자처럼."

"입 다물고 가만히 있으면?"

"응, 입만 다물면."

미오는 재미있다는 듯 쿡쿡 웃었다.

"그거 알아요?" 그녀가 말했다.

"뭘?"

"유지, 말하는 모습이 당신하고 꼭 닮았어요."

나는 조금 생각해본 다음, 그녀에게 이렇게 말했다.

"그런 거야?"

"유지, 제법 핸섬해요."

"그렇지. 나를 꼭 닮았어."

미오는 흘끔 나를 돌아보더니 다시 공터의 유지에게로 시선을 돌렸다.

"착하고 순하고 솔직해요."

"보통 아이들과는 약간 핀트가 맞지 않는 면도 있지만."

"그것도 유지의 매력 포인트예요. 그런 개성은 귀중한 거라고요."

"그런가?"

"그럼요. 유지는 나의 최고 걸작이 아닐까 싶은데요? 이렇게 평범한 엄마에게서 저렇게 멋진 아이가 태어나다니, 정말 굉장한 일이에요."

"당신 아이야. 유지의 멋진 모습은, 반은 당신에게서 물려받은 거지."

"믿어지지 않아요."

"그렇지만 사실이야. 당신이 잠시 잊어버린 것뿐이야."

"그럴까요?"

"그럼. 당신은 누가 뭐래도 상당한 인물이었어."

"상당한?"

"음, 상당한."

"유지 머리 색깔은 당신을 닮은 건가요?"

미오는 눈을 가늘게 뜨고 유지를 유심히 쳐다보고 있었다. 결국 그녀는 안경을 쓰지 못했다. 시험 삼아 써봤지만 도수가 맞지 않는다며 다시 벗어버렸다.

"응, 나 어렸을 때하고 똑같아."

"아름다운 색깔이에요."

"두세 살 무렵에는 좀 더 밝은 금발이었어. 겨울이면 볼은 빨갛고 머리카락은 금빛이고, 그랬지."

"귀여웠겠다."

"누가 귀여워?"

아래에서 유지가 우리를 올려다보며 물었다.

"늘 코가 막혀 있고 아무 쓸데없는 쓰레기 주워 들이는 게 취미고, 맨날 '그런 거야?'라고 하는 사람."

"그게 누구야? 진짜 이상한 녀석이다."

17

달이 바뀌고 비의 계절도 벌써 반을 넘어서고 있었다.

최근 며칠, 공원에 농부르 선생의 모습이 보이지 않았다. 분명 무슨 볼일이 있어서 못 나오시는 모양이라고 미오를 달랬지만, 그녀는 침울한 얼굴로 힘없이 고개를 저을 뿐이었다. 나흘이 지나고 닷새째가 되어도 농부르 선생은 공원에 나오지 않았다. 푸도 보이지 않았다.

"무슨 일이 났는지도 모르겠다."

"그래요. 선생님 집으로 찾아가 봐요."

그러나 우리는 선생의 집을 알지 못했다. 본명조차 알지 못하는 터였다.

"농부르 선생님은 몇 살이세요?"

"몇 살이실까? 사무소장하고 비슷할 거야."

"그럼, 사무소장님은 몇 살이신데요?"

"글쎄, 몇 살일까?"

여든 살은 진작에 넘겼으리라는 것만은 분명했다.

"몸이 나빠지신 게 아닐까요?"

"그럴지도 모르겠다."

"공원에 있는 누군가에게 물어보자구요."

"그러사."

17번 공원의 단골손님으로, 항상 똑같은 책을 읽고 있는 청년이 있다.

언젠가 무슨 책을 읽고 있는지 궁금해서 슬쩍 다가가 표지를 본 적이 있었다. 《생활실용사전》이었다. 청년이 내 기척을 알아보고 말했다.

"중요한 것은…."

그는 책을 들어 보였다.

"여기에 모두 다 적혀 있죠."

"아, 그래요?"

그에게 뭐 하는 사람인지 물어본 적도 있다.

"나는 소설가예요."

그는 가슴을 쫙 펴고 대답했다.

"아직 한 권의 책도 세상에 내놓지는 않았지만."

흠, 그런 건가. 한 권의 책도 내지 않았어도 소설가라고 이름을 댈 수 있다면, 세상 사람들 모두가 자신도 소설가라고 이름을 댈 권리가 있다.

그래서 나도 말해보았다.

"나도 소설가야. 한 권도 책을 내지는 않았지만."

"그럴 줄 알았어요."

청년은 말했다.

"냄새로 알지요."

무슨 이야기를 쓰고 있느냐고 묻기에 나는 아직 아무것도 쓰지 않았다고 대답했다.

(아직 이 소설을 쓰기 시작하기 전의 일이다.)

"언젠가 쓸 거야. 그러니까, 아내와의 추억에 대해."

"좋네요."

그는 말했다.

"무엇을 써야 할지 마음속으로나마 정해둔 사람은 그래도 행복한 거예요."

"그래?"

"나는요, 뭔가 쓸 거리를 정해놓고 보면 이미 이 책 속에 다 나와 있는 걸요."

그러면서 그는 《생활실용사전》을 들어 보였다. 나는 그런 그가 꽤 가엾다고 생각했다.

　그날도 그는 17번 공원에 있었다. 항상 똑같이 맨 끝 쪽 벤치에 앉아《생활실용사전》을 읽고 있었다. 나는 미오와 유지에게 그 자리에 있으라고 말해놓고 그의 곁으로 다가갔다. 기척을 느낀 그가 책에서 얼굴을 들었다.

"안녕?"

"이, 아지씨세요?"

"응, 나야."

　그는 금세 흥미를 잃고 다시 책으로 돌아가려고 했다. 나는 서둘러 말을 붙였다.

"저기."

　그가 얼굴을 들었다.

"뭐죠?"

"저 벤치에 항상 계시던 할아버지, 알고 있지?"

　그렇게 말하며 농부르 선생의 벤치를 가리켰다. 그는 가벼운 몸짓으로 그렇다고 했다.

"알죠, 도야마 할아버지요."

"도야마? 그게 농부르 선생의 본명인가?"

"농부르?"

　그가 기억을 검색하는 데 3초 정도가 필요했다.

"아아, 그렇지. 농부르 선생이라고 들어본 적이 있어요. 그래요, 그게 도야마 할아버지예요."

"요즘 며칠째 보이시지 않던데."

"댁에서 쓰러지셨다고 들었어요."

"설마!"

"정말요."

"어떠신데?"

"생명에 지장은 없으세요. 뇌인지 혈관인지의 병이라고 하던데요."

그는 손에 들고 있던 책을 덮었다. 진지하게 상대해줄 마음이 든 것이리라.

"단지 그 후유증 때문에 이제 원래의 생활로는 돌아갈 수 없으실 거 같대요."

나는 몸을 돌려 미오를 보았다. 그녀는 내 얼굴을 보자마자 급히 달려왔다. 몹시 심각한 표정이다. 유지도 따라서 달려왔다.

"선생님은요?"

나는 청년의 이야기를 그대로 전했다.

"아아, 저런…."

그가 그 뒷이야기를 이었다.

"그래서 꽤 먼 도시의 노인 요양시설에 들어가시기로 결

268

정되었대요. 병원에서 바로 가실 모양이에요."

"그런 수속을 누가 해주셨지?"

"이 동네 자치회장이요. 발이 넓은 분이라서요. 그런 일을
좋아하세요."

"자네는 어떻게 그런 것까지 알았어?"

"아들이거든요. 자치회장이 우리 아버지예요."

"아, 그래?"

우선 농부르 선생의 집이 어디인지 알아낸 다음, 우리는
공원을 뒤로 했다.

"푸는?" 유지가 물었다.

"괜찮을 거야."

미오도 말했다.

"괜찮아."

"하고 싶은 말이 아직도 많은데."

돌아오는 길목에서 나는 그렇게 말했다.

"정말 많아."

"그래요."

미오는 길가의 돌멩이를 발로 찼다.

"당신에게는 아직 선생님이 필요한데."

"미오도 마찬가지야."

"네, 그래요."

그녀는 가만히 고개를 끄덕였다.

"정말 그래요."

그래도, 라고 미오는 고개를 들며 말했다.

"영영 만날 수 없는 건 아니에요."

"그렇긴 하지만."

"병문안을 가면 되잖아요?"

"그건 좀 힘들어. 꽤 먼 도시라고 했어."

"괜찮을 거예요."

미오가 말했다.

"괜찮아요."

18

다음 날 저녁, 우리는 청년에게서 들은 대로 농부르 선생의 집을 찾아갔다. 선생의 집은 17번 공원에서 북쪽으로 10분가량 떨어진 낡은 주택가에 있었다.

꽤 나이를 먹은 납작한 목조건물이었다. 이렇게 간소하게 지어진 집들을 예전에는 시민주택이라고 부르곤 했다.

집 안팎을 백일홍이며 수국, 부용, 금귤 나무들이 둘러싸고 있었다. 집 오른편은 공터, 왼편에는 또한 낡아빠진 저층 아파트가 서 있었다.

나무 대문을 열고 마당으로 들어섰다. 현관까지 징검돌이 놓여 있었다. 앞서 걸어가던 유지가 소리를 질렀다.

"앗, 푸가 있어!"

그는 마당 안쪽으로 달려갔다. 나와 미오도 빠른 걸음으로 뒤를 쫓았다.

푸는 툇마루 밑에 들어가 머리만 밖으로 내밀고 있었다.

"푸!"

유지가 부르자 푸가 고개를 들었다.

"~?"

평소보다 더 작은 속삭임이었다. 혀를 내밀고 얕고 급한 숨을 헐떡거렸다.

핫 핫 핫 핫…

유지는 푸의 목을 끌어안고 그 덥수룩한 털에 뺨을 비볐다.

"~?"

"내내 굶었나 봐."

"그런 것 같다."

자치회장은 사람은 돌봐줘도 그 와중에 개까지 신경을 쓸 틈은 없었을 것이다.

"이대로 두면 결국 보건소로 가야 하나?"

"그런 거 싫어!"

유지가 우리를 올려다보며 슬프게 부르짖었다.

"안 돼!"

"알았어. 그러니까 우리가 데려가자."

"그런 거야?"

"응."

나는 툇마루 다리에 묶인 푸의 목줄을 풀었다.

"자, 가자."

내가 잡을래, 하며 유지가 나서기에 끈을 건네주었다.

"푸, 가자."

그러나 유지가 끈을 딩기며 재촉해도, 그는 움직이려고
하지 않았다.

"푸, 여기 있어도 선생님은 돌아오시지 않아."

"~?"

유지가 나를 올려다보았다.

"싫대."

"응."

나는 쪼그리고 앉아 푸에게 얼굴을 가까이 댔다.

"그래, 참으로 갸륵한 마음이라고 생각한다."

나는 그에게 말했다.

"네가 이러고 있으면 나중에 역 앞에 너의 동상이 설지도
몰라."

"~?"

"그렇지만 푸, 인생이란 그런 것만은 아냐. 선생님은 돌아
오시지 않아."

푸는 고개를 갸우뚱했다.

"그래, 아주 아주 먼 곳으로 가셨어."

그러니까. 나는 말했다.

"충의를 지키려는 자세는 훌륭하지만, 이건 쓸모없는 행위라고 생각해."

"~?"

"선생님도 이런 건 원하지 않으셔. 너의 인생을 씩씩하게 살아주기를 바라실 거야."

그는 진지한 얼굴로 생각하고 있었다.

"너는 총명한 개야. 그러니까 틀림없이 내 말을 알아들을 거야. 이별이란 정말 슬프고 괴로운 일이지. 그렇지만 거기서 멈춰버릴 수는 없는 거란다."

나는 잠시 그에게 생각할 시간을 주었다. 푸는 얼굴을 들어 나를 보고, 그리고 유지를 보았다. 그 정도 일에도 벌써 힘이 빠졌는지 턱을 툭 떨구더니 혀를 빼물고 눈을 끔벅거린다.

나는 미오를 바라보았다. 그녀는 조금만 더 기다려보자는 듯 가만히 고개를 끄덕였다. 유지도 말없이 바라보고 있었다. 푸는 눈만 위로 치켜뜨고 우리를 올려다본 채, 픽 오랜 시간 얕은 숨을 내쉬었다.

이윽고 그가 몸을 일으키더니 얼굴을 들어 나를 보았다.

"마음을 정했니?"

푸는 고개를 끄덕였다. (끄덕인 것처럼 보였다.)

"유지."

"응."

유지는 살살 끈을 당기며 걸음을 뗐다. 푸는 말없이 따랐다. 마당의 나무 사이를 빠져나가 대문까지 걸었다. 나는 대문을 활짝 열고 길을 비켜주었다. 푸는 유지와 함께 그 곁을 지나쳐 밖으로 나섰다.

"이제 안녕이구나."

유지가 말했다.

"많은 일들이 있었지? 정말 섭섭하다. 그치?"

푸는 몸을 돌려 자신이 오랜 세월 살아온 집을 바라보았다. 그러고는 천천히 머리를 높이 쳐들고 한 차례 울었다.

"히유익?"

우리는 일제히 엉뚱한 방향으로 고개를 돌렸다. 이 기묘한 소리가 우리의 발밑에 있는 삽살개가 낸 소리라고는 생각지 못했던 것이다.

"히유익?"

다시 한 번 푸가 울었다.

"푸야!"

유지가 외쳤다.

"푸가 말을 했어."

"후우웃, 하고 말을 했어."

히유익?

그것은 좁은 틈새를 빠져나온 바람 같은 소리였다.

"이별의 인사를 하는 걸까요?"

"그럴 거야, 분명."

"뭔가 물어보는 것처럼도 들리네요."

"응."

히유익?

그것은 갑작스레 사라져버린 주인에 대한 이별의 인사였을까. 혹은 자신의 이해할 수 없는 운명의 이유를 천상의 누군가에게 물어본 걸까. 성대를 빼앗긴 삽살개는 하늘을 향해 가늘고 몹시 서글픈 소리를 몇 번이고 내질렀다.

우선 하룻밤만 아파트 현관에 푸를 묶어두기로 했다. 무엇을 먹는지 알 수 없어 밥과 감자 샐러드를 주었더니 망설일 것도 없이 깨끗이 먹어 치웠다. 너무도 배가 고팠던 모양이었다.

"내일 아침 일찍 보호 센터로 데려가자."

"우리가 기르는 거 아냐?"

유지가 물었다.

"그건 힘들어. 우리 아파트는 개를 기를 수 없다는 규칙이 있어."

"그럼, 누군가 다른 사람에게 길러달라고 하면?"

나는 조용히 고개를 저었다.

"이미 늙은 개라서 안 될 거야. 그리고 솔직히 말해 생김 새도 그리 예쁜 편은 아니고."

"이 근처의 빈터 같은 데서 살게 하고, 우리가 먹이를 주는 건?"

"그러면 틀림없이 그 집으로 다시 돌아갈 거야. 결국 보건소에 잡혀가게 돼."

"보호 센터라는 곳은 어떤 데야?"

"민영 시설이야. 얼마간 돈을 내고, 거기서 푸를 돌봐주게 하는 거야. 비슷한 친구들이 아주 많아."

원칙적으로는 길러줄 사람이 나타날 때까지 임시로 맡아 두는 형식이지만, 푸 같은 노견은 결국 그곳이 마지막 둥지가 된다고 한다.

"푸는 행복해질 수 있어?"

"그건 그가 하기 나름 아닐까?"

"그럼, 불행해질 수도 있겠네?"

"그건 어디에 있건 마찬가지야."

유지는 뭔가 심각하게 생각하는 눈빛으로 물끄러미, 감

자 샐러드를 먹는 푸를 바라보고 있었다.

"그럼, 내일은 일찍 일어나야 해."

나는 말했다.

"푹 잘 자둬."

"히유익?"

"그래, 너도."

저녁 식사 후에 전화번호부를 뒤져 자치회장 댁에 전화를 걸어보았다. 저녁 무렵 농부르 선생 댁에 갔다 오는 길에 들렀지만 부재중이었던 것이다.

자치회장은 집에 있었다.

다시 한 번 농부르 선생의 병세를 확인해보니 뇌혈관에 병이 생긴 거라고 했다. 그의 아들이 말했던 대로, 생명에 지장은 없지만 후유증이 있는 모양이었다. 사지의 일부에 마비가 남았고, 아직도 소재식所在識. 자신이 시간적, 공간적, 사회적으로 어떤 위치에 있는지를 깨닫는 능력. 의식의 이상을 판정하는 근거가 된다─옮긴이이 분명치 않다고 한다. 내일은 마침 쉬는 날이니 병문안을 가봐야겠다고 했더니, 자치회장은 그러지 말라고 만류했다.

"아직 제대로 말도 할 수 없는 상태야. 서로 괴롭기만 할 뿐이지."

"다른 시설로 옮겨 가신다고 들었습니다만."

"오늘 내일 금방 떠나는 건 아니고, 아직 한동안은 여기 병원에 있을 거야."

병원의 소재지를 물어보고, 인사를 한 다음 전화를 끊었다.

"어떻대요?"

미오가 물었다.

"병문안은 나중에 가는 게 좋겠대."

"그래요…."

"함께 갈 거지?"

"언제쯤이나 될까요?"

"나도 몰라."

어떻든, 이라고 미오는 말했다.

"나도 갈 거예요. 꼭 함께 데려가 줘요. 선생님을 만나고 싶어."

"응, 언젠가."

"네, 언젠가."

19

아침에 일어나 나가보니 푸가 사라지고 없었다.

곧바로 유지의 짓이라는 것을 알았다. 그의 조그만 신발이 현관 바닥 이쪽과 저쪽에 한 짝씩 나뒹굴고 있었다. 아직 자고 있는 유지의 이불을 벗기자 그는 파자마 위에 노란 파카를 입고 있었다. 한밤중에 이 모습으로 밖에 나갔던 것이리라.

"유지."

그가 몸을 움찔하며 눈을 떴다.

"닷쿤… 잘 잤어?"

너도 잘 잤느냐고 대답해주고는 그에게 물었다.

"푸는 어디 있지?"

유지는 눈을 돌리며 대답하지 않는다.

"유지."

나는 그의 베갯머리에 자리를 잡고 앉았다.

"어제도 말했지? 제대로 된 곳에 맡기지 않으면, 푸는 보건소에 끌려가 버린다고."

"그래도….."

"함께 살고 싶어 하는 마음은 잘 알지만, 푸의 처지도 생각해줘야지."

유지는 얼굴을 들어 호소하는 듯한 눈으로 나를 보았다.

"푸를 생각해준 거야."

"그래?"

"응. 푸도 분명 나와 함께 있고 싶을 거야."

"그야 그렇겠지."

나는 긍정하고는, 그의 부드러운 머리를 손가락으로 빗질해주었다.

"그렇지만, 유지. 그러다가는 항상 흠칫흠칫 걱정하면서 살지 않으면 안 돼."

"흠칫흠칫?"

"그래. 밥을 먹어도 낮잠을 자도, 항상 흠칫흠칫 놀랄 거야. 누군가 잡으러 오는 게 아닐까 하고."

"잡히면 어떻게 돼?"

"잡히면 보건소에 끌려가지."

"그러고는?"

"누군가 다시 키워줄 사람이 오기를 기다려."

"키워줄 사람이 오지 않으면?"

나는 대답할 수 없었다. 입을 다문 채 유지의 눈을 가만히 바라보았다.

"키워줄 사람이 오지 않으면?"

다시 한 번 유지가 물었다. 나는 조용히 고개를 저었다.

"그럼….

"그래, 맞아."

"그런 거 싫어."

유지가 말했다.

"그건 절대로 싫어."

그는 이불에서 빠져나와 내 옷소매를 끌고 현관으로 향했다. 부엌에서는 미오가 아침 식사를 준비하고 있었다.

"잠깐 다녀올게."

그녀에게 그렇게 말해놓고, 둘이서 밖으로 나왔다. 짐작했던 대로 유지가 향한 곳은 아파트 뒤쪽 공터였다.

"어라?"

그러면서 유지는 주위를 둘러보았다.

"왜 그래?"

"여기에." 방치된 스쿠터를 손으로 가리키며 말했다. "끈으로 묶어놓았는데, 푸가 없어졌어."

아닌 게 아니라 스쿠터 타이어에 끈이 묶여 있었다.

"푸가 도망쳐버렸어."

아침 식사 준비를 마친 미오까지 함께 나서서 주위를 찾아봤지만, 푸는 눈에 띄지 않았다.

도중에 비까지 내리는 바람에 우리는 옷이 젖은 채, 그래도 포기하지 않고 한참이나 푸를 찾아다녔다. 농부르 선생의 집에도 가봤지만 거기에도 없었다.

이윽고 비가 본격적으로 쏟아졌다.

"어쩌지?"

"이제 그만 집에 가는 게 좋겠다. 이러다 감기 걸리겠어."

"그래. 내일 다시 돌아올지도 모르고."

"안 올 거야."

유지가 말했다.

"이젠 안 돌아올 거야."

집에 오는 길에 유지가 내게 물었다.

"푸는 붙잡혀서 보건소로 가게 돼?"

"글쎄, 어떻게 될까. 누군가 마음씨 좋은 사람이 데려다 키워줄지도 모르지."

"만약 붙잡히면?"

"일단 여기저기에 알림장을 써 붙이자. '히유익?' 하고 우는 삽살개를 보신 분은 연락 주세요, 라고. 그래서 연락이 오면 데리러 가는 거야. 그리고 이번에는 제대로 된 시설에 맡기자."

유지는 안심한 듯 얼굴에 웃음이 돌아왔다.

"맞아, 그렇게 하면 되겠다."

"물론이지."

20

다음 날, 나 혼자만 열이 났다. 미오도 유지도 그런 나를 이상하다는 얼굴로 바라보았다. 세수 좀 했다고 감기에 걸리는 사람을 보는 것 같은 눈빛으로. 나의 면역 시스템은 어지간히도 형편없는 모양이었다. 예산도 인원도 대폭 삭감되어 버린 어떤 나라의 방위망 같다. 쉽게도 침공을 허락하고 만다.

나는 한 해 평균 열 번은 감기에 걸리고 그때마다 무섭게 열이 오른다. 우연히 그중 한 번이 지금 찾아온 것 뿐이다. 별로 신기한 일도 아니었다.

이불 속에 쏙 들어가 미오가 깎아준 사과를 입에 넣어주는 대로 받아먹었다.

"우와!"하며 유지가 부러워했다.

"진짜 좋겠다."

"너도 감기 걸리면 엄마가 이렇게 해줄 거야."

"그런 거야?"

그러나 우리 효심 깊은 아들은 좀체 감기에 걸리지 않는다. 그것만으로도 싱글 아빠인 나는 정말 '살았다!'다.

유지는 미련을 떨치지 못한 채 떨떠름한 얼굴로 학교에 갔다.

"또 먹고 싶은 거 있어요?"

"없네. 입맛이 나질 않아."

"그렇다면 바나나 주스를 만들어드리죠. 그거라면 마실 수 있겠지요?"

마실 수 있지, 라고 나는 말했다.

미오는 부엌으로 걸어갔다. 자리에 누운 이 위치에서는 그녀의 잘 발달된 장딴지가 보였다. 정맥이 비치는 무릎 뒤쪽과 그 위의 부드러운 살집도 조금 보였다. 적잖이 가슴이 뛰는 광경이었다. 멋지다.

잠시 있으려니 그녀가 물방울이 맺힌 유리잔을 쟁반에 받쳐 들고 왔다.

"수분을 충분히 섭취해야 돼요."

빨대 끝을 입까지 갖다 대준다. 나는 거북이처럼 목을 뽑

286

아 빨대에 들러붙어 바나나와 우유와 꿀의 혼합액을 마셨다. 상쾌함이 가슴에 퍼진다.

"맛있어요?"

"음, 맛있어. 게다가 기분까지 상쾌해."

"그래요? 열이 있는데도?"

"응. 가끔은 아픈 것도 좋네. 오랜만에 마음을 딱 풀어놓은 듯한 느낌."

"좀 더 편안히, 마음껏 쉬어도 돼요."

"응."

그녀는 이불에서 내 손과 발을 하나씩 꺼내가며 손톱 발톱을 깎아주었다.

"저기요, 좀 더 자주 손톱을 깎는 게 좋아요."

"그런가?"

"어른이잖아요."

"나는 내가 어른이라는 생각이 영 안 들어."

"그래요?"

"우리는 아직 열다섯 살 그대로고, 교실 책상에서 깜빡 졸다 꿈을 꾸고 있는 것만 같아."

"그렇다면 좋을 텐데."

"글쎄."

"그렇다면 다시 나를 신부로 맞아줄 거예요?"

물론, 이라고 나는 말했다.

"나 같은 사람이라도 괜찮다면."

"다행이네요." 그녀는 그렇게 말하고 자리에서 일어나 옆 방으로 갔다.

잠시 뒤에 그녀의 목소리가 들렸다.

"뭐 좀 사 올게요."

"그래?"

"네. 저녁거리도 없고, 그리고 이것저것 필요해요."

"응."

다시 이쪽 방으로 돌아왔을 때, 어쩐지 그녀의 눈가가 붉어진 것 같은 느낌이 들었다. 내 지레짐작인지도 모르지만.

그녀는 뺨을 내 이마에 대고 열을 확인했다.

"꽤 높아요."

"늘 그래. 내 몸은 매사에 요란을 떤다니까."

"그래도 조심해야 해요. 고열은 위험하니까."

"알고 있어."

"서둘러 갔다 올게요."

"응."

기다릴게.

그녀가 시장에 가고 15분쯤 지났을 때, 갑자기 열이 높아지기 시작했다. 한기가 몰려오면서 가슴 언저리에 무어라 말할 수 없는 메스꺼움이 퍼졌다. 이불을 머리까지 둘러썼지만 떨림이 멈추지 않았다.

한참을 지그시 견디고 있으려니 한순간의 평정이 찾아왔다. 베갯머리의 체온계를 집어다 입에 물었다. 1분 만에 삐삣하는 전자음이 울렸다. 작은 액정 표시를 읽어보니 40.5라고 표시되어 있었다.

그 순간 불안이 엄습했다. 나는 죽고 유지가 망연히 서 있는 모습이 눈앞에 어른거린다. 건강 염려증이 낳는 망상이다. 건강 염려증이란, 말하자면 있지도 않은 자신의 엉덩이 냄새가 걱정스러워서 같은 자리를 빙빙 맴도는 개와도 같은 것이다. 최대한 나쁜 상상이 한없이 눈앞을 맴돈다.

고열과 밸브에서 새어 나오기 시작한 화학물질 때문에 망상이 폭주하려고 하고 있었다.

전에 열이 났을 때 진료소에서 받은 해열제가 있다는 게 생각났다. 약은 되도록 먹지 않기로 해왔기 때문에 아직 손도 대지 않은 채 남아 있었다. 나 스스로를 컨트롤할 수 없게 되기 전에 약을 먹어야겠다고 생각했다.

이불에서 기어 나와 부엌으로 향했다. 찬장 서랍에서 약봉지를 꺼내 한 알을 입에 넣었다. 그대로 다시 기다시피 이불 속으로 돌아갔다.

이제 괜찮아. 나 자신에게 들려주었다.

열은 떨어질 거야. 유지가 이 세상에 혼자 남는 일은 없어.

나는 내 몸에 귀를 기울이며 변화가 찾아오기를 기다렸다.

이윽고 딸칵, 스위치 켜지는 소리가 들렸다. 심장과 위 근
처. 거기서 분명히 소리가 났다. 나중에야 안 일이지만, 해열
제에 함유되어 있던 알카로이드 성분에 내 센서가 기세 좋
게 반응한 소리였다.

세상이 핑그르르 돌았다. 밸브가 완전히 열리고 레벨 게
이지가 한계치를 벗어났다. 그런데도 화학물질은 여전히 어
디선가 넘실넘실 넘쳐나고 있었다. 온몸의 근육이 나의 의
지와 관계없이 수축했다.

팔과 다리가 기묘한 방향으로 꺾이고 손가락은 동전이라
도 접어버릴 듯 무서운 힘으로 움켜쥐어졌다. 검은자위가
내 뇌를 들여다보려는 듯 위로 치켜떠졌다. 심장의 고동이
파가니니의 카프리스를 연주하고 있었다. 악마와도 같이 빼
어난 기교를 자랑하는 박동이다.

그 순간에 나는 거의 죽음을 각오했다.

그때, 미오가 시장에서 돌아왔다.

"열은 좀 어때요?"

그렇게 말하며 방에 들어선 미오가 바라본 것은 말린 새

우처럼 휘어져서 상당히 무리한 방향을 노려보고 있는 내 모습이었다.

"여보!"

달려와서 끌어안는 그녀에게 나는 필사적으로 말했다.

"구, 급, 차…."

그녀는 고개를 끄덕이며 나를 이불 위에 다시 내려놓고, 전화기로 달려가 119를 눌렀다.

"금방 올 거니까 조금만 참아요."

나는 알았어, 라고 말했다.

미오의 얼굴을 보려는데 도무지 시야에 들어오지 않았다. 천장의 색 바랜 벽지 같은 것만 눈에 비쳤다. 미오는 내 곁으로 다가오자마자 다시 끌어안고 수없이 내 머리를 쓰다듬었다.

"아아, 어떻게 해야 돼요? 어떻게 해야 편해져요?"

이대로 좋아, 라고 나는 말했다.

제대로 숨이 쉬어지지 않아서 아무리 해도 속삭이는 쉰 소리밖에 나오지 않았다. 필사적인 심정으로 오른손을 들어 올려 그녀에게 내밀었다. 미오는 떨리는 내 손을 가만히 쥐어주었다.

무서워. 내가 말했다.

"괜찮아. 괜찮아요. 이제 곧 구급차가 올 거야."

나는 고개를 끄덕였다.

너무 고통스러워서 눈을 감았다. 지구가 평소의 스무 배정도의 속력으로 돌고 있었다. 그녀가 나를 품에 안아주지 않았다면, 그 원심력 때문에 태양계 밖까지 날아갔으리라.

문득 엄청난 파도가 찾아오고 나는 허억, 하고 숨을 들이쉬었다.

"왜 그래요?"

그녀는 내 입가에 귀를 댔다.

"숨이 안 쉬어져요? 괴로워요?"

"미안해."

"왜? 뭐가 미안해요?"

"약속을, 지키지, 못해서."

"약속?"

"함께, 여행을 하기로, 했었, 는데….."

나의 혼탁한 의식은 지금 이곳에 있는 미오가 유령이라는 것을 잊었다. 그녀는 내내 나와 함께 살아왔던 아내였다.

(다시, 불꽃놀이를, 구경하러 가자고, 했었는데.)

아마도, 언젠가는.

그녀는 그렇게 말했었다.

그리고 늘 그 뒤에는 쓸쓸한 웃음을 짓곤 했다.

그것이 이루어질 수 없는 꿈이라는 것을 그녀는 알고 있었는지도 모른다.

"그럼, 가면 되지요. 응? 함께 가요. 조금만 더 참아요."

점점 더 의식을 차릴 수 없게 되었다.

미오의 목소리가 아득히 먼 곳에서 들려왔다.

(내내, 걱정만 끼쳐서, 미안해.)

(이런, 나와, 지금까지 함께 살아줘서, 고마워.)

"됐어요. 그런 거, 다 괜찮아요. 이세 말은 하시 않는 게 좋
아요."

이마에 굉장히 작은 노크 소리가 들렸다. 어쩌면 미오가
떨어뜨린 눈물이었는지도 모른다.

그녀는 나의 닫힌 눈꺼풀에 입을 맞췄다.

"자, 천천히 숨을 쉬어봐요. 힘을 빼고."

그러나 나는 말해야 할 것들을 다 말할 때까지 말을 그만
둘 수 없었다.

(유지를 잘 부탁해.)

(나를 꼭 닮았으니까, 아마 나처럼, 나처럼 될지도 몰라.)

(힘겨운 인생이니까, 그러니까.)

(그러니까, 그러니까….)

이제 거의 정신을 차릴 수 없는 지경이 되면서 몇 밀리미
터 앞의 의식조차 희미하게 흐려졌다. 내가 지금 어디에 있

는지, 그것조차 알 수 없게 되었다.

　나는, 나는, 나는,

　나는 말했다.

　"당신 옆자리는, 정말 마음이, 편했어. 고마워."

　그리고,

　"안녕."

21

　구급차에 실려 가는 도중에 급속히 의식이 맑아졌다. 혈액 속에 넘실넘실 흘러들었던 화학물질이 좀 더 온순하고 무해한 것으로 바뀌었다.

　문득 퍽 오랜만에 자동차를 탔다는 것을 깨달았지만, 그래도 불안하지는 않다. 구급차는 내가 가장 마음 편히 탈 수 있는 차 종류였다.

　"낫고 있어."

　내 손을 쥐고 있는 미오에게 말했다.

　"정말요?"

　"정말."

　손바닥을 펼쳤다가 다시 쥐어본다.

"봐. 이제 움직여져."

손바닥에는 손톱자국이 깊게 파였다. 미오가 손톱을 깎아주지 않았다면 훨씬 더 심한 상처를 남겼을 것이다.

"아아." 하고 그녀는 안도의 한숨을 내쉬었다.

"다행이다…."

"미안." 나는 말했다.

"엄청 걱정했지?"

그녀는 고개를 끄덕이고는 편안한 웃음을 보였다.

"덕분에 수명이 줄었어요."

그 말이 의미 있는 농담이었다는 것을 깨달은 건 한참 더 시간이 지난 다음이었다.

의사는 증상을 듣고는 곧바로 혈액을 채취하여 알레르기의 유무를 조사했다. 결과는 '이상 없음'이었다. 의사는 꾀병 부리는 사람을 바라보는 눈초리로 나를 쳐다보았다. 그런 시선에는 이미 익숙해졌다. 열이 높았던 것은 분명한 사실이었기 때문에 우선 링거를 한 대 맞혀준 뒤, 집에 돌려보내주었다.

택시를 이용했지만, 특별히 불안은 느끼지 않았다. 지독한 화학물질도 어지간히 재고가 다 떨어진 모양이었다.

집에 돌아오자 나는 곧바로 얼음에 파묻혔다. 의사가 내린 지시였다.

"춥지 않아요?" 미오가 물었다.

"춥지 않아. 오히려 기분 좋은데? 알프스의 아이스맨이
된 느낌."

"뭐예요, 아이스맨이란 게?"

"5천 년 동안이나 빙하 속에 잠들어 있었던 사내에게 붙
여진 이름이야."

"꿈을 참 많이도 꾸었겠다."

"그랬겠지?"

미오는 냉장고에서 떠먹는 요구르트를 꺼내 꿀을 끼얹어
내 머리맡에 놓았다.

"먹을래요?"

"응. 먹어볼게."

그녀는 스푼으로 요구르트를 떠서 내 입에 넣어주었다.
나는 목을 빼고 입으로 받아먹었다. 차가운 식감이 기분 좋
았다. 희미한 꿀 향기가 코끝에 피어올랐다.

"전에도 이런 식의 발작을 일으켰어요?"

미오가 물었다.

"몇 번 그랬지."

나는 대답했다.

"구급차에 실려 간 건 세 번째인가?"

"두 번째 때도 내가 함께 있을 때였어요?"

"그럴 거야. 응, 맞아. 이전에도 당신이 구급차를 불러줬어. 두 번 모두 한밤중이었을 거야."

그녀는 스푼을 든 채, 잠시 창밖을 보고 있었다. 그 시선에서 그녀의 내면을 파악하기란 어려웠다. 단지, 신경질적으로 흔들리는 스푼 끝에서 나는 그녀의 마음이 흐트러졌다는 것을 감지했다.

그녀는 현실적인 여자였기 때문에 분명 그 고민도 현실적인 것이리라고 나는 짐작했다.

그녀가 평소와 다름없는, 가늘고 높고 말끝이 약간 떨리는 목소리로 말했다.

"내가 없으면 누가 당신을 병원에 데려가지요?"

깜빡 놓쳐버릴 만큼 몹시 평범한 말투였다. 빨래가 잘 말랐나? 라고 말할 때 같은, 그런 느낌의 말투.

"응?" 나는 되물었다.

뭔가 중요한 이야기를 놓친 것만 같았던 것이다. 그녀는 나를 보며 미소지었다. 대단히 다정한 미소였다.

"당신이 걱정이에요."

그러고는 다시 요구르트를 떠서 내 입으로 날랐다. 나는 스푼을 덥석 물어 요구르트의 새콤한 맛을 즐겼다. 그리고 그녀에게 물었다.

"방금 내가 없으면, 이라고 하지 않았어?"

그녀는 장난스럽게 머리를 갸우뚱했다. 커다란 눈을 더 크게 뜨고, 무슨 소리야? 하는 얼굴을 했다.

"방금, 말했잖아."

"그랬나?"

그녀가 말했다.

"비의 계절이 끝나면….."

그녀의 말을 듣고 나는 곧바로 깨달았다.

"기억이 돌아왔구나?"

그러나 그녀는 천천히 고개를 가로저었다.

"기억은 돌아오지 않아요, 돌아왔으면 좋겠는데."

"그럼, 어떻게?"

"소설을 읽었어요. 당신의."

우연히 눈에 띄었거든요, 라고 그녀는 말했다.

"옷장 안을 정리하는데 구두 상자가 떨어지고, 그 속에서."

나는 고개를 끄덕였다.

그 구두 상자에 모든 것을 감춰두었다. 소설을 써 내려간 대학 노트. 그리고 그녀의 눈에 띄어서는 안 될 다양한 서류들. 병원 영수증이며 묘지 사용 권리증 같은, 그녀의 죽음과 관련된 몇 가지 문서들이었다.

절대로 손이 닿지 않을 곳에 감춰두었으면 좋았으련만, 이 좁은 아파트에서 절대적인 장소란 어디에도 없었다.

"언제부터?"

"일주일쯤 전이에요."

"내가 미처 알아주지 못해서 미안해."

"아니, 괜찮아요. 이대로 아무 말 하지 말까 하는 생각도 했어요. 아무것도 모르는 척하면서."

"음⋯."

"하지만 역시 똑똑히 밝혀둬야 할 일이라는 느낌이 들어서요."

"똑똑히?"

"당신과 유지가 잘 살 수 있도록 똑똑히 당부해둘 말도 있고, 그리고 이별의 말도 똑똑하게 해두고 싶고."

"그 소설이 거짓말이라고 하면, 믿을 거야?"

그녀는 쓸쓸한 미소를 짓고는 가볍게 머리를 저었다.

"뭐랄까, 그 소설을 읽고 이제야 겨우 모든 걸 알게 됐어요. 내가 계속 느꼈던 어떤 위화감 같은 게 무언지도."

"위화감?"

"내가 이 세상의 존재가 아닌 것 같은 느낌이 내내 들었어요. 사실을 알고 나니까 비로소 마음이 놓이던 걸요? 아, 그래. 나는 아카이브 별의 사람이었구나 하고."

게다가, 라고 그녀는 말했다.

"당신과 유지의 행동이 적잖이 수상쩍기도 했고, 때로는 우리 일을 아주 먼 과거의 일처럼 말할 때도 있었거든요."

까맣게 몰랐었다. 나는 까맣게 몰랐는데 그녀는 알아버렸다. 내 소설은 그녀가 이 집에 찾아온 대목에서 멈춰 있었다. 그러나 그녀에게는 그것으로도 충분했다. 거기에 갖가지 문서들까지 곁들여 있었으니까.

"내가 걱정되어서 아무 말도 안 했던 거지요?"

나는 입을 꾹 다물고 있었다.

"나는 정말로 괜찮은데요?"

"당신은 항상 괜찮다고 하잖아."

내가 말했다.

"닷쿤과 함께 있으니까 그래요."

닷쿤과 함께 있으니까 항상 마음이 편안한 거예요.

"앞으로도 계속 함께 있고 싶어."

"나도 그러고 싶어요. 그렇지만 아마⋯."

"당신이 그렇게 하기로 결정한 거야?"

"모르겠어요. 아무것도 몰라요. 그렇지만 내가 당신에게 말했었지요, 비의 계절이 되면 돌아온다고?"

그러니까, 틀림없이,

"비의 계절이 끝나면 돌아가야 할 것 같아요."

"계속 이곳에 있어줘."

"어떻게 해야 이곳에 계속 있을 수 있지요?"

그녀는 진지하게 묻고 있었다. 그 대답을 누구보다 강하게 원하고 있는 것은 그녀였다.

"알려줘요."

나는 대답할 수 없었다. 분명 어느 누구도 대답할 수 없으리라. 답을 알고 있는 누군가가 있을지도 모르지만, 그는 줄곧 입을 꾹 다문 채였다.

"마음에 걸리면서도 내내 말하지 못했던 게 있는데."

"뭔데요?"

"당신, 장인 장모님을 한 번 만나야 하지 않을까?"

"어떻게요? 아버지 어머니, 저 왔어요, 라면서 찾아갈까요?"

"아니, 그건 좀 무리겠지."

"농부르 선생님은 괜찮았는데…."

"그렇군."

만나지 않는 게 나아요. 그녀가 말했다.

"내가 기억을 잃어버린 건 공연한 미련을 남기지 않기 위해서인지도 몰라요."

"그럴까?"

그녀는 고개를 끄덕였다.

"아버지 어머니의 얼굴도 생각나지 않는 걸요. 만나도 아무 말도 할 수 없어요. 그저 괴로울 뿐이겠지요."

"그럴까?"

"아마도. 괜찮아요, 슬픔은 되도록 적은 편이 좋겠지요?"

"그럴까?"

"음, 틀림없이."

그리고 그녀는 문득 생각났다는 듯 안쪽 방에서 쿠키 양
철통을 가져왔다.

"이, 그거!"

"이것도 함께 발견했어요."

"잊어버리고 있었네. 그래, 거기에 넣어뒀어."

사진이었다.

"이거요."

그녀가 사진 한 장을 뽑아내 내 눈앞에 들어 보였다.

"내가 완전히 딴 사람 같아요."

결혼식 때의 기념사진이었다. 하얀 웨딩드레스를 입은 그
녀와 턱시도 차림의 나. 그녀는 은은한 미소를 짓고 있지만,
나는 너무 긴장한 나머지 얼굴이 종잇장처럼 하얘져 있다.

"참 예쁘다."

"나?"

"물론 당신이지."

고마워요, 라고 그녀는 말했다.

"당신은 어디 아픈 사람 같아요."

"하마터면 정신이 나갈 뻔했지. 결혼식이 진행되는 동안 당신이 몇 번이나 물어봤었어. 괜찮으냐고."

"그렇게 힘들었어요?"

"늘 있는 일이야. 그래도 꾹 참고 끝까지 치러냈다구."

"고마워요."

"아뇨, 천만에요."

두 번째 사진은 교회 앞에서 찍은 단체 사진이었다.

"여기가 장인어른하고 장모님, 그리고 처제하고 처남이야."

나는 손끝으로 짚어가며 알려주었다.

"착해 보이는 사람들이군요."

"그렇지?"

"그런데 정말 조촐한 결혼식이었네요. 이 사람들이 전부예요?"

"그래. 각자 식구끼리만 모였어. 여기 내 바로 뒤에 서 있는 키 큰 분이 신부님."

"외국 사람인데요?"

"응, 이름이 버드맨이야. 우리말을 아주 잘하셔."

"이 분 앞에서 서약을 했구나."

"응, 서약을 했지."

"그 서약은 지켜졌던가요?"

"잘 지켜졌고말고. 아무리 어려운 때라도 서로를 사랑하라는 그거 말이지?"

"그래요."

"우리는 언제나 그랬어."

그러고는 우리 둘의 아파트에서의 생활을 보여주는 스냅사진들이 차례차례 나왔다.

"이 사진, 내 배가 굉장해요."

"유지가 들어 있었으니까."

"얼굴이 부었군요."

"응, 그즈음부터 몸이 좀 안 좋아졌거든."

"그랬구나…."

"이건 막 태어났을 때의 유지?"

"얼굴 참 이상하네."

"뭘, 귀여운데요?"

"아니, 이건 좀…."

"그래요." 그녀는 말했다.

"아닌 게 아니라 좀 괴상하긴 하네요."

"6개월 지날 때쯤부터 매일 같이 달라졌어. 머리카락이 나고 눈매가 또렷해지면서."

"이 사진?"

"그래, 그 무렵이야."

"정말 잉글랜드 왕자님이네."

"그렇지? 그야말로 왕자님 같은 느낌이야."

"어머, 이쪽 사진은 손에 볼트를 잔뜩 쥐고 있어요."

"그러고 보니 이거 정말 오래된 취미네. 유지의 그간의 인생에 일관되게 계속해온 취미야."

"지금하고 하나도 다른 데가 없어요."

"아주 천천히 성장하는 타입이야. 나하고 똑같은가 봐."

"그래요?"

"나도 아직 유치가 남아 있고, 사랑니는 하나도 없으니까."

"참, 어지간히도 늦되는 사람이네요."

"그래, 아직 홍역도 안 치렀어."

그러다 나는 피곤해서 잠이 들어버렸다.

눈을 떴을 때, 방 안에 그녀의 모습은 없었다.

"미오?"

불안해져서 크게 불러보았다.

"깼어요?"

그렇게 말하면서 그녀가 방으로 들어왔다.

"잠깐 열 좀 재볼까요?"

체온은 38.1도까지 떨어져 있었다.

"아, 다행이다. 열이 내리고 있어요."

"응, 많이 편해졌어."

저기요. 그녀가 말했다.

"앞으로 오늘 같은 발작이 다시 일어나면 어떻게 해요? 나는 없는데."

"괜찮아. 생명이 오락가락하는 발작은 아니야. 죽을 만큼 괴롭고, 항상 꼭 죽을 것 같은데 결국 죽은 적은 없었어."

"그런데 혼자 있을 때 그런 일이 생기면 꼼짝없잖아요."

"유지가 있는데, 뭐."

내가 말했다.

"오늘은 어쩌다 낮에 일어났지만, 대개 큰 발작은 한밤중에 와. 그러니까 유지가 곁에 있을 거야."

그 녀석, 그렇게 보여도 꽤 미더운 데가 있어.

내 말에 그녀는 잠시 생각해보더니 고개를 끄덕였다.

"그렇다면 괜찮지만."

"그리고 두 번 다시 해열제는 먹지 않을 거야. 이번 발작으로 그게 원인이라는 걸 알았으니까, 앞으로는 괜찮아."

"또 한 가지 먹지 못하는 게 불어났군요?"

"그래도 먹으면 안 될 것을 안다는 건 아주 중요해. 아무것도 모르고 먹어버렸다가 큰일을 당하니까."

"오늘처럼요?"

"맞아."

그래도 걱정이네요, 라고 그녀가 말했다.

"당신을 두고 가는 게 너무너무 걱정스러워요."

"당신은 늘 그래."

"늘 그렇다니요?"

"내 걱정만 하고, 자기 몸은 늘 소홀히 했어."

"타고나기를 그렇게 타고난 걸요, 뭐."

"그래도."

"뭐가요?"

"아냐."

나는 고개를 가로저었다.

"아무것도 아냐."

한참 누워 있으니 거의 열이 느껴지지 않았다. 고열의 고통이 사라지자 그 대신 안타까움이 가슴에 밀려들었다.

"미오." 하고 불렀다.

그녀는 내 베갯머리에 앉아 강낭콩 껍질을 까고 있었다.

"왜요?"

"이리 와. 여기로."

그녀는 내 얼굴을 보고, 그리고는 손에 든 강낭콩을 보았다. 그 눈빛은 역의 플랫폼에서 차가운 손을 호호 불던 때의 그녀를 생각나게 했다. 그리고 그녀는 망설임이 느껴지는 몇 초간의 침묵 뒤에 이렇게 말했다.

"그럼, 잠깐 신세 좀 질까요?"

"앗, 차가워."

"아, 그런가?"

나는 내 몸을 둘러싼 얼음주머니들을 이불 밖으로 꺼내 놓았다.

"이제 됐어."

"당신 몸도 차가워요."

"난 아이스맨이야."

"응, 그렇네요."

그녀의 가느다란 허리에 팔을 감아 끌어당겼다. 그녀는 일순 겁이 난 것처럼 저항하는 몸짓을 보였지만, 곧바로 힘을 뺐다. 그리고 내 턱 밑에 머리를 놓았다.

"그렇지, 그거야."

"응? 뭐가요?"

"베스트 포지션이야."

"이게요?"

"음."

"무의식중에 그렇게 되는가 봐요."

"부부니까."

정말 그러네요, 라고 그녀가 장난스럽게 말했다. 조금 부끄러웠는지도 모른다.

"좀 더 빨리 이렇게 하고 있었으면 좋았을 텐데."

미오는 그렇게 말하며 내 목에 키스를 했다.

"단 6주 동안의 사랑이라니…."

"어떻게 하면 좋지?"

나는 그렇게 물었다.

이렇게 있어줘요, 라고 그녀가 말했다.

"그냥 이렇게 있어요."

학교 다녀왔습니다, 하면서 갑자기 유지가 돌아왔다.

"엄마?"

미처 떨어질 새도 없이 유지가 방으로 성큼 들어왔다. 이불 속에서 끌어안고 어쩔 줄을 모르는 우리를 보고 그가 말했다.

"얼레리 꼴레리."

22

미오는 조금씩 이 별을 떠나기 위한 준비를 시작했다. 나와 유지가 둘이서도 잘 지낼 수 있게 해주려는 것이다. 유지에게는 때가 되면 말하겠다면서, 미오는 아직 유지에게 아무런 내색도 하지 않았다. 그녀는 내가 안고 있는 불편함에 대해 각종 서적을 찾아 읽으며 진지하게 연구했다. 그러고는 전철을 갈아타며 두 시간이나 걸려 작은 약병 같은 것을 세 개 사 왔다.

"아로마 오일이에요."

그녀는 말했다.

"라벤더, 유칼립투스, 그리고 샌들우드랍니다."

"어떻게 쓰는 건데?"

"향기를 풍기게만 하면 돼요."

"그것뿐이야?"

그녀는 고개를 끄덕였다.

"이것도 당신이 늘 말하는 화학물질 같은 거예요. 당신 몸 속에 들어가서 간절히 호소해요. 침착해지세요, 하고."

"그래도 안 되면?"

"글쎄."

그녀는 잠시 생각해보더니 이렇게 말했다.

"노래를 하면 돼요."

"노래?"

"응, 이런 노래."

한 마리 코끼리가 거미줄에 걸렸네
신나게 그네를 탔다네
너무너무 재미가 좋아 좋아 랄랄랄
다른 친구 코끼리를 불렀네

"아!"하고 내가 말했다.

"그 노래, 나도 알아. 유지가 가르쳐줬어."

"유지가요?"

"그 녀석은 당신에게서 배웠다던데?"

"그렇다면 내가 언젠가 가르쳐준 모양이죠?"

"당신은 이 노래를 어디서 알았을까?"

"전혀 생각이 안 나는데요."

그녀는 말했다.

"지금, 그냥 문득 생각이 났어요. 힘들 때는 이 노래를 부르는 게 좋다, 하고."

"당신도 그 노래를 자주 불렀던 모양이지?"

"응. 힘들 때는요."

미오는 티슈에 라벤더 에센셜 오일을 한 방울 떨어뜨렸다. 나는 그것을 받아들고 코 가까이에 대보았다.

"어때요?"

"아주 좋은 냄새야. 이런 냄새, 처음 맡아봐."

나는 말했다.

"뭐지? 근데, 아주 오래전에 맡았었던 것 같은 느낌도 든다."

"어떻게요?"

"글쎄, 뭘까. 어렸을 때…."

"어렸을 때?"

"아, 그래!"

나는 다시 한 번 티슈에 코를 가까이 댔다.

"그래, 그거야! 어릴 때 하모니카를 불면서 맡았던 냄새."

"하모니카? 하모니카에서 그런 냄새가 나요?"

"사촌 형에게 받은 하모니카였는데, 철제로 된 상하 이단 짜리 큼지막한 거. 그 철제 하모니카에 입술이 닿을 때 콧속에 좌악 퍼지던 냄새야."

그녀는 뭔가 나의 감상을 도저히 이해할 수 없다는 눈치였지만, 다음으로 샌들우드의 에센셜 오일을 떨어뜨린 화장지를 건네주었다.

"아, 이건 금세 알겠다."

"그래요?"

"할머니의 쥘부채."

"그게 뭐예요?"

"응, 틀림없어. 이건 할머니가 가지고 있던 쥘부채 냄새야. 정말 독특하지."

그녀는 한참이나 고개를 갸웃거렸지만, 아, 그렇지, 라며 손뼉을 쳤다.

"그럴지도 모르겠다."

"뭐가?"

"샌들우드라는 게 바로 백단白檀이거든요."

"음, 그래서?"

"부채 살을 백단으로 만드는 경우가 많아요."

"그래? 흠, 역시 내 감각은 놀라워."

다음은 이거. 이번에는 유칼립투스를 시험해보았다.

"이건 멘소래담 냄새로군. 완벽하게 그거야."

그녀도 코를 갖다 대보고는 고개를 끄덕였다.

"맞다, 정말. 나도 동감이에요."

당신은 감기에 잘 걸리니까, 라고 그녀가 말했다.

"이 유칼립투스를 물에 한 방울 떨어뜨려서 양치를 하면 좋아요. 캐리어 오일식물의 씨와 과육에서 추출한 식물성 오일─옮긴이 에 희석해서 목에 발라도 좋고."

"알았어. 그렇게 할게."

"약을 못 먹으니까 감기는 특히 조심하세요."

"응."

"당신 병은 신체의 면역력도 떨어뜨려요."

"그런가?"

"그렇다니까요. 그러니까 다른 사람들보다 두 배로 조심하세요. 먹는 것도 인스턴트는 안 돼요. 자기 손으로 직접 요리한 걸 먹어야 해, 알았지요?"

"응."

"야채도 듬뿍 섭취하세요. 유지가 싫어하더라도 꼭꼭 잘 먹이고요."

"괜찮아. 나한테 맡겨주셔."

미오는 내 얼굴을 물끄러미 바라보며 심각한 고민에 빠져 있었다. 그녀의 눈에 내가 비치지 않는다는 건 틀림없었다. 적어도 지금의 나는 비치지 않고 있다. 그녀가 보고 있는 건 반년쯤 지난 뒤의, 미래의 내 모습이었다.

한참 고민하던 끝에 그녀는 말했다.

"그렇지!"

"그렇지라니?"

"당신보다 유지한테 일러두는 게 더 낫겠어요."

"응? 그 말은 그러니까…."

나는 말했다.

"나보다 유지가 더 믿음직하다는 거야?"

"어떤 면에서는 그렇지 않은가요?"

미오는 냉큼 긍정해버렸다.

"전에 말했었죠. 유지의 반은 나로부터 생겼다고. 그렇다면 그 반은 분명 굉장히 똑똑할 거라구요."

"그럼, 나머지 반은 어떤데?"

아, 그건 말이죠, 라며 그녀는 잠시 생각했다.

"그쪽은, 착하기 전담이라고나 할까?"

"흥, 그래?"

그러고는 미오는 유지에게 다양한 집안일을 가르치기 시

작했다. 부엌칼 쓰는 법, 신선한 음식 재료를 알아보는 법, 빨래는 탁탁 두들겨서 말려야 한다는 것….

아니꼽게도 유지는 상당히 우수한 가정주부가 될 소질을 보였다.

나는 후보 선수로 밀려난 것 같은 기분이었다. 벤치에 물러나 앉아서, 코치에게 지상한 지도를 받고 있는 신인을 바라보고 있는 늙은 선수. 너무 질투가 나서 수건 끝을 자근자근 짓씹을 뻔했다.

도대체 왜, 항상 저 녀석만.

그나저나 정말 뜻밖이었다. 지금까지도 집안일을 도와줬었지만 손재주가 형편없는 아버지를 보고 배워서 그런지 그 역시 하는 짓이 영 답답했었다. 그런데 우수한 선생님이 붙자마자 그가 가진 본래의 능력이 눈부시게 피어난 모양이었다.

역시 유지의 반은 미오로 만들어져 있었다. 늘 얼빠진 분위기로 "그런 거야?"라는 말만 연발했던 것은 분명 내게 물려받은 부분이리라.

뭐, 어쨌거나 상관없지만.

저녁이면 유지가 텔레비전 만화영화를 보고 있는 동안 나는 글씨 쓰는 연습을 했다.

"전에도 당신이 하라는 대로 글씨 연습을 했던 적이 있어."

"그랬어요?"

"그런데도 왜 여전히 글씨가 이 꼴이냐고 하고 싶겠지?"

"맞아요."

"그럴 거야."

그녀는 내 소설이 완성되기를 기원하고 있었다. 나중에 유지에게 읽힐 거라고 했더니 몹시 기뻐했다.

"우리 도련님은 겨우 여섯 살이잖아요. 틀림없이 많은 것을 잊어버릴 거예요."

그러니까, 라고 그녀는 말했다.

"글로 남겨두는 건 아주 좋은 일이에요. 나와 당신이 만났던 얘기, 그리고 지금 우리의 얘기."

그러려면 우선 유지도 쉽게 읽을 수 있는 글씨로 써야 한다. 말하자면, 일이 그렇게 된 것이었다.

"내 노트, 그렇게 읽기가 힘들었어?"

"흠, 로제타 스톤1799년 이집트 나일강 하구의 로제타에서 발견된 이집트 상형문자의 비석 – 옮긴이처럼 해독 불능은 아니지만, 그래도 그 비슷할 만큼 힘들었어요."

"아, 그러셔?"

"유지가 아직 아기였을 때였어."

"퍽 오래 전이네요. 그때부터 지금까지 계속 연습했다면 틀림없이 명필이 되었을 텐데."

"세 달쯤 꾸준히 연습했었어. 그런데 유지가 네 발로 기기 시작하면서 그만뒀지."

"유지가 자꾸 방해를 했군요?"

"그래, 어쩌면 그리도 관심이 많은지. '뭐하고 있어?' 하는 얼굴로 자꾸 다가와서 한사코 볼펜을 잡으려고 하는 거야."

"귀여웠겠다."

"귀엽기야 했지만, 수백 번이 넘도록 방해를 하니 나도 화가 나지. 어째서 아기들은 무슨 일이건 한없이 반복하는 걸까?"

"방금 전에 한 일을 잊어버리는 게 아닐까요?"

"흠, 그럴싸한 해석이군. 그래서 너무 화가 나서 이불을 잔뜩 쌓아서 참호 벽을 만들었는데, 유지가 방실방실 웃으면서 그걸 엉금엉금 넘더라니까."

"정말 건강한 아기였나 봐요."

"그야 두말하면 잔소리였어. 당신의 특상품 젖을 몇 갤런은 마셨으니까. 전성기의 로저 배니스터 못지않은 파워였지."

"누구예요, 그게?"

"내가 잘 아는 사람이야."

"그래요?"

"그런데 그쪽에서는 나를 몰라."

"그럴 줄 알았어."

참고삼아 한마디 해두자면, 로저 배니스터는 인류 최초로 1마일을 4분대에 달리는 데 성공한 사람이다. 어느 유명한 잡지의 '20세기를 대표하는 100인'으로 선정되기도 했다. 유지는 참으로 대단한 사람과 나란히 비교되는 영광을 누린 것이다.

23

주말에는 활동 범위를 조금 넓혀서 식물원에 찾아갔다.

아주 오래전 할아버지에게 물려받은 카메라를 들고 갔다.

"내가 카메라에 제대로 찍힐까요?"

"물론. 당신은 분명하게 이곳에 존재하고 있어."

늘 하던 대로 자전거 뒤에 미오를 태우고 페달을 밟아댔다. 그 뒤를 유지가 어린이용 자전거를 타고 따라왔다.

"이제 스쿠터는 안 타요?"

미오가 물었다.

"응. 벌써 옛날에 관뒀어. 무서워서 탈 수가 없어."

"차라리 잘됐어요. 스쿠터는 너무 위험해요."

"그래, 전에는 어떻게 그렇게 씽씽 타고 다녔나 싶어. 안

전벨트도 없는데."

"심지어." 미오가 말했다.

"에어백도 없죠."

"정말 그렇군."

식물원을 찾은 것은 오랜만이었다. 미오가 건강했을 때는 한 달에 한 번 꼴로 들락거렸는데.

입구에 자전거를 세우고 문을 지나 원내로 들어섰다. 입구에서 본관까지 돌바닥이 50미터쯤 이어진다. 오른편 잔디밭에는 게시판이 세워져 있었다.

'지금 볼 수 있는 꽃'이라며 꽃의 이름표가 열 장 가량 대롱대롱 매달려 있다. 닭의장풀, 뱀무, 큰까치수염, 초롱꽃….

"큰옥잠화도 적혀 있어."

유지가 반갑다는 듯 소리를 높였다. 인적 드문 식물원 안에 그의 목소리가 울려 퍼진다.

"이 식물원은 옥잠화 종류가 아주 많아. 큰옥잠화 말고도 개옥잠화도 있고 야생종의 비비추도 있고, 다양한 종류를 키워."

"자세히도 아는군요."

"전부 당신 말을 그대로 써먹은 거야."

"어머, 그래요?"

"응. 미오는 말이지, 200종이 넘는 꽃 이름을 알고 있었어. 아니, 그보다 더 많았던가? 아무튼 굉장히 꽃을 좋아했어."

"어쩐지 기억이 나는 것 같기도 하고."

"좀 더 안쪽으로 들어가보자. 당신이 좋아하던 자리가 있어. 어쩌면 생각날지도 몰라."

"응, 그래요."

우리는 나무 사이를 천천히 걸었다.

"이건 칠엽수."

나는 곁의 나무를 하나하나 가리키며 이름을 불렀다. 물론 모조리 미오에게서 배운 이름들이었다.

"이쪽은 뻿나무."

유지가 킥킥 웃었다.

"뻿나무래. 이름이 너무 웃겨."

"원래는 이팝나무라고 하는 모양이지만."

그리고 이쪽은 튤립나무.

"튤립나무?"

"응, 그렇지만 튤립 꽃하고는 달라. 봄에 튤립 비슷한 꽃을 피우기 때문에 붙여진 이름이지. 그 꽃이 한창 예쁠 때, 당신이랑 자주 왔었어."

"나는?"

"유지도 물론 함께 왔지. 아주 어렸을 때, 유모차를 타고 다닐 때부터 함께 왔었어."

"그런 거야?"

"그래."

원내를 시계 반대 방향으로 돌자 가장 깊숙한 곳에 등나무 시렁이 있었다. 발밑에는 개미자리며 거여목이 무성했다. 우리는 그곳에 돗자리를 펼치고, 미오와 유지가 함께 만든 도시락을 먹었다.

"이 비엔나 소시지는 내가 칼집을 넣었어."

"어, 대단하다. 문어발처럼 쫙 벌어졌는데?"

"그치?"

참 조용해요, 라고 미오가 말했다.

"사람들이 안 보여요."

"사람들은 좀 더 이름이 널리 알려진 꽃에만 모여들어. 수국이니 라벤더, 장미 같은 데. 닭의장풀을 보겠다고 일부러 여기까지 들어오는 사람은 별로 없지. 그래서 이 자리는 늘 조용해."

"너무 좋아요, 이 자리가."

"당신이 항상 그랬어. 뭔가 생각나는 거 없어?"

"글쎄요. 그런데 왠지 가슴이 찌르르 해요. 사무치게 그리운, 그런 느낌인가?"

"아마 그럴 거야."

도시락을 먹고 나자 유지는 가장자리를 벽돌로 둘러친 연못으로 달려갔다. 노랑어리연꽃이 떠 있고 등심초가 한창인 그 연못에는 수많은 송사리들이 떼 지어 살고 있다.

"아주 신이 났네요."

"유지가 좋아하는 자리는 저기야. 지겹지도 않은지 하염없이 물속을 들여다보고 있어."

"그래요?"

"응."

아아, 하고 기지개를 켜며 미오가 돗자리 위에 반듯하게 누웠다. 나도 그 곁에 나란히 드러눕는다.

"정말 기분 좋아요."

"그렇지?"

어딘가 멀리서 아이들의 웃음소리가 들렸다. 귓전에서는 등에의 날갯짓 소리가 가까이 다가왔다 다시 멀어진다.

"깜빡 잠이 들 것 같아."

몸을 옆으로 돌리자 나를 빤히 바라보는 미오의 눈이 기다리고 있었다.

"이제 곧 비의 계절이 끝나요."

"그러네."

"당신하고 유지, 헤어지고 싶지 않아요."

나는 조그만 그녀의 머리를 끌어안았다.

"음."

"이게 꿈이라면 좋을 텐데."

"그렇지?"

"눈을 뜨면 고등학교 교실이고, 내 옆자리에는 당신이 있는 거예요."

"응."

"그리고 당신에게 말하죠. 우리가 결혼해서 잉글랜드 왕자 같은 아들을 얻었어, 라고."

"응."

"그러면 당신은 뭐라고 할까요?"

"잘 부탁한다. 나 같은 사람이라도 괜찮다면."

입맞춤.

"나의 첫 키스예요." 미오가 말했다.

"잘 먹었습니다."

나는 말했다. 그리고 물었다.

"한 번 더 먹어도 될까요?"

셋이서 사진을 찍었다. 돌로 된 식수대 위에 카메라를 놓고 자동으로 맞춰둔 다음 몇 장이고 찍었다. 유지를 사이에 두고 나와 미오가 나란히 섰다. 모두 손을 맞잡았다. 우리 뒤에서는 백일홍 나무가 새하얀 꽃을 피우고 있었다.

　식물원 맞은편에 있는 꽃집에서 장미 화분을 샀다. 봄꽃
은 이미 끝이 났다. 다음에 꽃을 피우는 것은 가을.
　유지가 물었다. "이 꽃은 이름이 뭐야?"
　"가구야히메 일본 옛날이야기의 주인공. 대나무 속에서 발견되어 착한
노인 부부의 손에 아름답게 자라 귀공자들의 청혼을 받았으나, 모두 뿌리치
고 8월 15일에 달의 세계로 놀아간다 – 옮긴이."
　미오가 말했다.
　"가구야히메?"
　"응. 이 아이를 돌봐주는 건 유지에게 부탁할게."
　"내가?"
　"그래, 올 가을에 꼭 꽃이 필 수 있게 잘 돌봐줘야 해."
　"어떤 꽃이 피는데?"
　"노란 꽃일 거야. 아주 좋은 향기가 난대."
　내가 말했다.
　"그럼, 내가 한번 잘 키워볼게."
　"부탁한다."
　그리고 우리는 장미 화분과 함께 집으로 돌아왔다.

24

남은 시간들은 예상보다 항상 한발씩 빠르게 지나갔다.

미오는 유지에게 요리를 가르치고, 나는 밤이 되면 글씨 연습을 했다. 시장에 다녀오는 길에 농부르 선생님과 푸가 없는 17번 공원에 들렀고(농부르 선생은 내가 고열로 쓰러진 동안에 먼 도시의 노인 요양시설로 이송되었다. 우리는 한참이 지나서야 그것을 알았다), 저녁을 먹은 뒤에는 수로를 따라 셋이서 산책을 나갔다.

유지의 눈을 피해 우리는 몇 번이고 입맞춤을 했다.

텔레비전의 일기 예보에서 비의 계절이 끝나간다고 일러주고 있었다. 오늘 아침, 날이 밝기 직전에 심한 뇌우가 쏟아졌지만, 그것도 이번 계절의 마지막을 알리는 비라고 한다.

앞으로 이틀.

유지는 아침밥을 먹는 데 정신이 팔려 텔레비전 소리는 미처 듣지 못하고 있었다.

나는 미오를 바라보았다.

그녀는 금세라도 울 것 같은 얼굴로 고개를 저었다.

(제발, 아직은.)

유지는 아무것도 모른 채 열심히 밥만 먹고 있었다.

그날 밤, 나와 미오는 섹스를 했다.

유지가 예의 탁한 숨소리를 내며 잠든 것을 확인하고, 그녀가 내 이불 속으로 들어왔다.

"이전에는 여기까지 6년 넘게 걸렸는데."

"이번에는 겨우 6주…. 굉장하네요."

그리고 엿새 만에 그렇게 되는 커플도 이 세상에는 아주 많다. 나는 이불 속에서 미오의 파자마를 벗겨주었다. 그녀는 몸이 딱딱하게 굳어서 내가 하는 대로 가만히 있었다.

"아주 능숙한데요?"

"덕분에. 당신과 연습을 많이 했으니까."

속옷까지 벗자 나는 그것을 파자마와 함께 둘둘 말아 이불 밖으로 내놨다. 그녀가 급하게 손을 내밀어 하얀 속옷을 파자마 밑에 감추었다. 그 겨를에 그녀의 작은 젖무덤이 흔들리는 게 보였다. 내 시선을 깨달은 그녀는 이불을 끌어당겨 어깨까지 덮어버렸다.

"왜 이렇죠?"

그녀가 말했다.

"옷이 없으니까 몹시 불안해요. 이 세상에 의지할 데가 하나도 없는 것 같은 느낌이에요."

"그래?"

"응. 당신도 벗어요. 나 혼자는 싫어."

"알았어."

나는 파자마와 팬티를 벗고, 그것도 둘둘 말아 이불 밖으로 던졌다.

"자, 이제 우리 둘이 함께야."

우리는 마주 누워서 조심조심 서로의 몸을 끌어안았다.

"후우." 그녀가 말했다.

"이게 그거구나."

"맞아. 근데 그냥 이걸로 끝나는 건 아냐."

"너무 어려워요. 내가 잘 따라 할 수 있을까?"

"괜찮아. 적어도 예전의 당신은 아주 괜찮았어."

"그럼, 한번 열심히 해볼게요."

"이게, 열심히 해보는 일인가?"

"그렇지 않아요?"

"그런가 보다."

그러나 전혀 괜찮지 않았다. 그녀는 아주 열심히 노력하지 않으면 안 되는 상황에 빠졌다.

"너무 아파요."

"설마."

"정말."

"그렇지만…."

"자리가 틀린 거 아니에요?"

나는 한 점에 신경을 집중시켰다.

"아니, 맞는데?"

"그럼, 왜 이러지?"

아래에서 그녀가 불안한 얼굴로 나를 올려다보고 있었다. 나는 두 팔로 상체를 지탱한 채 잠시 생각에 잠겼다.

"한 번 이 별을 떠났다 다시 돌아올 때는 모든 것이 처음 상태로 돌아가는 건가?"

"처음 상태?"

"게임처럼 말야. 이전의 경험은 제로로 돌아가."

"그래요?"

"그래서 기억도 없고 경험도 없어."

나는 말했다.

"틀림없군. 기본적으로 필요한 정보만 입력되어 있고, 거기서부터 다시 시작하는 거야."

"그럼, 나는 버진?"

"그런 얘기가 되네."

그녀는 당황하고 있었다.

당황할 만한 일이다.

여섯 살 아이를 둔 어머니가 실은 버진이라는 소리를 듣는다면 누구라도 당황할 것이다.

"괜찮아."

나는 말했다.

"나한테 맡겨두면 돼. 연습을 잔뜩 해뒀으니까."

그 말에 가까스로 그녀의 표정이 풀어졌다.

"그래요, 그렇겠죠?"

그리고 그녀는 눈을 감고 항복이라도 하듯이 온몸의 힘을 뺐다. 천천히 잠겨 들어가자 그녀는 등을 젖히고 내게 하얀 목을 보였다. 입술이 아주 조금 열려서 그녀는 작은 소리를 내비쳤다.

"부탁이에요. 얌전히, 살짝…."

그러나 나는 그녀가 바라는 만큼 말끔하게 해내지 못한

것 같은 느낌이 들었다. 몇 년도 전에 우리 둘이 첫 경험을 가졌던 때가 오히려 더 나았던 것 같다. 그때는 정신이 없어서 그녀에게 신경을 써줄 여유도 없었고, 둘 다 뭐가 뭔지 모르는 사이에 끝이 났었다. 그러나 이번처럼 어설프게 경험이 있는 경우에는 자기도 모르게 상대방에게 신경을 쓰다 결국 소극적이 되고 만다. 그것이 결국 그녀를 더 오래 힘들게 하는 결과를 낳았다.

방심한 나머지 무방비 상태로 누워 있는 미오의 하얀 젖무덤을 나는 멍하니 바라보고 있었다. 땀에 젖은 유방은 막 태어난 쌍둥이 새끼 고양이처럼 보였다.

"애썼어. 아주 잘했어."

내 말에 그녀는 눈을 감은 채 미소를 지었다.

"이런 때는 뭘, 칭찬씩이나, 라고 하면 되던가요?"

"아니. 당신, 정말 수고했어."

"고마워요."

"아뇨, 천만에요."

우리는 맨몸으로 둘이 나란히 오렌지색 천장을 바라보고 있었다.

있잖아요, 라고 미오가 말했다.

"나는 정말 좋았어요."

"그래?"

"멋진 6주였어요."

"응."

"사랑을 했거든요."

"했지."

"손을 맞잡고, 키스를 하고."

"그리고 섹스도 했지."

"엄마도 되었어요."

이 정도면 충분하죠? 라고 그녀는 말했다.

"여기서 더 이상 바랄 게 없어요."

"응….."

"당신과 유지를 만나서 정말 좋았어요."

"응….."

그녀는 두 손을 살그머니 내 가슴에 얹었다.

"이상한 이야기로 들리겠지만,"

그녀는 고개를 기울여 나를 들여다보았다.

"처음으로 당신 아내에게 샘이 났어요."

"내 아내는 당신이야."

그녀는 고개를 가로저었다.

"나는 나예요. 6주 전에 태어난 여자."

"응, 알겠어. 그렇게 생각하는 심정은."

"정말 부러워요. 당신과 유지에게 그렇게 큰 사랑을 받고, 그렇게 많은 추억을 가졌다니."

"응….."

"당신과 유지는 몹시도 그리운 눈길로 나를 바라보지만, 그건 내가 아니라 당신과 유지의 추억 속에 있는 여자예요."

그래서, 라고 그녀는 말했다.

"있는 힘껏 노력했어요. 나도 좋은 아내가 되어서 그 사랑을 빌으려고."

"응, 사랑했어. 처음 때처럼."

"그래요?"

"가슴이 마구 두근거렸어. 나는 다시 한 번 사랑에 빠졌어."

6주 전에 막 태어난 당신과.

미오가 눈이 부신 듯한 시선으로 나를 보았다. 그러고는 금방이라도 울음이 터질 것 같은 얼굴로 어색한 웃음을 지었다.

"도무지 어떻게 해야 좋을지 모를 만큼 당신이 좋아요."

나는 손을 내밀어 그녀를 안았다. 땀이 식어서 그녀의 몸은 서늘해져 있었다.

"나도 그래. 우리는 분명 이렇게 수없이 사랑에 빠질 거야. 만날 때마다 다시 서로에게 푹 빠져서."

"언젠가 어딘가에서 또다시?"

"그래, 언젠가 어딘가에서 또다시. 그때도 나를 당신 옆자리에 있게 해줘. 정말 마음이 편안하거든, 당신 옆은."

"응, 그래요."

그녀는 말했다.

"나도 당신 옆이 마음 편해요."

그녀가 내 목 밑에 머리를 놓았다.

"베스트 포지션. 그렇죠?"

내 어깨뼈 언저리에서 미오의 목소리가 작게 울렸다.

"부부니까."

나는 말했다.

"응, 그래요."

이제 곧, 이라고 그녀는 말했다.

"이제 곧 날짜가 바뀌는데."

졸리지 않아요? 하고 물어서 졸리지 않다고 대답했다.

"게다가 내일은 토요일이야. 회사에 가지 않아도 되니까 괜찮아."

"그럼, 조금만 더 이대로 있어도 되겠죠?"

"좋지. 조금만 더 이대로 있자."

"고마워요."

"아뇨, 아뇨, 천만에요."

25

전날과 별다를 것 없는 다음 날이 찾아왔다. 그러나 그것
은 우리에게는 슬픔의 날로 기록될 터였다. 1년 전의 그날과
마찬가지로.

모든 삽화가 기쁨으로 가득한 것만은 아니었다. 슬픈 삽
화도 있었다. 슬픈 삽화의 대부분은 이별을 둘러싼 이야기
로 만들어져 있다. 나는 아직껏 이별이 없는 만남의 이야기
를 들어본 적이 없다.

안개 같은 비가 느릿느릿 내리고 있었다. 하늘은 빈틈없
이 우윳빛으로 물들었다. 깊이도 부피도 없는, 얇아 보이는
하늘이었다.

우리는 우산을 받쳐 들고 숲으로 향했다. 조그만 물웅덩이가 여기저기 생겨 있었다. 유지는 그 물웅덩이를 죄다 첨벙첨벙 밟으며 걸었다.

숲의 입구에 있는 술 공장은 여전히 '쿵, 쿵, 슈—' 하고 낮은 신음 소리를 울리고 있었다. 우리는 축축한 낙엽이 겹겹이 쌓인 오솔길을 걸어 들어갔다. 상수리나무와 때죽나무의 젖은 잎사귀들이 하늘을 가리고 있었다. 오솔길 끝에서는 괭이밥이 작고 노란 꽃을 피웠다. 땅 위로 튀어나온 소나무 뿌리가 빗방울에 젖어 엷은 광채를 뿜고 있었다.

비는 나무 잎사귀들에 가로막혀 우리에게는 떨어지지 않았다. 우산을 접고, 미오와 유지는 손을 잡고 걸었다.

"큰옥잠화 꽃, 또 보고 싶다."

미오가 말했다.

"조금만 가면 돼. 저기 앞에 들어간 곳."

그렇지만 가보니 꽃들은 사라지고 없었다. 그저 큼직하게 펼쳐진 아름다운 잎사귀들만 비를 맞으며 흔들리고 있었다.

"그새 꽃이 다 졌나 봐."

"으응, 그렇군요."

우리는 숲의 끝부분까지 와 있었다. 길이 약간 높아지고,

그 앞에서 숲은 끝난다.

미오는 걸음을 늦추고 함께 걷던 유지를 지그시 바라보았다.

"왜?"

엄마의 시선을 깨달은 유지가 물었다.

"엄마 말야."

"응."

그러나 그녀는 말을 꺼내지 못하고 있었다.

"왜?"

유지는 기대와 불안이 뒤섞인 표정으로 엄마를 올려다보았다.

"엄마 말야."

그리고 그녀는 가까스로 그 뒷말을 입에 올렸다.

"이제 조금만 더 있다가 안녕, 해야 해."

유지의 얼굴에서 문득 표정이 사라졌다. 살짝 벌어진 입술이 가늘게 떨렸다. 그는 퍽 오랫동안 엄마의 얼굴을 보고 있었다.

이윽고 떨어지는 잎사귀의 행로를 더듬듯이 천천히 고개를 떨어뜨렸다.

"조금 더라면 어느 정도?"

젖은 땅바닥에 시선을 던진 채 유지가 물었다.

미오는 고개를 가로저었다.

"엄마도 잘 몰라."

"돌아가는 날을 엄마가 정하는 거잖아? 기억이 돌아온 거 아니야?"

"그런 거 아니야. 아빠한테 들었어."

"말 안 하기로 약속했었는데."

고개를 숙인 채 유지가 나지막하게 중얼거렸다.

"엄마가 물어봤어, 알려달라고."

"그런 거야?"

"응, 그래."

그뿐, 두 사람은 말이 없었다.

손을 맞잡고 보폭을 맞추어 천천히 걸어간다. 그들은 이 세상의 맨 처음, 혹은 맨 마지막 두 사람처럼 보였다. 그 둘을 대신해줄 사람은 아무도 없었다. 엄마와 아들은 마치 하나의 생명처럼 서로에게 붙어서 걷고 있었다.

나는 두 사람의 뒤를 밟으며 그들의 등을 멍하니 바라보았다. 미오는 흰 원피스 위에 복숭아꽃 색깔의 카디건을 걸쳤다. 그날과 똑같은 차림이었다. 유지는 무릎을 덮는 바지와 노란 긴소매 셔츠를 입고 있었다. 가느다란 종아리의 끝은 셔츠와 똑같은 색깔의 장화였다. 장화에는 푸를 꼭 닮은 삽살개 그림이 그려져 있었다. 미오가 사준 것이었다. 그는 날씨가 화창한 날에도 그 장화를 신고 다녔다.

"엄마."

이윽고 유지가 입을 열었다. 미오를 꼭 닮은, 미오보다 3도쯤 높은 목소리였다.

"엄마, 미안해."

미오는 멈춰 서서 몸을 낮추고 유지와 눈높이를 맞췄다.

"뭐가 미안해?"

그녀는 젖은 머리를 옆으로 젖히고, 어린 아들에게 얼굴을 맞댔다.

"너는 잘못한 거 하나도 없어."

유지는 조용히 고개를 저었다.

"잘못한 게 있어."

말꼬리에 힘을 주며 그렇게 속삭이듯 말했다. 뭔가를 지그시 견디는 것 같은 말투였다. 목까지 치밀어 오른 무언가를.

"우리 도련님은 정말 착한 아이야. 그런 말 하지 마."

미오는 유지의 뺨을 가만히 쓰다듬었다. 유지의 코가 순식간에 빨갛게 물든다. 그는 수없이 눈을 깜빡였다.

"나 때문이지?"

가늘게 떨리는 목소리로 유지가 말했다.

"나 때문에 엄마가 죽은 거지?"

미오가 흠칫 고개를 들고, 내 쪽을 돌아보았다.

나는 재빨리 고개를 가로저었고, 그다음에는 천천히 위아래로 끄덕였다.

아냐, 유지 때문이 아니야.

당신은 알고 있지? 내 생각은 당신이 내 글에서 읽었던 그대로야. 그는, 유지는, 지상에 떨어지기 전의 눈처럼 순진무구한 존재.

그녀는 마주 고개를 끄덕여주었다.

응, 알고 있어요. 나도 당신과 같은 생각이에요.

미오는 유지의 눈을 들여다보며 말했다.

"그렇지 않아."

그녀는 예전에 보인 적 없는 진지한 표정을 하고 있었다.

"그건 틀려."

"틀린 거 없어. 나, 다 알아."

유지는 흘러나온 눈물을 조그만 주먹으로 훔쳤다.

"친척 아줌마가 알려줬어. 내가 태어났기 때문에 엄마가 죽었다고."

그는 얼굴을 들어 미오를 보았다. 빨갛게 물든 뺨이 젖어 있었다. 복숭앗빛 입술을 O자로 만들고, 엄마에게 간절히 말했다.

"나는 몰랐어."

그는 자꾸 눈을 깜빡였다.

"그런 거, 하나도 몰랐어. 알았으면 좀 더 말을 잘 들었을 텐데."

미안해요.

유지는 콧물을 훌쩍였다.

"항상 엄마에게 사과하고 싶었어. 미안해."

미안해요.

"전혀 사과할 일이 아니야."

미오는 말했다.

"너는 잘못한 거 하나도 없어. 우리 유지는 정말 착한 아들이야. 세상 누구보다 착한 아이야."

그녀의 목소리는 마치 그녀의 것이 아닌 것 같았다. 거세게 떨리고 쉬어 있었다.

"그치만,"

유지는 코를 훌쩍였다.

"내가 태어나지 않았다면 엄마는 내내 닷쿤하고 함께 살 수 있었잖아?"

"그렇지 않아."

절대 그렇지 않다.

미오는 유지의 젖은 머리를 손끝으로 쓸어주었다.

"엄마는 말야, 유지를 낳지 않았더라도 분명히 똑같이 되었을 거라고 생각해."

유지의 눈 깜빡임이 멈췄다.

"게다가 유지가 없는 인생은 생각도 할 수 없어. 네가 있어서 비로소 엄마는 내 인생을 살았다는 생각이 드는걸?"

"그런 거야?"

"그래. 너를 만나지 못했다면 50년을 살았더라도 이렇게 뿌듯한 기분은 느끼지 못했을 거야."

"정말?"

"정말이고말고. 아빠도 엄마도 그러기 위해 만났는걸. 너를 이 세상에 맞아들이기 위해."

"나를?"

"그래, 유지. 이 세상 다른 누구도 아닌 너. 우리 잉글랜드 왕자님."

"그게 누구야?"

"늘 코가 막혀 있고 아무 쓸데없는 쓰레기 주워 들이는 게 취미고, 맨날 '그런 거야?'라고 하는 사람."

"그런 거야?"

"그래. 엄마의 최고의 보물이야."

"그게 나야?"

"응, 그래."

그녀는 유지의 볼에 자신의 얼굴을 비볐다.

344

"우리 유지는 멋진 어른이 될 거야. 그렇지?"

뺨에 입을 맞추고, 그리고 머리를 쓸어 올려 이마에도 입을 맞췄다.

"엄마는 그 모습을 지켜볼 수 없지만, 계속 기도할 거야. 우리 유지의 인생이 사랑으로 가득하게 해주세요, 하고."

"아카브이 별에서?"

"그래. 아카이브 별에서 내내 너를 생각하고 있을래."

"나, 언제까지든 엄마, 잊지 않을 거야."

유지는 엄마의 목에 매달려 속삭였다.

"언제까지든 잊지 않을 거야. 닷쿤이 언젠가 아카브이 별에 갔을 때 엄마를 꼭 만날 수 있도록 똑똑히 기억해둘 거야."

"고마워. 엄마도 절대 잊지 않을 거야. 나의 도련님."

사랑해.

그렇게 말하며 다시 한 번 꼬옥 끌어안았다.

"내 인생은 짧았지만, 너를 얻었기 때문에 정말 아름다운 날들을 보낼 수 있었어."

고마워.

"아빠를 잘 부탁해. 엄마 대신 아빠한테 신경 많이 써줘, 응?"

"응, 알았어."

그리고 미오는 손수건을 꺼내 유지의 눈물과 콧물을 닦

아주었다.

"그렇게 금세 가지는 않아."

그녀는 말했다.

"괜찮아."

유지는 고개를 끄덕였고, 두 사람은 손을 맞잡고 다시 걷기 시작했다.

그리고 숲이 끝나고 하늘이 열렸다.

유지는 정신없이 보물을 찾고 있다. 나선형 홈이 파였거나, 수없이 많은 톱니들이 달려 있거나 한 그의 보물들.

비는 기적으로만 우리를 덮고 있었다.

미오는 젖은 머리를 양손으로 쓸어 올렸다. 열다섯 살 때부터 보아왔던 모양 좋은 이마가 드러났다. 빠져나온 몇 올의 머리카락이 그 이마에 붙어 있다.

"그런 정도로 괜찮을까요?"

그녀는 말했다.

"응. 유지는 당신의 말 덕에 겨우 스스로를 용서하게 되었어."

"그토록 괴로워했다니."

"그걸 알아주지 못한 내가 나빴지. 좀 더 확실하게 얘기해주었으면 좋았을 걸."

"당신 탓이 아니에요."

아무렇지도 않은 말투로 그녀가 말했다. 굳이 말할 것도 없는 일이지만 그냥 말해둘게. 그런 말투였다.

나는 고개를 끄덕였고, 마음이 가벼워지는 것을 느꼈다.

우리는 무너져가는 벽을 등지고 서 있었다. 바로 뒤에는 #5라고 적힌 문이 있었다. 그 곁에는 기둥이 구부러진 우편함이 있었다. 그 모든 것이 빗물에 젖어 실제보다 훨씬 더 오래된 사물들처럼 보였다.

"여보." 미오가 말했다.

"응?"

여느 때와 전혀 다를 것 없는 목소리였기에, 여느 때하고 똑같이 대답했다.

그녀는 말했다.

"이제 곧 헤어지려나 봐요."

그리고 조금 뒤에 저녁쯤이면 다시 만날 수 있다는 듯한 말투였다.

그러나 그렇지 않았다.

그녀는 자신의 오른손을 들어 보였다. 손가락의 두 번째 관절에서부터 아래쪽 부분이 사라지고 없었다. 희미한 윤곽만 남기고 그 내부는 어딘가 다른 곳으로 가버리고 없었다. 있어야 할 손가락을 그대로 통과하여 숲이 내다보였다.

내 가슴에서 스위치가 켜지는 소리가 났다.

딸칵.

밸브가 열리고, 레벨 게이지의 바늘이 뛰기 시작한다.

"미오, 아프지 않아?"

내 목소리는 불안으로 떨리고 있었다.

그녀는 몹시도 이상하다는 눈빛으로 자신의 손가락(이 있어야 할 공간)을 바라보고 있었다.

"아프지는 않아요. 그냥 손끝이 차가운 느낌."

"그럼, 아직 있는 거지?"

"응. 아마, 어딘가에."

"당신은 그곳으로 가는 거야?"

"그럴 거예요."

"어떻게 해주면 돼?"

"손을 꼭 잡아줘요."

그녀는 쓸쓸한 웃음을 지었다.

"부탁이에요. 마지막 순간까지."

"알았어."

나는 내 오른손으로 미오의 왼손을 붙잡았다. 아주 꼭 잡았다.

그렇게 하면 그녀를 이 세상에 잡아둘 수 있다는 듯이.

미오는 가느다란 손가락으로 내 손을 마주 움켜쥐었다.

그녀의 손가락은 가늘게 떨리고 있었다. 그녀는 겁에 질려 있었다. 강한 불안을 느끼고 있었다. 그렇지만 나를 걱정하느라 아무렇지도 않은 척을 하고 있었다.

나는 내게 말했다.

강해져.

그녀를 위해.

"괜찮아."

나는 말했다.

"내가 있으니까."

미오는 창백한 얼굴로 고개를 끄덕였다.

그리고 우리는 손을 마주 잡고 마음을 하나로 묶어 최초의 커다란 불안의 태풍을 뛰어넘었다.

이윽고, 한순간의 평정이 찾아왔다.

"여보."

그녀가 말했다.

"유지를, 잘 부탁해요."

"응."

"내 몫까지 사랑해줘요."

"응."

그러나 곧바로 그녀의 말이 끊겼다. 고개를 숙이고 입술을 깨문다. 얇은 입술 틈으로 덧니 끝이 보였다.

눈을 감고 한 줄기 눈물을 흘렸다.

"힘들어요."

그녀는 말했다.

"가고 싶지 않아, 정말. 아직 이곳에 더 있고 싶어요. 유지가 커가는 거, 보고 싶어. 당신 곁에 오래오래 있고 싶어."

그녀는 후우 하고 숨을 내쉬고 얼굴을 들었다.

"안 되겠지요? 이런 소리 하면 당신이 더 힘들어질 텐데."

"나는 괜찮아. 당신이 생각하는 그대로 내게 다 말해."

그녀는 눈을 감고, 가만히 고개를 저었다.

"안 돼, 말이 나오지 않아요. 당신이 말해줘요. 뭔가 이야기를 해줘요."

"나는…."

결국 입을 통해 나온 말은 언제나 가슴속에 담아두었던 생각이었다.

"당신을 행복하게 해주고 싶었어."

나는 움켜쥔 손에 힘을 넣었다. 그녀도 거기에 답해서 꾸욱 마주 잡았다.

"당신을 영화관에 데려가고 싶었어. 높은 빌딩 꼭대기에서 둘이 함께 야경을 보고 싶었어. 함께 와인 같은 거 마시면서, 그냥 다른 부부들처럼, 그냥 평범하게 해주고 싶었어."

그러나 하지 못했다.

미오는 이 작은 도시에서 맴돌다 그 짧은 일생을 마쳤다. 얼마든지 넓은 세상을 향해 날아갈 수 있었는데도 남편 곁을 지키며 한 걸음도 벗어나려 하지 않았다. 남들 눈에 그저 하잘것없어 보이는, 그런 자그마한 기쁨들을 소중히 주워 모으며 살았다.

이를테면 값싼 플라스틱 액자에 담긴 자화상 같은, 그런 지그미한 기쁨들.

"미안해."

그녀는 젖은 눈으로 나를 바라보고, 굳어가는 웃음을 띠었다.

"어째서…."

그녀의 목소리는 눈물에 젖어 콧소리가 되었다.

"어째서 우리 집 남자들은 자꾸 잘못했다고만 하는 거죠?"

그녀의 얇은 입술이 색을 잃고 가늘게 떨렸다.

"난 행복한데요. 아무것도 필요 없어요. 그냥 당신 곁에 있기만 하면 되는걸요."

알고 있어요? 그게 이 세상에서 가장 큰 행복이라는 거.

"그런 거야?"

"응."

그녀는 말했다.

"자신감을 가져요. 당신은 정말 멋진 사람이에요."

"그런 말을 해주는 건 당신뿐이야."

"그렇지 않아요."

"그렇기도 해. 당신은 괴짜야. 취향이 독특하다니까."

그녀는 아무 말도 하지 않고 다정한 눈빛으로 조용히 나를 보았다.

"저기요."

그녀가 말했다.

"나는 당신을 행복하게 해주었어요?"

"행복하지. 벌써 충분할 만큼. 당신이 나 같은 사람과 결혼해준 것만으로도 이미 넘칠 만큼 행복했어."

"그래요?"

"응."

미오의 오른손이 팔꿈치 아랫부분까지 사라졌다. 남겨진 시간은 이제 아주 조금이었다.

"항상 몸조심해요."

그녀가 말했다.

큼직한 눈이 눈물에 젖고 그 가장자리가 불그레하게 물들었다.

"그게 가장 걱정이에요."

"조심할게. 조금이라도 나아지도록 노력할게."

"힘내서 열심히 살아야 해요."

"응."

"당신은 남들보다 아주 조금 무거운 짐을 진 것뿐이에요. 그저 열심히 걷다 보면 틀림없이 아주 먼 곳까지 갈 수 있을 거예요."

응, 그래.

그녀의 모습이 문득 후르르 흔들렸다. 마주 잡은 손가락의 느낌이 허전해졌다.

이미 그녀의 몸 오른쪽 절반은 사라지고 있었다.

미오는 그런데도 여전히, 열심히 내게 말을 전하려 하고 있었다.

"당신 옆자리는 정말 마음이 편했어요. 할 수만 있다면, 오래오래, 아주 오래오래 당신 옆자리에 있고 싶었어."

"응."

"사랑해요. 당신이 좋아. 당신의 아내여서 좋았어요."

"나도야. 나도."

그녀가 빙긋 미소를 지었다.

반절뿐인 미소.

"고마워, 여보."

언젠가 어디선가 다시 또 만나요….

그 말들만이 아무것도 없는 곳에 떠 있었다.

나는 내가 움켜쥔 오른손을 보았다. 거기에 있는 것은 그녀의 반신을 꼭 닮은, 복숭아꽃 빛깔의 안개였다. 이윽고 바람이 불어와 그것마저 쓸어갔다.

그녀의 냄새만이 남았다.

'그 냄새'였다.

그녀가 나를 향해 뿜어주던 친밀한 말.

세상에 단 하나의 말.

'미오라니…' 그녀가 말했다.

'그게 내 이름이에요?'

그래.

그게 당신의 이름이야.

세상에서 단 하나뿐인, 내가 진심으로 사랑했던 내 아내의 이름.

안녕, 미오.

유지가 숨을 헐떡이며 달려왔다.

"이거 봐!"

쳐든 손에는 조그만 사슬 톱니바퀴가 쥐어져 있었다.

"굉장하지! 엄마한테 줄 거야. 엄마, 어딨어?"

나는 말을 입에 담을 수가 없어, 그저 눈물을 흘리지 않으려고 잔뜩 굳어버린 웃음을 짓고 수없이 고개만 주억거리고 있었다.

"어디 있어? 알려줘!"

그래도 내가 입을 열지 않자, 유지는 다시 저쪽으로 달려갔다.

"엄마, 어디 있어?"

"이서 봐, 보물을 찾았어. 엄마한테 줄 거야."

"엄마, 어디야?"

엄마?

엄마?

26

미오가 떠난 그 이틀 뒤에 비의 계절은 종말을 고했다. 그녀는 약간 빠른 걸음으로 여행을 떠난 모양이었다.

그리고 다시 둘만의 생활이 시작되었다.

그래도 아직 집 안 여기저기에 그녀의 추억이 남겨져 있었다. 겨우 6주 만에 떠나간 미오의 추억.

'당신은요?'라고 그녀가 묻고 있었다.

'당신은 행복해? 나는 당신을 행복하게 해줬어?'

그런 말이 되살아날 때마다, 나는 아득히 머나먼 별에 있는 그녀를 불렀다.

당신은, 언제든 그렇게 물었지. 나를 행복하게 해주고 있느냐고. 그런 식으로 생각해주는 아내가 있는 게 행복이라는 거, 당신은 알지 못했던 걸까.

'수고했네, 잘했어.'라는 것도 당신의 입버릇이었지.

이제 더 이상 듣지 못하는구나 싶으면, 엄청나게 슬퍼. 당신이 그렇게 말해준다면, 나는 얼마든지 더 수고를 할 텐데. 로켓을 타고 명왕성에라도 갈 텐데. 그렇지만 분명 내가 그렇게 말하면 당신은 급하게 눈을 깜빡거리며, 거짓말하면 안 돼, 하는 얼굴을 하겠지?

우리는 둘만으로도 퍽 노력했다. 유지는 이전보다 훨씬 믿음직한 파트너가 되었고, 조금은 어른스러워졌다.

내내 만세를 부르며 자던 그가 요즘은 방바닥을 보며 계속 경례하는 자세로 잔다. 오른쪽 팔꿈치를 높이 쳐들고 손가락 끝은 명치에 갖다 붙이고. 무척 힘들어 보이는 모습이지만, 그 모양새로도 그는 새액새액 잘도 잔다. 과연 밤새도록 누구에게 그렇게 경의를 표하는 것일까?

그는 아침에 일어나면 우선 옷장 위에 놓인 사진을 향해 '안녕?'이라고 한다. 그 식물원에서 찍은 사진이었다. 유지를 가운데 세우고 미오와 내가 나란히 미소 짓고 있다. 백일홍의 새하얀 꽃을 배경으로. 우리는 행복한 얼굴을 하고 있다. 그들이 바라보는 시선의 끝에는 어딘가 아무도 알지 못하는 아름다운 세계가 펼쳐져 있을 것 같은, 그런 눈빛이다.

그다음에 유지는 가구야히메 화분에 물을 주고, 때로는 쓰레기 내놓는 것을 도와준다.

우리는 날마다 옷을 갈아입는다. 밥을 먹을 때는 아주 예의바르게, 음식을 흘리지 않도록 얌전하게 먹는다. 세탁물을 말릴 때는 탁탁 두드리는 것을 잊지 않는다.

밤이 되면 나는 글씨 연습을 하고, 그리고 소설의 뒷이야기를 쓴다. 그리고 자기 전에는 유지에게 짐 크노프의 이야기를 읽어준다. 주말에는 숲에 나가 공장터에서 볼트를 줍는다.

나는 날마다 자전거로 직장에 다니고 지금까지와 마찬가지로 내게 보내는 연락장을 보면서 그날의 일을 처리해나간다. 이제 나가세 씨가 묘한 행동을 취하는 일은 없다. 나는 계절에 맞게 양복을 잘 챙겨 입어야 한다는 것을 알고 있다. 머리도 한 달에 한 번씩 꼭꼭 깎는다. 소장은 여전히 자기 책상에서 느긋하게 자고 있다.

그는 점점 더 피레네 견과 구분할 수 없게 되었다.

그렇게 해서 우리는 '그날'로부터 조금씩 먼 곳으로 떠내려갔다.

그래도 미오는 우리와 함께 있었다. 내 옆자리에, 유지 옆자리에, 그녀가 있었다.

내가 글씨 연습을 할 때면 어깨 너머로 들여다보는 그녀의 기척을 느꼈다. 나는 그녀의 냄새를 느끼고 때로는 그 목소리까지 들었다.

'여보.'

그렇게 부르는 것 같아 그때마다 돌아본다.

잠이 들 때 나는 내 옆자리에 있는 그녀의 온기를 느꼈다. 목을 간질이는 듯한 감촉이 있고, 쿡쿡 웃으면서 '베스트 포지션이죠?'라고 묻는 그녀의 목소리를 들었다.

이윽고 가을의 소리가 들려오기 시작했다.

그것은 벌레 소리이기도 하고, 건너오는 바람에 사그락사그락 몸을 흔드는 벼 이삭의 속삭임이기도 했다.

가구야히메는 우아한 노란 꽃을 피우고 달콤한 향기를 풍겼다.

"이거, 엄마야."

유지는 말했다.

"이거 봐, 엄마 냄새."

"그러네."

언제든 그녀는 우리 옆자리에 있었다.

27

한없이 맑게 갠 봄날의 하늘 아래, 우리는 기차역을 향해 자전거를 달렸다. 전철을 갈아타며 두 시간 걸리는 해변 마을의 농부르 선생을 찾아간다.

그것은 미오의 바람이기도 했다. 그녀는 늘 농부르 선생을 염려했었다.

'혼자서 쓸쓸하시지 않을까?'

'뭔가 불편한 일은 없으실까?'

그녀 혼자라도 병문안을 가겠다는 이야기까지 나왔었지만, 결국 선생의 몸 상태가 안 좋거나 해서 이뤄지지 못한 채 끝이 나버렸다. 그녀는 떠나기 전에 내게 '꼭 부탁해요'라고 말했었다. 게다가 나 역시 농부르 선생이 보고 싶었다. 미오

이야기, 푸 이야기, 소설 이야기, 말하고 싶은 게 너무나도 많았다.

그래서, 아무튼 떠나기로 했다. 그러나 그렇게 결심하자마자 맥박이 20쯤 상승했다.

멋지다.

명왕성으로 여행을 떠나는 우주 비행사의 우울. 그것이 나의 심정이었다.

역에 도착해서 가장 먼저 놀란 것은 자동발매기였다. 10년 남짓한 공백 기간 동안 그 기계는 놀랍도록 진화되어 있었다. 일단 눌러야 하는 버튼 수가 두 배쯤 불어났다. 게다가 액정 표시가 있어서 까다로운 절차를 밟지 않고서는 어린이용 차표를 살 수 없었다. 튀어나온 차표는 장난감 승차권처럼 빤들거렸다. 그것을 자동 개찰구에 밀어 넣는 모양이었다.

텔레비전에서 봐서 자동 개찰구가 있다는 건 알고 있었다. 그러나 막상 그 앞에 서자 필요 이상의 긴장이 엄습했다. 이렇게 긴장한 것은 언젠가 어느 호텔에서 회전문에 도전했을 때 이후로 처음이었다.

그래도 나는 어떻게든 해냈다. 이 시점에서 나는 이미 상당히 소모되어 있었다.

나는 유지에게 말했다.

"역마다 서는 기차를 탈 거야."

"특급이 훨씬 더 빠른데."

"아니, 특급은 별로야. 정차하기까지 너무 오래 걸려."

"오래 걸리면 어떻게 되는데?"

"어떻게도 되지 않지만, 그래도. 어떻게 되면 굉장히 곤란하니까."

"그런 거야?"

"그런 거야."

각 역마다 정차하는 기차로 가면 모두 합해 마흔 개가 넘는 역에서 멈춰 서는 셈이다.

달리고, 멈추고, 하아… 하는 한숨 소리를 올리고, 다시 영차, 하고 달리기 시작한다. 그것을 마흔 번이나 거듭한다.

누군가의 인생 같다.

하아….

이윽고 기차가 와서 우리는 올라탔다.

역시 자꾸만 다리가 후들거린다. 유지의 손을 꼭 쥐었다.

"닷쿤." 유지가 말했다.

"응?"

"손에 땀이 굉장해."

말할 것도 없이 식은땀이다.

문이 닫히고 덜컹 기차가 달리기 시작하자마자 딸칵 하는 소리가 들려왔다. 익숙한 소리다. 가슴과 위의 중간쯤.

나는 당황하여 샌들우드 병을 꺼내 손수건에 스포이드로 한 방울을 떨어뜨렸다. 그것으로 입가를 덮는다. 달콤한 향기가 콧속에 퍼진다. 밸브는 열렸지만, 아직 새어 나온 화학 물질은 최소한으로 억제되어 있다.

나는 문 바로 옆에 서서 창밖의 경치에 의식을 집중시켰다.

"자리에 앉자. 덜컹거려."

"아니, 서 있는 게 좋아."

"그런 거야?"

"응. 서 있어야 그나마 마음이 편해."

"힘들겠다."

"힘들어."

나는 선로 가장자리 도로를 달려가는 자동차 수를 헤아리기로 했다. 어떻든 내가 기차에 타고 있다는 것을 의식하지 않으면 된다.

"하나, 둘, 셋, 넷⋯."

"뭐야, 그게?"

"자동차를 세고 있어."

"재밌겠다. 나도 끼워줘."

"물론 좋지."

그래, 이건 놀이다. 기차에 탔다는 것을 잊어버리는 수단이 아니라 놀이라고 생각하기로 한다. 그러나 결국 '이건 놀이다'라고 마음속에서 내내 반복하게 된다. 그런 놀이가 즐 거울 리 없다.

그러다 보니 어느새 한없이 시골 풍경이 이어지면서 자 동차들이 뚝 끊겼다. 자동차의 숫자와 반비례하여 방출되던 화학물질이 불어나기 시작한다. 나는 가슴에 손을 대고 맥 박을 확인했다. 크게 숨을 들이마시고 천천히 내뱉었다.

나는 입을 오므리고 포, 포, 포 하는 소리를 낸다.

포, 포, 포, 포, 포….

"그게 뭐야?"

포?

"그러니까 뭐냐구?"

"이렇게 포, 포, 포 하고 소리를 내면 마음이 침착해져."

"그런 거야?"

"너도 같이 해봐."

포, 포, 포, 포, 포

포, 포, 포, 포, 포

"저기."

유지가 말한다.

"다들 쳐다봐."

"너의 사랑스러운 모습에 홀린 거야."

"그건 아닌 거 같은데?"

"아닌가?"

"차라리 노래가 낫겠어."

"노래?"

"엄마 노래. 엄마가 가르쳐준 노래."

"그렇지! 그 노래가 있었지."

"함께 불러볼까?"

"응, 하자."

"작은 소리로 해. 닷쿤은 목소리가 너무 커."

"알았어."

> 한 마리 코끼리가 거미줄에 걸렸네
> 신나게 그네를 탔다네
> 너무너무 재미가 좋아 좋아 랄랄랄
> 다른 친구 코끼리를 불렀네

아무튼 그렇게 해서 나는 이 여정을 가까스로 마쳐냈다. 샌들우드 향기를 맡고, 자동차 숫자를 헤아리고, 포, 포, 포 하고 소리를 내고, 유지와 노래를 불렀다. 도중에 세 번을 내려서 기분이 가라앉을 때까지 몇 대인가 기차를 그대로

보냈다. 유지는 불평도 하지 않고 말없이 나와 함께 있어주
었다.

명왕성은 생각했던 대로 머나먼 별이었다.

하아….

노인 양호시설은 눈 아래로 바다가 보이는 산 중턱에 있
었다. 단순하고 청결한 인상의 6층 건물이었다.

접수처에서 농부르 선생의 방을 물었다. 3층 가장 안쪽이
라고 한다. 우리는 계단을 올라 3층으로 향했다.

"엘리베이터도 있는데."

"그렇지? 그래도 아빠는 계단이 더 좋아."

"왜?"

"엘리베이터는 어디로 데려갈지 알 수 없으니까."

"그런 거야?"

"창문도 없고 문은 꼭 닫혀 있고, 어디로 실려 가는지도
모르잖아. 화성으로 실어 가버릴지도 몰라."

"그런가?"

"그래. 최악이야."

"닷쿤, 괴짜."

농부르 선생은 방에 있었다. 4인실의 창문 쪽 침대에서

반쯤 몸을 일으키고 앉아 책을 읽고 있었다. 다른 사람들의 모습은 보이지 않았다.

"선생님."

내 목소리에 선생은 책에서 얼굴을 들었다.

"오오." 하고 신음하는 듯한 소리를 내고는 크게 고개를 끄덕였다.

"와주었군."

"왔어요."

유지가 말했다.

선생은 책을 침대 곁의 책상에 내려놓고, 엉덩이를 축으로 몸을 빙 돌려 바닥에 다리를 내렸다.

"옥상에 가보세."

선생은 말했다.

"아주 최고야. 경치가 끝내줘."

선생은 천천히 신중하게 일어서더니 침대 곁에 놓여 있던 지팡이를 집어 들었다.

"자, 가자."

선생은 왼발을 조금 끌면서 우리 앞을 걸었다.

"재활 치료 덕분에 많이 나았어." 천천히 돌아보면서 그가 말했다.

"그럭저럭 내 다리로 걸을 수 있게 되었거든."

선생은 안색이 좋고 목소리도 또렷했다.

"정말 좋아지신 것 같아요."

"그렇지? 예전에 혼자 지내던 생활이 아주 안 좋았던 모양이야. 지금이 오히려 더 건강할 정도야."

"그러신 거 같아요."

선생과 유지는 엘리베이터를 이용하고, 나는 여기서도 고집스럽게 계단을 선택했다. 옥상으로 통하는 문을 연 순간, 푸른 색채가 시야 가득 펼쳐졌다. 선생과 유지가 나를 보고 웃었다.

"느림보."

"화성에는 가기 싫단 말이야."

"괴짜 닷쿤."

옥상은 전면에 인공 잔디가 깔려 있고 벤치가 여기저기 놓여 있었다. 노인들과 그 가족인 듯한 사람들이 몇 팀, 바다를 바라보며 조용히 대화를 나누고 있었다.

"멋진 경치군요."

"그렇지?"

"바다를 본 게 몇 년 만인지. 유지는 처음이지?"

"진짜 바다는 처음이야."

"그래. 저게 진짜 바다야."

"어쩐지 무서워."

"바로 그게 진짜의 힘이지."

파랗게 맑은 하늘에 비늘구름이 떠 있었다. 구름은 남쪽
으로 건너가는 새 떼처럼 일제히 수평선 저 너머를 향하고 있
었다. 시원한 바닷바람이 유지의 벌꿀색 머리털을 흔들었다.

"미오 씨는 떠나버렸나?"

선생의 말에 나는 고개를 끄덕였다. 그 이야기는 편지로
대충 적어 선생에게 보내드렸었다.

"어쩐지 눈 깜짝할 사이의 일이었던 것만 같은 느낌이 들
어요."

"비와 함께 찾아왔다 비와 함께 사라졌군…."

수국 꽃 같은 사람이었어.

선생은 그렇게 중얼거렸다.

"그래도 저는 다시 한 번 사랑을 했습니다."

응, 응, 하고 선생이 고개를 끄덕였다.

"6주 동안의 사랑이었지만, 몹시 행복했어요."

선생은 아득히 높은 하늘에 떠 있는 비늘구름을 올려다
보았다.

"아이오."

"네."

"그런 만남을 가질 수 있었던 사람이 이 세상에 어느 정도
나 있을까?"

선생은 천천히 시선을 내려 나를 보고 웃었다. 눈물이 글썽한 눈 저 안쪽에 엷은 색깔의 눈동자가 온화한 빛을 뿜고 있었다.

"자네들은 만나기만 하면 반드시 서로 좋아하게 되어버리는군. 언제라도, 몇 번이라도."

떨리는 손가락으로 수평선을 가리킨다.

"저거하고 똑같아. 하늘과 바다는 반드시 하나가 돼. 언제든, 어디서든."

우리는 모두 그런 단 한 사람의 상대를 한없이 찾아다닌다네.

(누구 없습니까? 사랑할 상대를 찾습니다!)

"자네와 미오는 만나버렸어."

"그런 모양이에요."

"바다처럼."

"하늘처럼?"

푸에 대해서도, 일의 전말을 선생에게 자세히 전했다.

그는 말이지, 라고 선생은 이야기를 다 들은 뒤에 말했다.

"몹시 자유로운 심성을 가진 개였어. 묶여 있는 게 싫었던 거야."

"잘 살아갈 수 있을까요?"

"아무렴. 그는 아주 강한 걸물이야. 분명 어딘가에서 제 마음 내키는 대로 잘 살고 있을걸."

히유익? 하고 유지가 말했다.

선생이 뭐지? 하는 얼굴로 유지를 내려다보았다.

히유익?

유지가 의기양양한 얼굴로 다시 말한다.

"저기요, 푸가 울었어요. 그렇게요."

히유익?

유지는 몹시 능숙하게 푸의 울음소리를 흉내 냈다.

나는 도저히 그렇게 똑같이 흉내 내지 못한다. 높은 소리인데, 뭔가 목을 졸린 사람이 내는 것 같은, 지독히 기묘한 소리다.

"그런 소리로?" 선생은 물었다.

"응, 말을 했어요."

"선생님 댁을 떠날 때, 처음으로 푸가 그런 소리를 냈어요."

몰랐네, 라고 선생은 말했다.

"정말 여간내기가 아닌데? 내내 한마디도 못하는 척했었군. 대단한 녀석이야."

"몹시 섭섭해하는 것 같았어요. 선생님이 떠나신 것도, 그 집을 떠나는 것도."

"나도 마찬가지야. 그와 헤어진 건 너무 섭섭해."

그렇지만 말이지, 라고 선생은 말을 이었다.

"우리는 살아가는 거야. 아무리 이별이 거듭되어도, 아무리 먼 곳으로 흘러가도, 그래도 살아가."

자, 슬슬 추워지는데, 그만 안으로 들어갈까.

방에 돌아오자 선생은 책상 서랍에서 하얀 봉투를 꺼냈다.

"자네에게 전해주는 거야."

봉투를 받아 뒷면을 보자 '아이오 미오'라고 적혀 있었다.

"미오 씨가 병원에 입원하기 사흘 전의 일이었어. 공원에서 내게 이 편지를 맡기더군. 1년 뒤에, 비의 계절이 끝나면 자네에게 전해달라고 했지."

선생은 침대에 앉아 지팡이를 곁에 세웠다.

"뭐가 적혀 있는지는 나도 몰라. 미오 씨도 아무 말 하지 않았어. 내내 마음에 걸렸었는데, 마침내 무사히 건네주게 되어서 한결 마음이 놓이는군."

나는 봉투를 이리저리 돌려가며 찬찬히 들여다보고, 그러고는 호주머니에 넣었다.

"고맙습니다. 내내 소중하게 간직하고 계셨군요."

"그렇다네. 조금 불안하긴 했지. 건네주기 전에 내가 죽어버리면 어쩌나 하고."

"저런. 너무 죄송해서…."

"아니, 아냐. 아무튼 이것으로 내 할 일은 마쳤군."

"그렇지만, 뭘까요? 왜 지금 전하라고 했을까요?"

"뭔가를 모두 짐작하고 있는 것 같은 눈빛이었어. 분명 지금 이 시점에서 읽는 게 가장 좋다는 걸 알고 있었던 게 아닐까?"

"그렇군요."

이윽고 떠나야 할 시간이 되어서 우리는 자리에서 일어났다.

"또 오겠습니다."

"그래. 자네들을 만나서 참 반가웠어. 또 와준다면 내일이 오기를 기다리는 맛도 있겠지?"

"잘 알겠습니다, 그 마음."

잘 압니다, 라고 다시 한 번 말하고, 나는 두 손을 가슴 언저리에서 흔들었다.

"그럼 이만."

"배웅에 나서지 못하는 걸 용서해주게."

"네."

우리는 뒷걸음으로 선생의 침대에서 물러나 방의 중간쯤에서 몸을 돌려 문으로 향했다. 방을 나설 때 돌아보니 선생은 아직도 물끄러미 우리를 쳐다보고 있었다.

"빠이빠이."

유지가 말하자, 선생이 떨리는 손을 가만히 흔들었다.

'닷쿤.' 하고, 그녀가 나를 부르고 있었다.

'닷쿤, 안녕? 몸은 괜찮아?'

돌아오는 기차 안, 나는 문에 가까운 손잡이에 기대고 서서 미오의 편지를 읽었다. 유지는 선로를 따라 난 길을 달려가는 자동차를 헤아리고 있었다.

28

닷쿤, 안녕?

몸은 괜찮아?

앞으로 사흘 뒤에는 병원에 입원하기로 결정되었기 때문에, 아직 자유롭게 움직일 수 있는 동안에 이 편지를 쓰기로 했어.

지금, 당신은 회사에 가 있어. 한 시간쯤 뒤에는 유지가 유치원에서 돌아올 거야. 이 편지 다 쓰면, 저녁거리 사러 나갔다 오는 길에 농부르 선생님께 맡겨둘 생각이야.

1년 후에, 비의 계절이 끝나거든 당신에게 건네달라는 부탁의 말과 함께.

그때는 이미 내가 당신 옆자리에 없으리라는 것을 나는 알아.

내 유령은, 이미 아카이브 별에 돌아갔겠지?

놀랐어?

내게 예지 능력이 있다는 거, 당신은 몰랐지?

거짓말이야.

농담.

그저 착실하기만 한 모범생인 나도 때로는 농담을 할 줄 안다고.

그리고, 이제부터 쓰는 게 진짜야.

어쩌면 당신은 이 진실에 더욱 더 놀랄지도 모르겠다. 그렇지만, 이건 틀림없는 사실이야. 내 몸에 일어난 진실.

그 모든 진실을 당신에게 알리자면 스무 살 무렵의 우리 이야기부터 시작하지 않으면 안돼.

준비됐어?

잘 읽어줘야 해.

그래, 우선 맨 처음에 당신의 편지 얘기.

생각해보면 그게 당신에게서 받은 마지막 편지였어.

'불가피한 사정'으로 이제 편지는 못 한다, 안녕, 이라고,

당신은 내게 검은 볼펜 글씨로 그렇게 고했어.

겨우 세 줄의 편지였어.

겨우 이 세 줄로 우리의 만남이 끝나버리는 건가?

불가피한 사정이란 게 대체 뭐지?

나는 그 짧은 편지를 수없이 읽고 또 읽었어. 그리고 그때마다 울었어.

그런 내가 할 수 있는 일이라고는 그저 당신에게 계속해서 편지를 쓰는 것뿐이었어. 입 끝까지 터져 나오려는 질문을 그대로 삼킨 채, 당신의 거절을 전혀 깨닫지 못한 척하면서, 되도록 그저 그런 일상적인 얘기들을 적어 보내는 것.

마치 머나먼 별을 향해 말을 걸고 있는 것 같은 고독한 작업이었어.

이런 이야기를 절절히 해봐도, 당신은 그저 무슨 꿈이라도 꾸는 것 같은 얼굴로 '그랬어?'라고 한마디 할 뿐이었지? 나는 그 웃는 얼굴에 붙들려 그만 함께 웃어버리고.

그리고 그런 괴로움을 더 이상 견딜 수 없어서 결국 그날, 나는 당신이 아르바이트 하는 곳으로 찾아갔었어.

나로서는 최대한 용기를 내서 감행한 일이야.

거기에서 당신에게 통고받은 말.

언젠가 만날 수 있으면 좋겠다, 라고 당신은 말했어. 그다음이야. 당신이 '각자 결혼해서'라고 했지?

생각나요?

나는 내 발밑이 완전히 무너져 없어져버린 것 같은 기분이었어.

당신은 그렇게 냉랭한 말을 하면 내가 당신 곁을 떠날 거라고 생각했겠지?

그렇지만 당신이 모르는 게 있었어.

나는 당신이 생각하는 것 이상으로 융통성이라고는 없는 사람이야. 짤막한 내 잣대 하나로밖에는 세상을 재지 못하는 사람이야. 한 번 좋아하게 된 사람을 간단히 잊어버리고, 싫어하고, 그런 건 못해. 나는 평생 단 한 번의 사랑을 하도록, 하느님이 그렇게 만들어놓으셨어. 그래서 나는 여전히 당신을 그리워하며 그 후의 나날을 살아갈 수밖에 없었어.

분명 뭔가 이유가 있을 것이다.

그런 생각으로 아주 작은 희망을 이어가면서.

그렇게 1년의 세월이 흐르고, 이윽고 그 '운명의 날'이 찾아왔어.

6월의 어느 비 오는 날이었어.

직장에서 자전거를 타고 돌아오던 길에, 나는 집 근처 도로에서 자동차와 부딪쳤어. 그리 큰 사고는 아니었어. 자전거가 넘어지고 나도 길바닥에 나뒹굴었지만, 별다른 외상은 눈에 띄지 않았으니까.

금세 다시 일어서서 몇 걸음인가 걸었는데, 결국 나는 의식을 잃었어.

그 전후의 나의 의식의 흐름을 정확히 순서에 맞게 쓰는 건 너무 어려워. 그래서 우선, 나중에 내가 그때를 돌아보면서 아, 일이 그렇게 된 거였구나, 하고 생각했던 것을 적어볼게.

그렇게 하면, 다음 장면은 이거야.

문득 정신을 차려보니, 나는 비가 내리는 숲의 공장터에 웅크리고 앉아 있었어.

무슨 얘기인지 알겠어?

그것이 내가 내내 당신에게 감춰왔던 비밀이야.

나는 스물한 살 여름에 자동차에 치여 8년 후의 세계로 건너뛰었던 거야.

도약.

내가 가장 잘하던 것.

그렇긴 해도 정말 아주 멀리도 뛰었지?

지금 이 편지를 읽고 있는 당신으로서는 바로 조금 전의 이야기가 되겠지.

그때 내가 줄곧 두통을 호소했던 건 자동차에 튕겨지면서 머리를 부딪쳤기 때문이었어. 나중에 한 검사에서 머리에 작은 내출혈이 발견되었다고 의사 선생님이 말씀하셨거든. 기억을 완전히 잃어버렸던 것도 그 때문이 아닌가 싶기도 해.

그렇지만, 나는 이런 식으로도 생각해.

사람의 마음이란, 시간을 뛰어넘는 것을 미처 견디지 못해서 일시적으로 기억을 잃는 것으로 그나마 제정신을 유지하려고 하는 게 아닐까? 만일 기억이 생생하게 남아 있었다면, 그때 나는 틀림없이 엄청난 혼란에 빠졌을 테니까.

그리고 다시 원래의 세계로 돌아왔을 때도 나는 기억을 잃어버렸어. 당신이랑 유지와 함께 보냈던 6주간의 기억을.

모든 기억이 되돌아온 것은 그로부터 두 달 뒤였어.

만일 그때 나의 '도약'이 우리의 세상을 만든 '누군가'의 장난기에 의한 것이라고 한다면, 기억을 잃어버렸던 건 그 '누군가'의 작은 배려였는지도 몰라. 너무 놀라고 혼란스러워하지 않게 해주려는.

지금 이렇게 그때 일을 다시 떠올리며 글로 옮기면서도, 정말 인간의 운명을 조종하는 어떤 '의지'의 존재를 실감하지 않을 수 없어. 그 6주가 나의 그 뒤의 인생을 완전히 바꿔놓았으니까.

그때 그곳을 향해 스물한 살의 내가 '도약했다'는 건 결코 우연한 일이 아닐 거야. 1년 내내 당신의 그 냉랭한 말의 이유를 알고 싶어 애를 태우던 나를 위해, 분명 딱하게 여긴 '누군가'가 손을 내밀어준 것이었어.

　　나는 지금도 그렇게 믿고 있어.

　　그나저나 내가 만났던 당신과 유지는 정말 굉장하더라.

　　온통 어질러졌고 지독히 지저분한 집에서 살고 있던 당신과 유지. 밥을 먹다 흘린 얼룩이 진 옷을 입고, 덥수룩하게 자라 있던 그 머리. 유지는 1년치 귀지를 착착 쌓아두고.

　　문득 그것이 앞으로의 당신과 유지의 모습이라고 생각하면 정말 너무나 걱정스러워.

　　그렇지만, 괜찮겠지? 분명 당신과 유지는 다시 일어서줄 거야. 내가 없더라도 둘이서 힘을 합해 씩씩하게 잘 살아줄 거야.

　　나는 꼭 그럴 거라고 믿어.

　　그때 나는 당신의 발작에도 엄청난 충격을 받았어. 지금은 익숙해졌지만, 그때는 처음이었으니까. 당신에게 그 해열제는 먹지 말라고 몇 번이나 말했었는데, 아마 또 잊어버린 거겠지? 아무리 '도약'을 해도 역사는 바꿀 수 없다는, 그런 규칙 때문일까?

내 안경 도수가 맞지 않았던 것이며 아직 섹스 경험이 없었던 것, 이 고백 편지로 당신도 이제 그 이유를 알았겠지?

그래도 그렇지, 정말 기묘한 이야기다, 그치?

스물한 살의 나는 스물아홉 살의 당신에게 처음으로 안기고, 섹스 경험을 갖게 되었어. 그리고 그 두 달 뒤에 나는 다시 당신에게 안겼던 거야.

당신은 우리가 둘 다 처음일 거라고 생각했겠지만, 실은 그렇지 않았어.

그래서야. 그날 호반 도시의 호텔에서 우리가 별다른 어려움 없이 하나가 될 수 있었던 건.

당신이 이 이야기를 어떻게 생각할까?

조금 상처를 받을까?

하지만 나는 그게 가장 이상적인 형태였다는 생각도 들어. 당신은 또 너무 현실적인 생각이라고 나무랄 테지만.

6주는 눈 깜짝할 사이에 지나가버렸어.

나는 정말 행복했어.

당신과 사랑을 하고, 그리고 당신에게 멋진 사랑 이야기를 듣고, 그 주인공이 나라는 것에 큰 기쁨을 느꼈어.

유지도 만날 수 있었고.

나의 도련님.

우리 잉글랜드 왕자님.

초등학교에 올라간 유지는 지금의 유지보다 조금쯤 씩씩해진 것 같았어.

나날이 자꾸자꾸 커가더라.

분명 멋진 어른이 되겠지?

기대가 돼, 정말.

그리고 또 내가 알아버린 사실.

당신의 소설에 적혀 있던 내 운명.

나는 스물여덟 살에 이 세상을 떠난다.

그리고 지금 이곳에 있는 나는 유령이다!

물론 그건 당신의 착각이었지만, 그때의 나는 그것을 전적으로 믿고 있었어.

둥둥 떠다니는 것 같은 느낌, 그 비현실감. 당신과 유지의 아무래도 부자연스러운 행동. 게다가 외출했을 때 몇 차례 느꼈던 의아해하는 주위의 시선들. 아, 이건 모두 내가 유령이기 때문이구나.

나는 그렇게만 믿었어.

그래서 더더욱 이별 때는 정말로 괴로웠어. 나는 아카이브 별에 가버리는 거라고 진심으로 믿고 있었으니까. 당신,

그리고 유지와 떨어져 나 혼자만 간다는 게 너무나 외로웠어.
그리고 이 세상에서 내가 없어진다는 것이 정말 두려웠어.

유지가 울면서 하던 말도 잊을 수가 없어.

앞으로 그 아이가 그런 고통을 안고 살아갈 거라고 생각
하면, 마음이 찢어지는 것 같았어. 언젠가 유지가 좀 더 많이
자랐을 때, 당신이 꼭 말해줬으면 해. 내가 어떤 생각을 했었
는지. 이 편지에 적혀 있는 내 마음도 꼭 전해줘. 그래서 우리
유지가 누구보다 강하게, 앞을 내다보며 살아갈 수 있게 되
기를 나는 항상 기도할래.

이야기를 계속해야겠지?

당신하고 유지와 그 숲에서 헤어진 뒤, 나는 다시 내가 살
던 시대로 돌아왔어.

정신이 들었을 때는 병원 침대에 누워 있었어. 그 사고가
일어나고 몇 시간밖에 지나지 않았었어. 나는 8년 후로 도약
했고, 그 직후에 다시 돌아온 것 같았어. 나의 부재는 아마
1초의 몇 분의 1처럼, 아주 짧은 시간이었겠지.

사고를 낸 운전자 쪽에서도 아무런 이상을 느끼지 않는
것 같았어.

나는 모든 기억을 잃어버리고 있었어.

당신, 그리고 유지와 함께 보냈던 6주간의 기억도 없었

고, 내가 누군지도 모른 채 그저 멍하니 병원 천장을 바라보며 시간만 흘러가는 나날을 보냈어.

이윽고 한 달이 지날 즈음부터 조금씩 기억이 되살아났지.

처음에는 이렇게 생각했어. 그 6주 동안의 기억은 분명 내가 머릿속에서 마음대로 지어낸 환상일 거라고.

그래도 얼마나 멋진 환상이었는지!

나는 당신과 유지와 함께한 그 시간에 한없이 빠져들었어.

당신과의 입맞춤.

숲에서의 산책.

나의 아들이라는 아름다운 사내아이.

우리 둘이 껴안았을 때 느꼈던 가슴의 높직한 고동.

그리고 무엇보다 큰 실감은 그 하나하나의 기억이 너무도 리얼하고, 강한 힘으로 나의 감정에 영향을 끼쳤다는 것.

그 기쁨은 정말일까?

이별의 불안, 슬픔. '너를 행복하게 해주고 싶었어.'라고 하던 때의 당신의 슬퍼 보이던 눈동자.

나는 마음속에서 수없이 그 나날을 반추하는 동안, 분명 이건 진실이다, 나는 8년 후로부터 도약해서 다시 돌아온 것이다, 라고 생각하게 되었어. 그래서 퇴원하고 몸이 원래대로 움직이게 되자 나는 제일 먼저 당신 집에 전화를 걸었던 거야.

그때, 어머니는 내게 이렇게 말했어.

"다쿠미는 여행을 떠났어요."

당신이 내게 들려준 이야기 그대로였어.

그 말을 듣고 내 생각은 확신으로 바뀌었어. 그리고 나는 어머니에게 전언을 부탁했지.

"하고 싶은 말이 있으니 꼭 전화해주세요. 언제까지든 기다리겠습니다."

그 후, 나는 전화기 앞에서 꼼짝도 하지 않고 기다리고 있었어.

분명히 당신에게서 전화가 올 것이다. 그리고 우리는 호수가 있는 도시에서 다시 만나는 거다, 하고.

그리고 전화가 울렸어.

나는 딱 한 번 벨 소리를 듣고 곧바로 수화기를 들었어.

아무 소리도 들리지 않을 때부터 나는 그 전화선 끝에 당신이 있다는 것을 알고 있었어.

그래서 망설이지 않고 말했지.

"아이오?"라고.

그때 당신의 목소리는 불안해 보였어.

그래서 내가 그랬어.

괜찮을 거야, 괜찮아, 라고.

그 호수 도시의 육교 아래에서도 나는 역시 당신에게 괜찮다고 했었지?

그 말 때문에 당신이 나와 결혼할 결심을 해준다는 것을 알고 있었으니까.

나중에 당신이 내게 그 얘기를 물었을 때, 나는 기억하지 못한다고 대답했었지만, 그건 거짓말이야. 실은 또렷이 기억하고 있었어.

그 말이야말로 실은 내가 당신에게 한 프러포즈였는걸?

그리고 이어진 나날에도 내게는 수많은 사람들과의 재회가 기다리고 있었어.

농부르 선생님도 다시 만날 수 있었고. 선생님은 8년 후와 그리 달라 보이지 않았어. 푸는 아직 젊고 대단히 건강했었지만. 그의 진짜 이름이 '알렉스'라는 것도 그 재회 덕분에 알았어.

유지가 태어나고, 시간은 평화롭게 흘러갔어.

그 무렵이 되자 내 의식 속에서 그 기묘한 6주간의 나날은 퍽 먼 얘기가 되었어.

기억은 희미해지고, 역시 그건 내가 본 환상이었다는 생각이 들기도 했어. 하나하나 눈앞의 현실이 그때의 기억과 일치할 때마다 이건 일종의 기시감 같은 것인지도 모른다고 생각하기도 했어.

어쩌면 나는 스물여덟 살의 벽을 뛰어넘어 그 뒤까지 살 수 있을지도 모른다.

나는 당신에게 드러나지 않도록 조심하며 체질을 바꾸기 위한 한약도 마셨어.

그랬는데도,

역시 때가 와버렸나 봐.

정해진 미래에서 도망치는 건 불가능한가 봐.

내가 당신에게 이 일에 대해 입을 다물었던 이유, 이미 다 짐작했겠지?

당신에게 고통스러운 미래가 있다는 것을 알리고 싶지 않았어. 보통 부부처럼 미래를 믿으며, 서로 웃어가며 살고 싶었으니까.

게다가 이런 식으로도 생각했지. 만일 당신이 내게 들려준 행복한 나날의 이야기 때문에 내가 그날 전화하기로 결심했다는 걸 알면, 당신은 어떻게 생각할까?

당신이 어떻게 생각했을까?

당신은 8년 전의 세계에서 찾아온 내게 당신과 결혼하지 못하도록 무슨 수를 써서라도 말렸을지도 몰라. 완전히 지어낸 이야기를 내게 들려주어서 원래의 세계에 돌아간 내가 당신에게서 완전히 떨어지도록 해버렸을 거야.

그 호수에서 다시 만난 7년 뒤에, 그리고 이 편지를 쓰고 있는 3주 뒤에 나는 이 별을 떠나야 하는 운명이니까.

설마 그렇게까지는 하지 않더라도, 당신은 내 인생이 여기서 끝나는 원인이 결국 우리의 결혼 때문이라고 생각했겠지? 어쩌면 아기 낳기를 거부했을지도 모르고.

여보, 그렇지?

그렇지만 이런 생각들을 더듬을 때마다 내 머릿속은 온통 뒤죽박죽이 되면서 도무지 영문을 알 수 없게 돼. 그도 그럴 것이 만일 당신이 거짓말을 해서 내가 당신과의 결혼을 포기했다고 한다면, 지금 이 편지를 쓰고 있는 나는 존재하지 않겠지? 그렇지만 나는 분명히 당신과 결혼했고 유지를 얻었어. 그렇다면 오늘 밤, 회사에서 돌아온 당신에게 이 편지를 보여준다면, 우리는 어떻게 될까?

그 순간 이곳에 있는 우리는 사라져버리는 걸까?

우리는 서로 다른 인생을 살아가고, 유지가 이 세상에 태어나는 일은 없어지는 걸까?

너무 이상해서 내 머리로는 도저히 답을 낼 수 없어.

그러니까, 역시 아무 말 없이 가기로 할래.

당신과 맺어지지 못하는 건 싫으니까.

유지와 만나지 못하는 인생 따위, 너무 싫으니까.

만일 그때, 내가 호수 도시에 가지 않았다면 어떻게 되었을까?

그런 생각을 해본 적도 몇 번인가 있었어.

그날, 호수로 향하는 기차 안에서도 나는 생각했었어.

이대로 어딘가의 역에서 다시 기차를 바꿔 타고 당신을 만나지 않는다면, 내 인생은 어떻게 되는 걸까?

당신이 아닌 다른 누군가와 결혼하는 걸까?

그 사람과 내내 늙도록 함께 살아갈까?

조용하고 평화롭게, 나름대로 행복하다고 자부하는 나날이 기다리고 있을지도 모른다.

그렇지만, 아줌마가 되었을 때, 나는 결국 이렇게 생각할 거야.

이것이 내가 선택한 인생이었는가?

소중한 것을 내팽개치면서까지 내가 원했던 것이 이런 인생이었는가?

스물한 살, 비의 계절에 내가 본 미래.

내가 없으면 금세 불안한 표정을 짓고 마는 아이 같은 남편.

그리고 우리의 잉글랜드 왕자님….

그들과 함께 보냈어야 하는 시간을 나는 영원히 잃어버렸구나.

나는 틀림없이 그렇게 깊은 후회의 눈물을 흘릴 것이다.

나는 이미 알아버렸다.

당신과 유지를 만나버렸다.

그 추억을 가슴에 안은 채로 또 다른 인생을 살 수는 없다.

아이오와 결혼해서 유지를 낳자.

아이오와 함께 나의 도련님을 이 세상에 맞아들이자.

그리고 행복한 나날의 기억을 가슴에 안고 미소를 지으며 떠나가자.

나는 그렇게 마음을 정하고 중간에 내려서 기차를 바꿔타는 일 없이 당신에게로 갔던 거야.

좀 더 살 수 있었으면 하는 마음은 있어.

앞으로 내 몸에 일어날 일을 생각하면 두려워서 어쩔 줄 모르겠는 때도 있고.

유지가 멋진 사내아이로 성장해가는 모습을 지켜보지 못하는 게 너무나 섭섭하기도 해.

그렇지만 내가 선택한 인생이야.

그러니까….

아, 이제 곧 유지가 돌아올 시간이야.

마중하러 나가야 해. 그리고 시장에 가서 당신과 유지의
저녁을 준비할 거야. 오늘 밤은 유지가 제일 좋아하는 카레
라이스.

이제 내가 당신과 유지에게 밥을 차려줄 수 있는 날도 얼
마 남지 않았네. 좀 더 맛있는 걸 많이 만들어주고 싶었는데.

미안해.

이제, 못 해.

자, 이걸로 끝낼게.

당신을 향한 마음은 글로는 어떻게도 다 써낼 수 없어.

당신과 함께 보낸 14년은 정말로 즐거웠어. 어딘가 여행
을 다닐 수 없었어도, 빌딩 꼭대기에서 함께 야경을 구경할
수 없었어도, 나는 당신 옆자리에 있을 수 있다는 것만으로
도 행복했어.

나는 한 걸음 먼저 아카이브 별에 가 있을게.

언젠가 또다시, 거기서 만나요.

내 옆자리는 꼭 비워둘 거니까.

그럼, 부디 몸조심하고.

유지를 잘 부탁해.

정말로 고마워.
사랑해.
진심으로.

안녕.

- 미오.

* * *

그리고 봉투에는 옛날 다이어리에서 떼어낸 한 페이지가
있었다.

8/15라고 날짜가 적혀 있었다.

시간이 되었습니다.

이제 가야지요.

호수 역에서, 분명 그 사람은 나를 기다리고 있을 거예요.

나의 멋진 미래를 안고서.

기다려주세요, 나의 도련님들.

지금, 만나러 갑니다.

epilogue

그리고 우리는 오늘도 다시 숲으로 향한다. 자전거에 걸터앉은 유지의 셔츠는 반짝반짝 하얗게 빛난다. 머리는 예쁘게 깎아서 바람에 살랑살랑 휘날리고 있다.

여보, 우리 꽤 열심히 잘하고 있어.

조금씩 당신이 바라던 대로 해보려고 애쓰고 있어.

조금씩 말야.

조금씩.

포코 포코….

당신이 남겨준 생명, 건강하게 잘 자라고 있어.

그리고 당신을 몹시도 그리워해.

이 소설을 끝내는 마지막 삽화로 그 이야기를 쓸 거야.

나는 숲속을 한 바퀴에 40분쯤의 페이스로 천천히 달린다. 색 바랜 반바지에 'KSC'라고 적힌 티셔츠를 입고 있다. 유지는 내 뒤에서 어린이용 자전거를 타고 따라온다. 이제 그가 뒤쳐지는 일은 없다. 태어나기 전부터 자전거를 타본 사람처럼 능숙하게 내달린다. 그리고 우리는 숲을 빠져나와 공장터에 가닿는다. 거기에서 그는 볼트며 너트, 대갈못과 용수철을 줍는다. 나는 그와 뚝 떨어진 자리에 앉아 끄덕끄덕 졸고 있다.

그렇지만 나는 알고 있다. 유지가 바지 호주머니에 슬쩍 감추고 있는 것. 아카이브 별에 가버린 당신에게 보내는 편지. 서툴기 짝이 없는 글씨로(유감스럽게도 나를 닮아버렸다), '아카브이 별 아이오 미오 님께'라고 주소가 적혀 있다. 뒷면에는 '아이오 유지'라고 제 이름을 적어놓았다.

그는 그 편지를 저 #5의 기둥 굽은 우편함에 슬그머니 집어넣는다.

(우편함인데 우체통이라고 잘못 알고 있다.)

왜 그런지 나한테는 철저히 비밀로 한다. 그래서 그가 한창 볼트 줍기에 몰두하는 동안 나도 그가 눈치채지 못하도록 그 편지를 슬쩍 다시 꺼낸다.

봉투를 뜯어 내용을 읽어본 적은 없다. 그저 꺼내다 그 구두 상자 속에 잘 넣어둔다. 그러면 그다음에 다시 숲에 갔을 때, 유지는 우편함 안의 제 편지가 없어진 것을 확인하고 슬쩍 고개를 끄덕인다.

(그렇지만 나는 낱낱이 보고 있다. 조는 척하면서.)

그렇게 유지는 아카이브 별에 가버린 당신에게 이야기를 건넨다.

비 오는 주말이면 특히 유지는 공장터에 가고 싶어 한다. 어쩔 수 없이 그런 날은 우산을 받쳐 들고 나온다. 나는 남겨진 공장터에 비닐 돗자리를 깔고 앉는다. 유지는 볼트를 줍는 척하며 아주 조금씩 #5의 문으로 다가간다.

그리고 조그만 소리로 당신을 부른다.

엄마?

유지는 믿고 있다. 당신이 언젠가 다시 저 #5의 문을 빠져나와 우리 곁으로 돌아올 것이라고. 그것은 분명 비 오는 날이리라.

　잉글랜드 왕자는 노란 우산을 받쳐 들고 오늘도 또 당신
을 부른다.

　엄마?

　엄마?

　엄마?

아주 작은 서랍 속의 기적 같은 세계

남들보다 조금 불편한 짐을 진 사람이 있다. 그는 그 불편한 짐 때문에 보통 사람들의 '속도'를 미처 따라가지 못한다. 버스나 전철을 탈 수도 없고, 모노레일과 케이블카도, 비행기나 잠수함도 타지 못한다. 그래서 달에 가는 것도 불가능하고, 마리아나 해구에 잠수하는 것도 불가능하다. 그 불편함에 대한 느낌을 그는 이렇게 짧게 이야기한다.

대단히 섭섭하다.

게다가 그는 아내까지 잃은 '황제펭귄'이다. 아내는 마음속 또 하나의 행성인 아카이브 별로 가버렸다. 남극 대륙에 사는 여러 종의 펭귄 중에서도 황제펭귄은 그나마 살 만한 계절은 다 보내고 하필 영하 30도의 초겨울에야 얼음판 위에 알을 낳는다. 알을 낳은 엄마가 먹이를 찾아 바다로 나가면, 아빠 황제펭귄은 밤만 이어지는 남극의 겨울, 그 혹한 속에서 두 달 동안 아무것도 먹지 않은 채 자신의 배 주름 속에 알을 품고 기다린다. 황제펭귄은 온갖 동물 중에서도 가장 혹독한 환경에서 아이를 기르도록 만들어졌다. 누군가에 의해.

나는 평균적인 인간에서 다양한 것을 빼버린 그 나머지로 만들어졌다. 그렇다면 역시 유지를 평균적인 가정의 아이처럼 키운다는 건 아마도 쉽지 않은 일일 것이다.

그래도 조금씩 조금씩 나아지려고 열심히 노력한다(포코 포코!).

제한된 반경 안에서 그가 할 수 있는 노력은 어린 아들이 잊어버리지 않도록 엄마 이야기를 많이 들려주고, 그것을 대학 노트에 적어 내려가는 일이다. 언젠가 어른으로 자란 아들이 읽을 수 있도록.

어린 유지가 옛 공장터에서 아무 쓸데도 없는 볼트와 너트, 대갈못과 용수철을 줍듯이 그는 아내와의 사랑의 기억들을 하나 둘 주워 모은다(아내는 커피 스푼의 요정이다). 슬픔을 정리하는 이 작업은 대단히 즐거웠다.

노트 위에 묘사된 나와 유지는 실제의 우리보다 훨씬 더 행복하게 보였다. 정말로 괴로운 일에 대해서는 안 쓰면 되는 것이다. 그러면 그들은 행복할 수 있다. 행복한 그들을 적어 내려가는 건 대단히 즐거웠다.

그는 대단히 즐겁게 모아들인 그 사랑의 삽화들을 아파트 앞 공터가 아니라 자신의 인터넷 홈페이지에 파묻어두었다. 발굴자들이 하나둘 모여들어 그것을 파냈다. 입소문을 타고 깜짝 놀랄 만큼의 사람들이 그의 홈페이지에 몰려들었다. 슬픔이 더 이상 슬프지 않도록 대단히 즐겁게, 아무 쓸데가 없을지라도 조금씩 조금씩 파묻어둔 보물은 발굴자들에게 강한 정서적 충격을 주었다. 인터넷 전설이 되어 떠돌 즈음, 발굴품의 기획 판매 전문가인 출판사에서 찾아왔다. 책을 냅시다. 깜짝 놀랄 만큼 많은 독자들이 그의 작업에 공감했다. 책은 밀리언셀러가 되었다(호―오호, 요―오호!). 우리 시대의 기적.

그래서 이제 아빠 황제펭귄은 어리둥절한 얼굴로 자꾸 고개를 갸웃거린다.

지극히 사적인 이 이야기가 어째서 그토록 많은 이들에게 먹히는 거지?

어째서 그토록? 그것은 아마도 그가 많은 것들을 욕심낼 수 없는 사람이기 때문일 것이다. 너무 많은 소유, 범람하는 정보, 기를 쓰며 갖춰야 하는 온갖 겉치레에 심한 거부 반응을 일으키도록 만들어진 그는 '멸종 위기에 빠진 생물' 같다. 세상의 흐름에 휩쓸려 가장 중요한 것이 무엇인지 깜빡깜빡 잊어버린 채 하염없이 떠밀려가는 평범한 우리들에게 그것은 맑은 경종을 울린다. 그렇다, 다양한 선택의 폭을 가졌고 많은 일이 가능한 사람은 욕망에 쫓겨 오히려 소중한 것들을 놓치기 쉽다. 이 빠르고 복잡하고 지독한 세상 속에서 꼭 필요한 것은 작은 세계 속의 작은 행복, 작은 사랑.

또 하나, 그가 꺼내어 보여주는 도구들의 순수함 역시 많은 발굴자들을 행복하게 했을 것이다. 기억조차 아스라해졌으나 한때 우리도 좋아하고 아끼며 만지작거렸던 것들을 그의 이야기 곳곳에서 발견할 수 있다.

숲과 나무와 꽃들이 내뿜는 식물성의 영기. 비를 흠뻑 머금은 낙엽 길을 밟으며 숲의 저 안쪽 깊은 곳까지 걸어가 보기. 허물어진 공장터의 콘크리트를 적시는 몹시도 그리운 비 냄새. 기둥이 구부러진 우편함과 폐허의 상징처럼 남아 있는 문짝 하나. "쿵, 쿵, 슈—"하고 신음하는 술 공장. 피레네 견처럼 늘어진 두 겹 턱으로 늘 졸고 있는 법무사 사무소장. 너무 불쌍하다, 라는 시선으로 바라보면 그쪽에서는 오히려 "~?"라며 참으로 대범하게 살아가는 늙은 개. 다르질링 티, 잉글랜드 왕자, 흘러간 영화 속의 어린 여배우, 지독히 우울한 영화만 줄창 만들어내는 감독. "나는 남자애들에게는 전혀 관심 없어. 그러니까 나를 가만 놔둬!"라고 몸으로 외치는 부성적無性的인 소녀와 "잘 알았어. 너한테는 절대 접근하지 않을게"라고 응하는 깍듯한 소년. 그리고 혼자서만 사랑하는 몇몇 낡은 책들. 손잡는 데 3년, 입맞춤까지 다시 3년이 걸리는 느리디느린 사랑, 세 번의 데이트와 추억 몇 개만 있으면 평생이라도 살아갈 수 있는 착실한 사랑은 또 어떤가.

이 이야기에서 보여주는 공간과 시간은 이 세상 그 어디도 아닌 장소, 그리고 이 세상 그 어느 때도 아닌 시간이다. 그러나 우리는 이미 오래전에 그 공간과 시간을 경험한 바 있다. 이 작가와 비슷한 시대를 살아온 우리 자신의 눈으로 보았던 것들, 기억의 깊은 곳에 묻혀 있던 그 원체험들을 하나둘 꺼내어 다시 한 번 만지작거려 볼 수 있다. 사랑의 기적을 믿었던, 우리의 어느 시절에 대한 각성!

거대한 존재, 운명 같은 것에 대한 언급도 그렇다.

그리움과 아쉬움으로 가슴이 먹먹할 때나 나타나주는 것

들이 있다. 아내의 유령이 찾아오는 것, 언젠가 어디선가 반드시 다시 만나 몇 번이고 사랑에 빠질 것이라는 희망 같은 것들. 그것들은, 어디에 감춰져 있었는지 어느 날 저절로 후드득 떨어지던 눈물처럼 순수하다. 아카이브 별은 단순히 말하면 '사후의 세계'이고, 이 이야기를 아름다운 판타지로 만들어주는 중요한 요소다. 지구상의 누군가가 세상을 떠나버린 누군가를 잊어버리지 않는 한, 그는 그 별에서 몹시 어려운 문제를 언제까지나 궁리할 수 있고 기록하여 보관할 수 있다. 그러나 아무도 기억해주는 이가 없게 되면 그때는 '진짜로' 아카이브 별을 떠나야 한다. 마지막 날의 '안녕 파티'를 끝으로.

있을 법한 일, 꼭 있었으면 좋을 일, 아니, 꼭 있었으면 하고 간절히 원하는 기적을 함께 공유하는 기쁨은 각별하다.

이 기적은 이미 이 세상을 떠나 침묵밖에는 아무 표현도 할 수 없는 이들의 슬픔을 다독여준다. 두려움 속에 '나의 도련님들'을 두고 세상을 떠나야 했던 미오, 우리 마음속에 오래도록 담아둔 모든 이들을 위한 진혼곡.

작가 이치카와 다쿠지는 천칭자리, A형이다. 왼손잡이로 태어났지만 어릴 적 무리하게 교정을 받았다. 이 작품의 상당 부분에는 그의 실제 모습이 그대로 녹아 있다. 주인공 다쿠미의 영 형편없는 기억력, 건강하지 못한 체질, 아둔함은 모두 그 자신의 특징이라고 한다. 그의 아내도 이 이야기 속의 미오처럼 피트니스 클럽의 에어로빅 강사이고 미오처럼 여행 중인 그를 찾아 호수 도시까지 와주었다. 학생 때 프로 팀 입단을 고려했을 만큼 뛰어난 중거리 주자였던 그에게 달리기는 아직도 생활의 중요한 부분을 차지하고 있다. 그는 십대 때에 신경계통에 심각한 '실수'가 있다는 것을 알게 된 이래 그 불편함이 수는 제약 속에 살고 있다. '폐소 공포증' 비슷한 발작, 심한 수면 장애, 자신의 호흡을 일일이 의식하면서 그 공포감에 온몸이 마비되는 증세, 음식물을 제대로 씹지 못하는 저작 장애에 이르기까지 그의 '불편함 리스트'는 꽤 길다. 수많은 독자들의 질문에도 내내 입을 다물었던 작가가 최근 자신의 홈페이지에서 밝힌 솔직한 고백이다. 그 밖에도 그의 홈페이지에 접속하면, 영화 〈지금, 만나러 갑니다〉의 시사회 뒤풀이에서 찍은 사진, 달리기를 하러 다니는 숲길, 집에서 기르는 식물들, 그가 좋아하는 주변 풍경들, 그리고 2004년 6월에 찍은 그의 컴퓨터 책상 위의 풍경(온도계, 미네랄워터에 딸려 온 조류 인형, 금목서 에센셜 오일을 에탄올로 희석시킨 향수병이 놓여 있고, 컴퓨터 화면은 보르네오 지역의 수중 사진을 보여준다)을 만날 수 있다.

인터넷상에서 화제가 되어 출판계로 진출한 일본의 몇몇

작가들 중에서도 이제 이치카와 다쿠지는 가장 인기 있는 작가로 손꼽힌다. 그의 작품에 눈물을 쏟아내는 독자들의 이야기가 연일 대서특필되자 작가는 은근히 이런 이야기를 한다.

흡혈귀가 아니라 흡루귀吸淚鬼의 소설을 써볼까 하는 생각을 했다. 피가 아니라 슬픔의 눈물을 빨아먹고 사는 일족. 눈물을 빨린 사람은 흡루귀가 되어버린다. 그러면 더 이상 스스로는 눈물을 흘리지 않는다. 그래서 슬픔이 치유되지 못하고 내내 괴로운 마음을 안은 채 살게 된다….

어쩌다 이런 큰 성공을 거두게 되었는지 그의 아내도 "뭔가 이상하다"고 한단다. 그가 가진 건 아주 작은 서랍뿐이고, 관심을 가진 세계라야 기껏 반경 5미터 정도라고 한다. 그의 아내와 아이, 그리고 주변의 몇몇. 그 이외에는 흥미가 없다. 따라서 소설에서도 그런 익숙한 것들을 다룰 뿐이다. 등장인물 대부분이 그의 분신이고, 인물을 '조형'할 마음 따위는 애초부터 없다.

그러나 그의 작은 세계는 21세기의 탁류 속에서도 분명코 남아 있는 '순수 혈족'이 사용하는 특별한 코드로서 은밀히 떠돌고 있다. 그의 작은 서랍은 아주 작지만 아주 큰 결과를 낳는 기적의 서랍이 되었다. 일본에서만 400만의 관객과 100만의 독자가 비의 계절에 일어난 이 6주간의 사랑 이야기를 만났다. 우리 독자들의 마음속에도 작은 기적이 꽃피기를, 비의 계절을 기다리며 빌어본다.

옮긴이 **양윤옥**

일본문학 전문번역가. 히라노 게이치로의 《일식》 번역으로 2005년 일본 고단샤에
서 수여하는 노마문예번역상을 수상했다. 히가시노 게이고의 《그대 눈동자에 건배》
《위험한 비너스》《나미야 잡화점의 기적》, 무라카미 하루키의 《여자 없는 남자들》
《1Q84》, 오쿠다 히데오의 《최악》《남쪽으로 튀어》, 히라노 게이치로의 《마티네의 끝
에서》, 스미노 요루의 《너의 췌장을 먹고 싶어》 등 다수의 책을 우리말로 옮겼다.

지금, 만나러 갑니다

1판 1쇄 발행 2005년 2월 18일
2판 1쇄 발행 2018년 3월 9일
2판 11쇄 발행 2023년 2월 22일

지은이 이치카와 다쿠지
옮긴이 양윤옥

발행인 양원석
편집장 김건희
영업마케팅 조아라, 이지원
펴낸 곳 ㈜알에이치코리아
주소 서울시 금천구 가산디지털2로 53, 20층 (가산동, 한라시그마밸리)
편집문의 02-6443-8902   **도서문의** 02-6443-8800
홈페이지 http://rhk.co.kr
등록 2004년 1월 15일 제2-3726호

ISBN 978-89-255-6342-8 (03830)

※ 이 책은 ㈜알에이치코리아가 저작권자와의 계약에 따라 발행한 것이므로
  본사의 서면 허락 없이는 어떠한 형태나 수단으로도 이 책의 내용을 이용하지 못합니다.
※ 잘못된 책은 구입하신 서점에서 바꾸어 드립니다.
※ 책값은 뒤표지에 있습니다.